世界多变而恒永，
文学孤独却自由。

世界文学

在中途
换飞机的时候

[美] 欧·亨利 等　著

罗新璋 等　译

孔霞蔚　编选

中信出版集团 · 北京

图书在版编目（CIP）数据

在中途换飞机的时候 /（美）欧·亨利等著；罗新璋等译；孔霞蔚编选. -- 北京：中信出版社，2018.7（2018.10重印）

ISBN 978-7-5086-8701-8

I.①在… Ⅱ.①欧… ②罗… ③孔… Ⅲ.①小说集－世界 Ⅳ.①I114

中国版本图书馆CIP数据核字（2018）第042453号

在中途换飞机的时候

著 者：[美]欧·亨利 等
译 者：罗新璋 等
编 选：孔霞蔚
出版发行：中信出版集团股份有限公司
（北京市朝阳区惠新东街甲4号富盛大厦2座 邮编 100029）
承 印 者：中国电影出版社印刷厂

开 本：787mm×1092mm 1/32 印 张：12.5 字 数：240千字
版 次：2018年7月第1版 印 次：2018年10月第3次印刷
广告经营许可证：京朝工商广字第8087号
书 号：ISBN 978-7-5086-8701-8
定 价：48.00元

序

在众多中成为唯一

自一九五三年在北京创刊，《译文》，后改名《世界文学》，在很长一段时间内，是中国唯一一家专门译介外国文学的杂志。唯一，本身就构成一种绝对的优势，因为读者别无选择。早在二十世纪五十年代，透过这扇唯一的窗口，不少中国读者第一次读到了众多优秀的外国作家的作品。可以想象，当《译文》以及后来的《世界文学》将密茨凯维奇、莎士比亚、惠特曼、布莱克、波德莱尔、肖洛霍夫、希门内斯、茨威格、哈谢克、福克纳、泰戈尔、迪伦马特、艾特玛托夫、皮兰德娄等等世界杰出的小说家和诗人的作品用汉语呈现出来时，会在中国读者心中造成怎样的冲击和感动。同样可以想象，二十世纪七十年代末，当人们刚刚经历荒芜和荒诞的十年，猛然在《世界文学》上遭遇卡夫卡、埃利蒂斯、阿波利奈尔、海明威、莫拉维亚、井上靖、毛姆、格林、莫洛亚、博尔赫斯、科塔萨尔、亚马多、霍桑、辛格、冯尼格等文学大师时，会感到多么的惊喜，多么的大开眼界。那既是审美的，更是心灵的，会直接或间接滋润、丰富和影响人的生活，会直接或间接打开写作者的心智。时隔那么多年，北岛、多多、柏桦、郁郁等诗人依然会想起第一次读到陈敬容译的波德莱尔诗歌时的激动；莫言、马原、阎连科、宁肯等小说家依然会想起第一次读到李文俊译的卡夫卡《变形记》时的震撼。审美上的新鲜和先进，心灵上的震撼和滋润，加上唯一的窗口，这让《世界文学》散发出独特的魅力，也让《世界文学》在相当长的时间里被人视作理想的文学刊物。

　　从二十世纪七十年代起，《外国文艺》《译林》《译海》《中外文学》《外国文学》等外国文学刊物涌现时，《世界文学》不再是外国文学译介唯一的窗口，而是成为众多窗口中的一个。当唯一成为众多时，《世界文学》又该如何体现自己的优势？事实上，我的前辈们已经交出了一份优秀的答案。如果让我稍稍总结一下，我想基本上有这些经验：第一点，编辑的素养和能力；《世界文学》的编辑一般都既要有研究能力，也要有翻译能力和写作能力，也就是研究型和创作型相结合。有了这样的编辑队伍，也就能做到第二点，选题的深入、精准和权威。由于编辑都能掌握和研究第一手资料，同时又背靠着一家研究所，因此，《世界文学》的选题大多是在深入研究和调研的基础上完成的。就这样，我们最先译介了加西亚·马尔克斯、君特·格拉斯、赫尔塔·米勒、门罗、赫拉巴尔、克里玛等一大批具有世界影响力的外国作家。而选题的实现，又需要第三点，也就是一支优异的译作者队伍。总之，有一流的编辑，一流的选题，一流的译作者，刊物自然而然也就是一流的。

理想的文学刊物，应该是有追求的，有温度的，有独特风格和独立气质的；理想的文学刊物，应该同时闪烁着艺术之光、思想之光和心灵之光。理想的文学刊物，应该让读者感受到这样一种气息、精神和情怀：热爱、敬畏和坚持。事实上，坚持极有可能是抵达理想的秘诀，是所有成功的秘诀。理想的文学刊物应该让读者感受到从容、宁静和缓慢的美好，应该能成为某种布罗茨基所说的"替代现实"。理想的文学刊物，应该有挖掘和发现能力，应该不断地给读者奉献一些难忘的甚至刻骨铭心的作品，一些已经成为经典，或即将成为经典的作品。卡尔维诺在谈论经典时，说过一段同样经典的话："这种作品有一种特殊效力，就是它本身可能会被忘记，却把种子留在我们身上。"理想的文学刊物就该有这样的"特殊效力"。理想的文学刊物还应该有非凡的凝聚力和号召力，能够将一大批理想的作者和理想的读者团结在自己周围。当唯一成为众多时，如果能做到这些，一份刊物就会保持它的权威性、丰富性和独特性，就会起到引领和照亮的作用，就会以持久的魅力吸引读者的目光，就会在众多中再度成为唯一。当唯一成为众多时，我也深深地知道，要真正做到这些，会有多么艰难，需要付出多少心血。

六十余年，近四百期，日积月累，《世界文学》译介过的优秀作家和优秀作品究竟有多少，实在难以计数，肯定是一片茂密的林子。在那片林子里，有一代代作家、译者和编辑的心血和足迹。即便困难重重，只要文学情怀不变，我们就唯有坚持，唯有前行，唯有把每一天、每一年都当作新的开端，一步，一步，不断走向高处，更高处。

《世界文学》杂志主编　高兴

目 录

天长地久

[泰国]
马来·初皮尼

吴圣杨 译

天长地久

　　马来·初皮尼（1906—1963）是泰国家喻户晓的作家，小说《天长地久》是电影《永恒》的原创底本，讲述一个爱与罚的故事，一个追求自由相爱而不顾一切的爱情悲剧。更深含义是寓言性的，凸显西方"先进"文化在东方"落后"土壤中落地生根的问题，西方自由和爱情的文化因子，不仅与当地制度、环境、习俗相冲突，也与自由和爱情追求者自身没有建构成的主体性相冲突。从小说到电影，这一主题都得到深刻的挖掘，体现了泰国艺术家的思考深度。值得重视的是，这部作品于 1955 年、1980 年两次拍成电影之后，2010 年又进行了第三次拍摄，这颇引人思索，相隔六十年之遥，当时的深刻问题在今天的泰国仍有现实意义。

　　马来·初皮尼还有《玛哈拉原野》《我们的土地》《游走森林》等众多作品传世。

　　译文原载于《世界文学》2015 年第 2 期。

　　帕博的山寨在塔嘎单山的柚木林里，从槟榔地河口骑马到那儿，往往要走半天，我可是花了整整十个小时！受够了罪，才爬下马背，两腿僵硬，一跛一瘸，跟主人打着招呼，艰难地登上台阶，进了他的房子。我心里暗暗发誓，以后就算有再多的野兽好打，我也不会轻信那个领路小子的陆路更快的鬼话，还是要按照原计划走水路，晓行夜宿，慢慢悠悠，快快活活。

　　说帕博的林场是"山寨"，可能小气了点。你要闭上眼睛，听着林场的人声，想想"山寨"这个词，脑海里多半会出现小茅屋，或者是单坡屋，拿竹子编成的墙壁，屋顶盖着油树叶子，四周荆棘密布；你可能还会想，是不是迈出篱笆门一步，就会被老虎吃掉；地上到处是陶土锅盖，还有马来环蛇、黑白环蛇、眼镜蛇等毒蛇……这样的景象，倒退二十多年，完全是有可能的。

　　但看看眼前，成排的房屋镀锌板盖顶，墙壁用大大小小的木板搭建而成，有座大大的别墅，还有锯木场、烧炭炉、办公室、卫生所等等，你会觉得置身于现代工业区。有本事创造出来这些东西的，除了政府，恐怕也就只有帕博这样的人才了。

　　"感觉怎么样，侄儿？"别墅凉台上传来招呼声，一个老年男子探出身来。他身着灰色大格子筒裙，白色开胸上衣，头缠的缅甸式血红绸缎包裹着满头白发，脸色红润，像熟透的狸红瓜，日渐增大的肚子顶着护栏。

这个老年男子就是帕博。

"明知走不了山路，干吗不走水路？"他浓密眉毛下的双眸炯炯有神，盯着我的囧样笑了："伯伯不是告诉过你吗？从河口弄条船进来，伙计去接你的时候我也吩咐过的。"我差点儿就说出，还不是怪你的伙计——站在我身后正一脸坏笑的小狂人——我就是太相信他了。说什么即使刮风下雨，从河口到这里也用不了多久。话到嘴边还是咽了回去。想想真丢人，帕博都年过花甲了，仍然健步如飞，更何况这个克伦族的挑夫，要怪只能怪自己骑术不精。

"我讨厌坐船。"是搪塞，也是事实。

从冰河到甘烹碧府，我已经在船上过了六天六夜。待在独木舟的船篷里，要是景色新奇，可能会让喜欢户外生活和冒险的人兴奋不已，但我生于斯长于斯，对沿途风景再熟悉不过。河滩一望无尽，白天耀眼灼热，夜里露水清凉。河道浅时，挽起裤腿就能涉水而过。河中沙岛长满灌木、石茅和竹子，一片杂乱，村落之间有橡胶林耸立。自然的风光，加上突然冒出的赤鹿、黑鹿，或是山鸡、绿皇鸠，都让狩猎爱好者痴迷。即便如此，要是在狭小闷热的船篷里煎熬整整一个星期之后，再继续花上两三天从槟榔地河口坐船才能到塔嘎单山，应该没有人能忍受。

帕博与家父是老友，所以把我当侄子热情接待。在甘烹碧府，如果说有谁与帕博关系亲密或者说是死党的话，非我父亲莫属。他们曾三度结伴前往达贡拜佛，常常一起打猎，交往频繁，直到父亲调往曼谷任职。几十年来，帕博一直留在槟榔地河口，除了衣着打扮，他的一切都是泰式的，日常交流、待人处世、评价事物，都是这样。

我记不太清楚他家乡在哪儿，只知道他出身缅甸的名门望族，年少时从缅甸的马拉孟迁到我家那个镇，承包采伐当地的柚木和杂木，从来兴府到甘烹碧府，有好几片林子。他的山寨建得像王宫一样气势非凡，工人奴仆上百，来自不同的民族，有缅甸人、克木人和孟人等，还有不少头大象。他娶了当地一个富家女为妻，十年后妻子过世，帕博就一直没有考虑再婚的事。

我从小时候跟帕博分别，就再没见过他，直到有一次在府尹宅邸宴会上不期而遇。帕博很快认出我来，我倒不太记得他。那次我们聊了许多往事，帕博询问父亲去世前的情形，也关心我的情况。从我们谈话的地方遥望过去，槟榔地河口后面绿荫深处隐约可见他的山寨。末了，他邀请我过去做客。

"现在伯伯不太住河口那边。"那天帕博这样说。他还像从前那样亲切地叫我"侄儿"，自称"伯伯"。"山里住久了，安安静静，舒舒服服，不用麻烦谁，谁也烦不到我。要是想打猎，就去我那儿。还没去过吧，侄儿？"

我说没呢。小时候求过父亲好多次，让我骑在象背上跟着他去，但他都没同意。

"那就来吧，你父亲买的双管鸟枪，给新手用的，还在我家里。要想打大家伙，伯伯的理查德森 11 或马蒂尼 500 火力够强，打大象都不在话下。"

次日一早，帕博就回他山里的家了，我还得花两三天的时间走走城郊的亲戚。我们约好了时间，帕博派人来接我。

那天傍晚，我坐在柚木别墅的凉台上，俯视山间小溪。夕阳挥洒余晖，野花香沁心脾，一股莫名的孤寂感涌上心头，好像身处《朝圣者卡曼尼塔》[1] 中的阿育王广场，或是希尔顿小说中的不朽之地香格里拉。空气中有股莫名的气息让人感到压抑，与周围环境的宁静很不相配。从我迈进帕博山寨的第一步起，这种压抑的感觉就跟随着我。在我品着威士忌，听帕博讲述如何开拓土地，建起自己的王国的时候，压抑感一直笼罩着我。晚上，我躺在侍女铺好的床上，白天的疲劳让我很快睡着了。深夜，我突然被惊醒，看见启明星挂在东方。是远处凄厉的号叫，打破了夜的宁静。

号叫显然是人发出来的，尖细、凄凉、透心，与深夜狗的叫声没什么两样。那人似乎在遭受万分痛苦的煎熬，每次轻声收尾，

1　丹麦作家卡尔·耶勒鲁普（1857—1919）的一部带有浓厚佛教色彩的小说，颇多生命轮回、领认前生等内容。——编者注

都像要断气似的。号叫声持续了一会儿，就无声无息了。林场万籁俱寂，唯有月光铺洒，笼罩着这宛若坟地的一切。

我天生胆小，不由得毛骨悚然。虽然强作镇定，告诉自己没什么好害怕的，但就再也睡不着了。

第二天吃早饭的时候我跟帕博提起夜里的事。他的心情一如既往地好，连笑几声："从山沟沟去大城市久了，侄儿变胆小了。那是尚儿的声音，他神志不清好久了，就那样，别理他。"

帕博的回答或许可以消除我的疑惑，但无法把那个声音从脑海里抹去，我怎么都忘不掉那号叫……

那天从早上到下午，帕博带我参观他的"新王国"，包括他的办公室、锯木场，后来让经理陪我，他自己到另一片林子里给象夫安排工作去了。

"侄儿要想去打猎，就告诉缇普，他会派人跟着你。枪嘛，"他回过头来跟经理说，"去问孃茄要，打开柜子自己挑吧，等我回来可能晚了。"

那位经理就是缇普。他个子不高，身体硬朗，目光坚定、敏锐，眼睛眨个不停。看外貌举止，不像泰北人，我估计他是曼谷来的。聊天的时候，他的口音和经历都证明我的判断是对的。

缇普长我十岁，但神色和举止明显比他的年龄更成熟，可能是喝酒多的缘故。工作对他来说，倒像没多辛苦。跟帕博之前，缇普在曼谷的一家木材公司当过工头，在达卦巴做过小矿场的经理。他是个真正的男子汉，靠双手创造生活，实现理想，从不害怕艰苦，也不畏惧地方黑社会的老大，为人坦诚，可以深交。我们才见面一个小时，彼此都觉得投缘。他说，要想打赤鹿或野猪，山寨附近就行，他会派人跟着的。我谢了他。昨天骑马留下的浑身酸痛还没消退，老老实实待在住处喝喝酒，自然好过在林子里一瘸一拐。

"我还有半瓶酒，但没有苏打水用来勾兑。"缇普说。

"有没有试过用雨水或河水替代？"我问道。

"就连没有雨水或河水替代的，我都试过。"缇普从喉咙里发出笑声。

结果我们俩就你一杯我一杯喝起没勾兑的酒，然后再往杯里灌水喝。一边喝着酒，缇普一边盯着我，若有所思，流露出疑惑的神情，但也没有失礼。

"我都不知道帕博还有个侄子。"最后他说。

"不是你想的那样。"我明白他的意思，就跟他讲了我父亲与这位缅甸富豪的关系。

缇普"哦"了一声。"听你们伯伯、侄儿地叫着，以为和尚孟一样是亲戚呢。"

"谁是尚孟？"我不经意地接了一句。

缇普又盯着我，停了很久，好像犹豫不决，最后说道："昨晚听到什么没有？"

"什么？"

"那个该死的声音。是不是你睡得太死了，没听到？"

我差一点要摇头否定，但突然想起来，停住了。

"哦，那个声音吗？"我举起杯子干了，却没再往里面倒水。我尽量控制自己的手不要发抖："听到了。"

"就是他，尚孟。"缇普说，"本来想提醒你注意的，不过既然你不是帕博的亲侄子，应该不会在这里住多久，算了……"

第六感告诉我，他话里有话，这不免勾起我的好奇心。我放下杯子，靠在椅背上，认真地问道：

"注意什么？"

缇普表情显得很勉强，好像不太想说。我更加肯定了自己的判断。不过他还是回答：

"别成第二个尚孟。"说完，缇普又停了一会儿，"你看到帕博家里的那些女人了吧？"

我看到了。帕博的山寨和以前河口的那个家一样，满是缅甸和泰北女人，年轻、美貌，各有特色。但我不明白，那些女孩子和我们的话题有什么关系。

"就是女人，让尚孟变成现在这个样子。"缇普说，"每一天，我都有几十次想要离开这地方。再待下去，那个叫声会把我弄疯的。但是走了又实在太可惜，这里收入高，再说，我已经干了差不多十年，帕博没有亏待我，对我态度好，又信任，可我就是忘不了尚孟。"

不管男人还是女人，说起不应该说的事，开始时也许很勉强，一旦开了头，就很难收住。想要从他口中了解更多的情况，唯一的办法就是不追问，保持沉默，做一个好听众。那天我正是这么做的。

"你在这个府待过，"缇普继续说，"应该很清楚帕博的性格。他性情好，有人缘，但发起脾气的时候像头老虎，人见人怕；他胸怀宽广，仁慈博爱，但有时也心胸狭窄，残酷无情，像个土匪；工头动手打工人，他可能不由分说就开除，但要是工人不听话，他也会拳脚相加。帕博这个人，可以说，既有菩萨心肠，又像土匪一样残酷。不过这不是我要说的重点。"

我想还是按自己的方式整理缇普讲的事情，这样帕博的故事才更加紧凑。

前面我已经提过，帕博曾结过婚，还是个很好的丈夫，婚姻幸福美满。婚后十年妻子过世，他没再考虑结婚生子，过有家有室安定的生活。

缇普来到这里的头两三年，常见到不同年龄的陌生女子被接过来，有缅甸的，还有泰北的、泰南的。有的女子，在京都跟他还有过一面之缘。每个女子的容貌、举止，都有自己独特的美。

　　"大家都很清楚，帕博是个醋坛子。"缇普说道，"谁敢和他的女人勾搭，一旦被发现，外来的人就会被赶走；要是他的工人就更惨，挨一顿拳脚是免不了的。"

　　帕博对某个女人的兴趣长则一年，短则几个月，一般不超过半年，腻味了就分手，那个女人就成了公共财富。他从不反对女人再嫁，也不阻止哪个男子去追求。实际上，他还很乐意撮合女方和别人成婚，另觅归宿……帕博对这样的女子会尊敬和膜拜，像对待女王一样，并不把她当作自己玩弄后抛弃的女人。帕博的山寨俨然一个小王国，他就是"新王国"的主人，上百个工人随时听他差遣；离开山寨，他就是一个绅士、流氓、猎手和富人。

　　男人如果是好色之徒，不管是缅甸人还是别的什么地方的，最终不免栽在女人手里。缇普告诉我，帕博有一年像往常一样到京都办事，回来的时候，与以往不同，带回了一个新夫人……是真正的夫人……他们登记结婚了。

　　缇普和工头们都是过来人，了解俗世，有过家庭生活，一见到帕博和他的新夫人就知道以后问题少不了。帕博本已年老，但挑选新娘时还怀着年轻人的心态——对爱情狂热，对女人追逐美丽。这个女人个子娇小，头发乌黑，眼睛迷人，容貌娇媚，笑起来露出酒窝，年龄不满二十。和帕博以前带回来的女子不一样，她不愿做个木偶，目光桀骜不驯。缇普一眼就看出，这个女人在帕博的"新王国"不会甘于寂寞。自从来的那一刻起，她就打定了主意，就算冒点险，也不会改变想法。缇普和工人们都看出来了，为之震撼，也为之悲哀。

"尚孟是帕博的侄子，那是个倒霉蛋。"缇普说，"我倒不怪尤帕蒂。年轻的尚孟比他叔叔当年更帅气，身材修长，英气逼人，牙齿整洁漂亮，性格阳光开朗。帕博五十多岁，老了，尚孟只有二十四五岁的样子，魅力四射，朝气蓬勃。这些都是他叔叔永远不会再有的。尚孟在缅甸学的林业，刚刚毕业，帕博打算将来让他接班。尚孟受叔叔之托接管他的业务，但提前接手做了分外的事。"

按照缇普的说法，尚孟并没有错，事情不是他引发的。也许有的人会说，某些人一有机会就会背叛自己的恩人，但尚孟绝不是那种人。他接受新式教育，心智健全，讲道德，守传统，笃信宗教。恰恰是这些优良品质使得他沦为尤帕蒂的猎物，就好比潜心修行的隐士常被狡猾的女人引诱。尚孟不谙世故，不喝酒，不抽烟，不近女色。缇普把尚孟从北榄坡带回来后，给帕博讲他们一路上的经历，帕博禁不住怜悯地摇头。

"我们一起住酒店的时候，我把尚孟带到曾经玩过的地方。"缇普说，"他跟个孩子一样，对那种生活很感兴趣，但也仅限于兴趣而已。不管女人有多漂亮，他都不肯与哪一个女子来事。他的爱好不在性上，完全就是一个不谙世事的大学生。看时间差不多了就一个劲儿地催我回去，那些女人都笑话他。"

这次同行，让缇普知道尚孟不仅不喝酒，也不碰女人。

帕博听了，哈哈大笑，转身问尚孟："缇普说的是真的吗？"

"是的，的确是真的。"

"你说的是酒还是女人？"

"两个都是。"

帕博摇头："有其父必有其子。你是一点都不像我。应该出家当和尚去，不用像现在这样子，像个居士。不过，说不定你跟你爸一样，刚见到女人的时候，就像老鼠见到猫，浑身发抖，但有了第一次之后，那家伙就像火一样烧起来了。"说完，他朗声大笑，一点也不顾忌坐在一旁的尚孟。尚孟已是满脸通红。

"今年多大了？"帕博问。

"二十三。"

"还在等爱神降临吗？"

"等到该结婚的时候我会结婚的。"

叔叔轻轻地点点头，望着父母双亡的侄儿，心中觉得好笑。尚孟坦诚地望着他，后来再没提这事。

第二年，帕博带着尤帕蒂回来了。

后来发生的事缇普讲得不多。他是那种靠碰运气谋生的男人，日常生活中的所见所闻，重要也好，不重要也罢，对他来说都无

关紧要。眼中所见心里留痕，不符合自己对事情原委判断的部分
就会忽略。有的细节他想跳过去，我不得不密切留意，伺机追问，
再发挥想象力，最后把事情的前后经过清晰地串联起来。

　　尤帕蒂年方二十，不仅有着妙龄少女的热情，还聪明、老成。
她读过很多书，喜欢音乐，这在帕博那一辈人的生活中是没有的。
以她的条件，应该嫁一位年龄相仿、志趣相投、经历相似的人，
但不知为何她选择了帕博，在常人看来，他可以做她的爷爷了。可
能尤帕蒂想找个依靠；或者可能她想过与世隔绝的山林生活；或
者她凭女人的直觉，认为帕博像个和尚一样，是个宽容慈悲的好
人；或者她只是一个喜欢碰运气的人。没有人说得清楚她嫁帕博的
原因，但有一点大家都认可——尤帕蒂的到来，犹如一道阳光透
过云层照进山庄，"新王国"的每个生命都变得生动活泼起来。

　　"也可以说是业报，从第一次一起吃饭，我觉得尚孟和尤帕蒂
的事就开始了。"缇普告诉我。他是对的。

　　尤帕蒂并不笨，她是不会让人从自己的言行举止中看出破绽
来的。事实上，那天晚上招待侄儿时，尤帕蒂显得和他很亲近，好
像已经认识了十年似的。她举止得体，符合婶婶的身份，别人很难
生出别的想法。

　　"希望我们今后会成为好朋友，"当帕博介绍他们认识时，尤
帕蒂说，"你知道吗？老爷时常说起你，我都觉得已经跟你太熟悉

了，只要见了面我就能记起来。"

这话听着让人很开心，可小伙子还是忍不住羞得面红耳赤。尤帕蒂不拘礼节，一直说个不停，把他当自己人。她说自己厌倦了京都的尔虞我诈，想到深山密林中生活，终于如愿以偿。听老爷说尚孟刚从缅甸回来，她希望能听到些新鲜事。

"我毕业以后，在山林里实习差不多三年。"尚孟讲话有点结结巴巴。

"这么说你了解山里的生活啊……缅甸的山林和泰国的有什么不同呢？"

"还能有什么不同，不都是些树吗？"

尤帕蒂叹了口气："唉，你就埋头读书，只迷书本，见了实物就不感兴趣，是吧？"

帕博听了，开怀大笑。

"他也就能告诉你柚木跟红木不一样，紫薇和橡胶树不同，还有泰国婆罗双树与云南婆罗双树有差别，你休想从他那里问到别的什么了。"帕博说。

"我才不相信，他在缅甸五六年就学到这点儿。"夫人反驳道。

说话间尚孟一直低着头，像小孩子一样躲避婶婶的目光。

"我不知道您……呃……呃，婶婶您指的是什么？"

"叫我尤帕蒂就行了，免得你为难。"女人笑道，"我也叫你尚孟吧，这样简单一点。我是说除了学习林业，你对别的事一点都不关心吗？比方说，好看的书，动听的音乐？"

"我读过许多书，不过都是外文的。喜欢听音乐，但自己不会弹奏。"

"看见了吧，老爷？"尤帕蒂转过身，对骄傲得乐不可支的丈夫说，"尚孟哪里只学习林业、研究药材？"她又转向尚孟："你喜欢读谁的书？"

"吉卜林。"尚孟简短地答道。

"我喜欢易卜生，还有《坤昌坤平》[1] 我也喜欢。告诉我，你的理想是什么？"

面对一个年纪轻轻，甚至比自己还小，辈分却是婶婶的女子的不停追问，尚孟觉得压抑，而且，这才只是头一次见面。不过，他还是集中精力认真回答了她的问题。在叔叔眼中，他是个不开窍的小伙子，现在当着叔叔的面被尤帕蒂这样追问，实在让他坐立不安。

"我不知道您说的理想指的是什么，如果指的是我这一生中有什么雄心壮志的话，我可以告诉您，我想在自己告别这个世界之

---

1 《坤昌坤平》是根据民间故事编写的长诗，描写古代泰国青年恋爱的故事。女主人公宛通与坤昌和坤平（即帕莱构）恋爱关系复杂，坤昌和坤平为争夺宛通多次发生冲突，后来国王下令将宛通斩首。——译者注

前给这个世界做点有益的事，留个纪念。"

"怎么像和尚讲经一样，动听而不真实，只是梦想。"尤帕蒂甜甜地笑着，"想听听我的理想是什么吗？"

"我不……不反对。"

"我想自由自在地生活，不受习俗和社会的羁绊。那些东西是人类追求自由的障碍。"

尚孟扬起眉毛，对尤帕蒂说得这么直白感到惊奇，大庭广众之下这样说话也忒大胆了点。但她声音自在，神色坦然，让人又觉得没什么不正常。帕博则在一旁，微笑地看着一脸困惑的侄儿。

"看看易卜生的书，还有《坤昌坤平》吧，你的人生观会改变的。"尤帕蒂最后说道。

我闭上眼睛都能想象出当时的情形，尚孟很难理解尤帕蒂。尤帕蒂不像常人那样，先认识了解，再发展关系，最后越来越亲密，她是直接就把尚孟当成老朋友，好像已经认识一辈子了。尤帕蒂亲近的态度带给尚孟的更多是迷惑，而不单单是喜悦。她的言行举止，跟他以前认识的任何女人都不一样，特别是尤帕蒂事无巨细地问个不停，说话的方式又随意。

尤帕蒂问及尚孟在缅甸求学期间的生活，问到他的朋友们、女朋友、他看守的山林，她也讲了自己的经历。

尤帕蒂自幼是个孤儿，在修女院办的学校长大，毕业后在商行做秘书，后来嫁给商行的老板。婚后的生活并不像预想的那样幸福美满，夫妻两人志趣不同。结婚令尤帕蒂开了眼界，明白了人世间的许多事情，但当年年底就离了婚。当时尤帕蒂才十九岁，除了美貌和裹体之衣，再没有任何财富，也没有亲朋好友可以投靠，她去做了售货员。尤帕蒂描述生活中的种种艰辛。有人欺她软弱，想占便宜。换成其他女人，碰到这样的事，很少能保住清白，尤帕蒂却能上演虎口脱险。这些事她都毫无保留地细细道来。

帕博到京都办事，两人偶然相遇。帕博待人坦诚、温文尔雅又慷慨厚道，第一次见面尤帕蒂就被打动了，交往越深，越觉得这个老男人能带给她平静、安全，带给她自小就期盼的生活。因为初次婚姻的失败和身边的人带给她的痛苦和失望，尤帕蒂非常讨厌曼谷，听到帕博说在甘烹碧府深山里有个寨子，觉得很神秘，值得一试，所以帕博一开口求婚，她就答应了。

尤帕蒂拿了易卜生的戏剧全集和长诗《坤昌坤平》借给尚孟，说："这两部都是现实主义作品，一个是西方的，一个是泰国的。"尤帕蒂停了一下，目光温柔："你长得很像里面的男主人公帕莱构，就像小孩子一样容易害羞的。"

"我——我——"尚孟满脸通红，说不出话来。

"不用回答我，你不知道自己像谁，连一点自我意识都没有。"

尤帕蒂借给他的书，让小伙子开了眼界，对这个女人的认识更加清晰了。尤帕蒂不一般，不管是缅甸还是泰国，无论是在小说中还是现实生活里，他都没碰到过这样的女子。对于别的女人来说可能是奇怪的事情，对易卜生戏剧里的人物或尤帕蒂来说就没有什么不可能。

　　尚孟也终于明白，为什么这个女人会在夜深人静时独坐，为什么她会从早到晚书不离手，在藤椅上舒服地睡着。尤帕蒂逃离京都来到深山，为的是逃避厌倦的生活。只是尚孟认为她做不到，因为她太感性。人要想求得暂时的解脱，除了看看书、做做梦，没有其他办法。

　　随着时间的推移，人们发现，尤帕蒂的老成持重远远超过她的年龄。接受过系统的教育，经历过痛苦婚姻，都直接影响着她今天的表现。在人际交往和管理家事方面，她显示出个人魅力。尤帕蒂到来之前，帕博是个鳏夫，但满山寨到处是他的女人，不同的只是职责和地位。从管家到女用、厨娘，个个都当过压寨夫人。也不知道帕博用了怎样的手段，能让这些女人就算当不成女主人，也心甘情愿留下来当用人。更令人惊奇的是，尤帕蒂能让"新王国"的"前女王"们臣服于她。她究竟用了哪些手段，连缇普都说不清楚。尤帕蒂生性聪明，不讲究身份贵贱，不拘泥繁文缛节，帕博以前的女人们，无论哪一个也不曾有这样的品质。我想就是这些品质，加上她的典雅温柔，使她征服了帕博家的女人们，不论她们的教育水平高低、脾气性格如何。尤帕蒂协调人际关系的能力和做秘书工作积累的经验对山寨的管理大有裨益，令她赢得了帕博的信任，他疼爱、佩服甚至有点迷恋她。和一般娶了"少妻"的"老夫"一样，帕博对爱情宽容大度。但又跟其他"老夫"不同，他从不感情用事。正因如此，虽然山寨里有闲言碎语，说青年男女在一起，犹如干柴烈火，或以蚂蚁抵挡不住糖的诱惑来影射尚孟和尤帕蒂的关系，但帕博并没受影响。

　　两个年轻人有各种各样的机会在一起，包括工作和散心，都不会受到任何阻拦和怀疑。事实上，为了让他们俩关系更亲近点，帕博还不时给以鼓励。

　　"好好调教一下，让他跟别人打交道大方一点，尤帕蒂。"帕博说，"每次城里的朋友带着家人来这里玩时，他总是一副傻乎乎的样子，真丢人。我要让他成为一个男人，不是一个连女人都害怕的懦夫。"

　　后来有一天，尤帕蒂和尚孟在办公室一起工作，提到这件事，目光流露出戏谑之意："尚孟，你真像老爷说的那样吗？"

　　小伙子正在埋头做事，抬起头来望着尤帕蒂，脸又红了，回答道："如果叔叔说是，那便是了。"

　　尤帕蒂合上记账本，伸手把他手里的文件拉过来，用胳膊肘压着，撑起手臂托着下巴，一双明眸盯着他。

"为什么每次跟我说话的时候，你都要脸红？有什么不好意思吗？有话就直说嘛。"

"我想，可能是因为，像尤帕蒂这样说话的女子，我没怎么遇到过。"现在他终于能自然地直呼她的名字了，尤帕蒂满意地连笑几声。

"那是因为许多人说话只用脑不用心。我不喜欢拐弯抹角，不明白本来简简单单的事情，为什么要啰哩啰唆绕圈子。为什么人们要把男女之间的感情描绘成友谊，而实际上除了内心充满渴望，肉身充满欲望外并没有什么别的。男女之间的感情开始是什么，最后结局也避不开这个事实。"

"《玩偶之家》里的娜拉就是这样说话的。"

"噢，你读过啦？是的，我的看法和娜拉一样，想法也和她一样。人的生活本来如此，不管你怎样去欺骗自己，说生活不是这样的。"

尤帕蒂还有好多地方是尚孟难以理解的。他一直不习惯尤帕蒂在讨论性欲问题时那么直言不讳。尤帕蒂认为，像尚孟这么年轻帅气的小伙子，一定跟女人交往过，或者为了爱情，或者因为年轻人一时冲动，在缅甸生活那么久，至少也有过一次吧。所以，尤帕蒂老是纠缠着尚孟，要他讲讲在缅甸的经历。当尚孟避而不答时，尤帕蒂就会嘲笑他幼稚。

　　慢慢地，小伙子习惯了尤帕蒂的亲切、坦诚。尤帕蒂夸他相貌英俊，赞他像缅甸历史上的一个年轻将领，小伙子觉得挺有趣，时常笑起来，不再像以前一样会脸红了。

　　按缇普的说法，就尚孟的表现，不觉得那时他有什么其他想法，但有一点不可否认，自从尤帕蒂来到山寨以后，尚孟比以前快乐，看上去神清气爽。他不否认尤帕蒂是好朋友，言谈有趣，不像其他女人尽说无聊的事。尤帕蒂见多识广，自小喜欢阅读各种书刊，不仅懂得文学和音乐，对身边的事物知道得也不少。她十分健谈，历史、文学还有人情世故，无不涉及。尚孟觉得增长了见识，思想也更加活跃。从各方面看，尤帕蒂是个聪明的女人，比他以前认识的任何一个女人都更加充满活力。

　　我相信教育的作用，相信人类天性中的真善美，所以我以为，也许尤帕蒂觉得应该回报帕博的爱，以婶婶的身份去关爱尚孟。尤帕蒂的这些品质，使得尚孟有点离不开她，他们相互吸引。

　　"自从他婶婶来到以后，那小子像样点了。"有一次，当地的县长和家人过来打猎度假，逗留了三天坐船回去，大家一起给他们送别，帕博看着两个年轻人在忙碌，就这样对缇普说，"专员的大女儿潘缇好像对他有意思。"

　　缇普有种预感，但他很聪明，事不关己不想过问。本来他就少言寡语，此刻也就支吾了过去。

那年旱季到来的时候，帕博和尚孟要到久树盐渍地去巡视。那片林子是新开辟的，要往山里走。帕博原打算骑象进山，因为陆路比较方便，时间也节约一点，水路则时断时续，但后来尤帕蒂说她也要去，计划只好改变。

"那就坐船好了，没那么辛苦。没坐过象轿的人，如果坐一整天的话，比在风浪中坐船还难受。"帕博说。

对于喜欢离群隐居的人来说，坐着双篙独木舟进山是件快乐的事，艄公每一篙，都把文明又抛远一步。男人分坐在船两头，尤帕蒂捻着纸伞坐在船中间，一路说个不停。船划过橡胶树荫，丫杈上垂下来的兰花令她兴奋。帕博斜靠着竹床靠，头枕绸缎靠枕，抽着烟，尚孟低头看书。小船在竹丛和苦丝瓜棚架之间漂过，长臂猿的啸声和山鸡的聒噪声从岸上传来；有时蓝红羽毛相间的大翠鸟在大树上栖息，伺机下水捕鱼；成群的蝴蝶从头上飞过，清浅河道里细沙、卵石清晰可见。暮色降临时，三人来到塔奇乐寨，住在砍藤工头的家，晚饭后早早睡下了。

第二天，水路更窄，水浅处露出河底，到处是石滩，经常要几个人下来推船。走一段，歇一会儿，紧赶慢赶，傍晚时分到了久树盐渍地，工人们等候着他们。

和塔嘎单山林一样，久树盐渍地也是拓居地，帕博投资不少，只是规模没那么大，房屋也不太密集。主人的房子是老式的，不过很舒服。

尤帕蒂无论在哪里都快快乐乐，两个男人觉得很欣慰。每当帕博和尚孟出门巡查山林，查看当年要砍伐交税的树木，尤帕蒂就在驻地忙个不停，安排用人准备饭菜、操持家务，每天都新鲜，每天都兴奋。两个男人回来，有时手里握着束兰花；有时捧着流着蜜水、幼蜂尚在的蜂窝；有时带回的是不幸撞到枪口上的黑鹿或赤鹿，那是跟帕博和尚孟出去的猎人的猎物。

巡视工作快结束时，就要启程回去了，尚孟得了疟疾，起不了床。本来每天早上出去工作之前他都吃奎宁预防的。尚孟的病情不算太严重，但还是在床上昏睡了几天。尤帕蒂不顾他害羞反对，时刻照看，喂药、洗脸、擦身、喂饭。这些事其实随便一个女用就可以做的。

小伙子知道，与经过专业训练的护士相比，尤帕蒂一点也不差。照顾病人是一个很奇怪的活，你可以通过专业学习掌握方法，但没有亲身实践，就不能说有多专业。尤帕蒂不是职业护士，但她的悉心照料，至少能让病人在精神上少受折磨。

"再过几天你就可以起来走动了，强壮得像罗刹。"一天晚上，尤帕蒂告诉他，"你的烧退得差不多了。"

"以后让阿天或邓娘来照顾我，可以吗？"尚孟说，"让你受累了好几天，真丢人，我怎么还像个孩子，老要麻烦大人。"

"哦，每个病人都像孩子。"尤帕蒂甜甜地笑着，"别以为谁都可以做护士，你现在的任务是乖乖地躺在床上，照我说的做，别想到处找人做看护。"

尤帕蒂伸出手来，轻轻抚摸他的额头，他的头发，像妈妈爱抚孩子一样。

尚孟不知为何脸又红了，他半开玩笑半认真地说："这也是护理的一环吗？"

"哦，你不喜欢是吗？"

"我倒不介意，其实这样还挺舒服的。"

"如果我用另一种方法，你会好得更快。"尤帕蒂戏谑地笑了，走了出去。

尚孟后来告诉缇普说，那天晚上他睡得不熟，梦到尤帕蒂。但当梦见的事成形的时候又突然间惊醒，汗津津的，身上湿透。梦中的情景历历在目，从来没有什么事情令他如此激动、狂喜，还有，难为情。

叔叔和尤帕蒂睡在隔壁。天将破晓，小伙子听到叔叔起床的声音，先是洗漱、念经，然后吸烟。尤帕蒂那天睡得迟，听得出来，帕博尽量不发出声响，以免吵醒她。他出门时走过尚孟的门前，小伙子听到叔叔声音压得低低地问道：

"醒了吗，尚孟？"

"醒了。"

"今天感觉怎么样了？尤帕蒂说你的病情好多了，是吧？"

"是的，烧差不多都退了，我想应该不会复发了。"

"好，再多养一天，明天应该可以起来活动了。"

"叔叔和阿天办完事后，麻烦您叫他来找我。"侄儿叮嘱叔叔。

"哦，我现在就叫他来，今天早上没有安排他做事。"

过了一个小时，尤帕蒂起来，来到尚孟的房间，尚孟几乎不敢看她的眼睛。

"我先喝杯咖啡，待会儿帮你擦身子。"

"阿天擦了。"

"啊？为什么？"

"我不想给你添麻烦。"

"不会的，我从来没觉得有一丁点儿麻烦，我喜欢。"她走近他的床，又伸手去抚摸他的头。

"别摸。"尚孟把头转向一边。

"怎么啦？"

"这……别人要是看见了，不太好。"

尤帕蒂没出声，不解地望了他一会儿，耸耸肩走了出去。约莫过了二十分钟，她又回来，想问问他需要什么，尚孟假装睡着，尤帕蒂伸手轻轻地抚摸他的额头。

"别这样！"小伙子大叫。

"噢，还以为你睡着了呢。今天怎么啦，尚孟？"

"没……没什么。"

"那为什么对我凶巴巴的？我什么地方得罪你了吗？"

"没有啊。"

尤帕蒂欠身坐到床边，一边抓起他的手，一边说："告诉我怎么啦？"

小伙子转身面朝着墙，太难为情了，好不容易才说出口："我可是个男人，是个大人，不是五六岁的小孩子。"

"哎呀，糟糕！"

尚孟嘟囔着，声音发抖，面红耳赤。

"我想着你梦到你，你可能不奇怪，但对于我来说可不是这样。我想要是男人梦见女人，就算没发生什么事，潜意识里肯定是有想法的。"

"就这个？"尤帕蒂开怀大笑，"梦到我，会害了你吗？"

他望着尤帕蒂，眼光中满是忧虑，而尤帕蒂却是眼放光彩。

"你还不懂男人。"他说。

"是吗？"尤帕蒂面带嘲讽，站起身来，静静地望了他一会儿，扑哧一笑，转身离开房间。

第二天尚孟几乎痊愈了，可以下床走动，只是有点乏而已。他很奇怪，那天吃完早餐后，一整天没见到尤帕蒂。下午帕博从后山工人那里回来，没见到尤帕蒂，一问才知道她拿着书到河边去了。

"怎么能让她一个人去呢，"老人怒气冲冲吼道，"你们知道的，这两三天四周到处是老虎的脚印！"

帕博担心夫人安危，赶紧叫上工头和林区的猎手，每人提把枪，分头向尤帕蒂可能去的地方找。尚孟呆愣在那里。

尚孟不知道婶婶为什么表现反常，但想到昨晚的事，还有今早在餐桌上她的沉默，他明白一定是他说的什么话让她反感。尚孟思想单纯，受过良好教育，像绅士一般，一想到自己的某个行为，间接或是直接触犯了别人，造成伤害，而且……对方还是尤帕蒂，就无法原谅自己。情急之下，小伙子转身进屋，抓起把短枪，走下扶梯。

在围篱大门口他撞见邓娘，那个克伦族人工头的女儿，是她看见尤帕蒂出门的。尚孟再三追问，也没得到更多的消息。不过有一点，她说女主人带了两条纱笼布出去的。

"可能拿去铺在树下躺着看书，"尚孟心里嘀咕着，"或者……或者去洗澡……"

尚孟径直走向河边，留意到码头前面沙滩上有串小脚印，这是他自小在山林中生活获得的观察力。研究了一会儿脚印，看看前面清浅见底的河水，尚孟涉水过河走上对岸，而不是像其他人一样沿着岸边寻找。

不出所料，河对岸沙滩也有一串小脚印清晰可见。脚印经过水生香茅丛，转而上岸，消失在一片青翠的蕨丛中。望着萎缩的蕨叶，看着被踩踏过的痕迹，小伙子愈加相信自己的判断没错。于是他穿过高过人头的草丛，拨开累累垂垂的蔓藤，最后来到一片稀疏的橡胶林，林子一直延伸到山脚瀑布下的水潭。

瀑布从嶙峋的悬崖上飘落而下，水雾飘洒在空中，一切显得朦朦胧胧。潭中一个人自顾自在水中游着，正是尤帕蒂！

尚孟心中一阵激动，径直跑上前去，边跑边喊：

"尤帕蒂……尤、尤……"尚孟的喊声突然停住，身子僵在那里，嘴巴张着，视线留在潭边。他急忙退避到树后。

尤帕蒂身上一丝不挂，只有晶莹剔透的水珠，像蚱蜢的眼珠。既害羞又替尤帕蒂难为情，尚孟内心焦灼，差点想离开，但又犹豫不决，在树后辗转。

"怎么啦，尚孟？"潭边传来女人平静的声音，好像衣着很得体似的。

"叔叔见你不在家，着急了，现在大家都四处找你呢。"

"回去告诉老爷，说我把自己照顾得好好的。"尤帕蒂大声说道，瀑布哗哗作响。

小伙子没好气地答道："哪有那么简单。你别忘了，这里不是我们的山寨，是久树盐渍地，今早棚屋周围有老虎活动的痕迹。"

"那你要我做什么，去杀了它吗？"

"你还开玩笑，快点吧，天黑就麻烦了。"

小伙子躲在紫檀树背后，听到尤帕蒂嘴里嘟囔着。过了一会儿，尤帕蒂大声答道："好吧。但我起不来，潭边陡得跟什么似的。把树枝上的纱笼布扔过来，拉我上去。"

尚孟咬住嘴唇，硬着头皮从树后探出头来，找她脱下来的衣服，从前面的榕树枝上拿下来，背着脸递了过去。

"好了，伸手拉我一把。别一副恶心的样子，好像我是千足虫似的。"

小伙子很清楚，要想赶紧离开这地方，他别无选择，只能按照尤帕蒂的吩咐做。他跪在岸边，伸手抓住尤帕蒂，轻飘飘地把她拉了起来，像拉个小孩子一样。

尤帕蒂拿纱笼布束胸，仍抓住尚孟的手不放，眼里满是笑意。

"没想到病才好就有这么大的力气。"

"你还是赶紧穿好衣服回家吧，天黑了。"

"要我怎么穿呀，就这条纱笼布？"

"邓娘不是说你带了两条来的吗？"

"哦，我以为你会跟来一起洗澡的。"

"你……你……"小伙子吓得脸都白了。

"还是你说得对，我是不懂男人，不懂像……哦……胆小如鼠的男人……"

"尤帕蒂！"尚孟浑身大汗，想挣脱尤帕蒂的手，但又浑身无力。望着尤帕蒂挑逗的眼睛，含笑略张的唇间细牙，湿漉漉的头发，丰腴的胸部，他低下了头。

"胆小如鼠。"女人带着情绪粗声说道，"要不干脆叫你瞎子算了。"尤帕蒂松开手，走回去拿起书、衣服和另外一条铺在榕树底下皱巴巴的纱笼布。

就在这时，尤帕蒂突然被人从后面抱住，双脚离地。她扭过头来，看到了尚孟的脸上满是汗珠，样子吓人，简直和疯子没什么两样。

"你没权利这么说我。"尚孟口气很霸道，和刚才判若两人，"你知不知道，第一眼看到你，我就一直在克制自己。以后要是发生什么事，都是你的错，不要怪我。"

"你想干什么？"尤帕蒂语调平静，唇间眸中嘲讽的笑容仍未褪去。

欲火中烧的尚孟被撞到了底线，再也把持不住。他把尤帕蒂推倒在地，俯身准备扑上，没想到尤帕蒂敏捷地翻个身，从他的手臂中挣脱出来。尤帕蒂站起身，拉起蹭掉的纱笼布重新束好胸，脸上依然是甜蜜的笑容。

"别疯了。"尤帕蒂说，"时间多得很，干吗要在这荒郊野外，我们不是有宫殿吗？"尚孟垂头丧气地跪在地上，像个被一拳击倒的拳击手。尤帕蒂自信地走过去，抓住他的手臂拉起来，像拉着个乖孩子。尤帕蒂亲亲他的脸，小声说："晚上别闩门，老爷睡着了，我就去找你……"

三天后，帕博带着家人启程返回塔嘎单山寨。

按照缇普的说法，本来尚孟和尤帕蒂的事不会暴露，等到帕博死了，他们俩还会背负罪孽，在世间媾和享乐，但人们往往欲壑难填。随着时间流逝，尚孟和尤帕蒂发现帕博没有留意到他们偷情的事，慢慢就不那么小心谨慎了。

帕博的老家在槟榔地河口，通常他每个月都会回去一次，住上两三天，尤帕蒂也都跟着。但自打从久树盐渍地回来以后，总有各种各样突发的事让她走不了，比如头痛、发烧啦，出门前家里突然有事啦等等，原因不一而足。帕博本来就疼爱这个年轻漂亮的夫人，也就随她了。

"我和那些爱惜尚孟的人，觉得事情有点不对头，都曾经找机会善意地试探并提醒他。"缇普说，"我们告诉他，那种事哪里瞒得过用人们？要是事情败露，别以为帕博年过半百，他那把力气能拧下一个人的脑袋的。但尚孟却大笑，这年轻气盛的小伙子沉迷在爱情中了。"

"婶婶和侄子走得近不行吗？"他为自己开脱，"你们想多了吧？要是不妥的话，叔叔也不会让他最心爱的人跟我在一起的。"

既然尚孟矢口否认，缇普也不想纠缠下去，毕竟只是出于好意而已。这可以理解，帕博和尚孟是叔侄，他缇普算什么呢？帕博对他再客气，他也不过是一个雇员嘛。

这事早就该暴露了，之所以还拖了近一年，多半因为帕博对夫人、对羊羔般稚嫩的侄儿爱惜、放心和信任。事发前一点迹象都没有，但暴风雨前的平静让这对年轻人更加放肆和疏忽。事情的爆发不可避免了。缇普估计，有个被帕博疏远的女人，不甘心沦为女用，想重夺女主人的地位，旁敲侧击让帕博知道了这件事。即便这样，这对年轻人的关系依然没变。帕博看起来对他们反倒更好了，对工人也很友善，到城里办事更加频繁，当然尤帕蒂不跟着去。这样的情形维持了三个多月。

有天下午，帕博突然走进办公室，好像就是缇普和我聊天的地方。本来大家都以为他还在城里，和政府里的官员讨论募捐建寺庙的事。

"见到他进来，我们都大吃一惊，"缇普说道，手中把玩着酒杯，陷入深思，"又惊讶又害怕，知道马上要出大事。毫无疑问，帕博根本没有进城，我猜他就是想迷惑山寨里的人，特别是尤帕蒂和尚孟。他看上去很平静，心情不错，一点也不显得激动，但眼神不同往常，令人禁不住猜想。我主要是替尚孟担心，既喜欢又可怜他。我对助手使了个眼色，想让他出去，告诉那对年轻人，要是刚好他俩在一起，也有个心理准备，知道老虎归山了。我的小动作没有逃过帕博的眼睛，他望望我，忧伤地笑笑，摇摇头：'没用的，缇普。我没理解错，我不是爱昏了头，或者用你们的话说，老牛吃嫩草。我见过的女人多了，有好的有坏的，只是打小时候到现在，我还从没有这样深爱过一个女人。'我认识帕博这么多年，还是第一次看到，或者说我想我是看到了，他的眼眶里含着泪水，但只是短短的一瞬间，那眼泪就干了。帕博仍是原来的帕博，身材高大，肩膀宽厚，大腹便便，一副菩萨心肠，刚才还响亮颤抖的声音恢复了原样。他在桌边坐下，打开烟盒，拿出一支烟点着吸起来，也递了一支给我。"

"我知道，你不是故意要瞒着我。"帕博接着说，猛吸一口，喷出烟雾，"我很清楚，你一开始就知道，你没说，是怕我受不了打击。"他长叹了口气，继续说道："我们一起好几年了，你了解我的为人。有人说我心狠，有人说我心软，都对也都错。我也就是一个普通人而已，所以有好也有坏，脾气有时暴躁野蛮，有时慢条斯理；我没有欺压过谁，没有靠金钱、拳头去欺负别人，做伤害感情的事；但我也不会让别人负我。你明白我的意思吧，缇普？"

"我明白。"

帕博沉默了好久，任由指间的烟在烧，快烫到手指头才扔掉。再开口的时候，他板着的脸也放松下来，恢复了笑容。

"告诉我缇普，换你会怎么办？"

"我……我……"缇普结结巴巴地答道，"我会原谅他俩，就当给小鸟放生。"

帕博听了大笑起来："你自己也清楚那不是真心话，你就是想让事情平息下来。换作任何一个男人，碰上这种事，知道自己的名誉、爱情和信任被别人践踏了，他肯定会把奸夫淫妇杀掉解恨。别告诉我，你要是看到自己的老婆投入别的男人的怀抱时，还会走上前去脱帽行礼，面带笑容地说'嗨，亲爱的，握个手，祝贺你和那个家伙。'正常人不会这么做，但是，我会的……"

"老爷的意思是，原谅尚孟和尤帕蒂？"我问，激动地盯着他。

"哦，一定的。不止这些，我还要公开安顿他俩，让他们一起生活。"帕博从桌边站起来，转过身来对他的经理严肃地说，"她是都城来的，阅历丰富，有知识有文化，应该知道善恶对错，所以我想让你来评判，我做得公不公平。"老人抬起手来擦擦额头上的汗，"真没想到会发生这样的事。"帕博抽出腰间皮套里的手枪，放在桌上，"以防万一，免得情绪失控，还要处理后事。一会儿跟我来吧，缇普。"

帕博执意要做的事，缇普无力阻止，他那时主要想知道老人怎样处置自己的侄儿。无论如何，只要有他在，就要想方设法让尚孟没事，好过让帕博一个人去。

帕博带他绕过篱笆。篱笆的柱子上头削得尖尖的，根根相连，像捕捉野象的围栅。他们来到别墅厨房的后门，从后梯悄悄爬上去。帕博慢慢打开盥洗室的门，转身招呼经理。缇普一开始还觉得奇怪，为什么不从前门楼梯上去直接到夫人的卧室，这会儿就明白了——他看见帕博从墙上取下来一个裸体女人的画像，靠墙放下，把缇普拉过来，指着三寸铁钉长的缝隙，让他把脸凑过去。

"乍一看什么也看不到。"缇普面无表情地告诉我，"门窗关着，房间很暗，窗框上的彩绘玻璃透进一点光线，依稀能看见房间里的情形。眼睛适应以后，我看见对面墙边梳妆台上有面椭圆形的大镜子，镜中能看到窗子斜对面的床。床上的场景，一点美感也没有。他们压着嗓门打情骂俏的笑声、谈话的声音，清晰可辨。我回过头来，看见帕博紧握双拳，僵直地站着，因为光线昏暗，看不清他的脸色。他要我接着看，继续听。我浑身发抖，大汗淋漓，头昏眼花，感觉要中风一样。里面传来一阵阵亲吻声，隐约听到他们几次说到帕博的名字，有时一点敬意都没有。"

"你知道吗？在久树林的那天晚上，一听到叔叔咳嗽醒来叫你，我以为死定了。"尚孟正说着。

"我告诉他去卫生间了，"尤帕蒂说，"但就你，差点露馅，第二天早上那么粗心，我的头发还沾在你的衣服上，你就去餐桌吃早餐。"

停了好久，除了喘气声和低低的呻吟声，没有听到说什么。

过了一会儿，又听到尤帕蒂说道："我都快憋死了，你不觉得压抑吗？"

没有听到回答。我和帕博在外面又一次听到重重的亲吻声。

"哎，你难道不知道，偷吃禁果虽然甜蜜，但折磨人，我郁闷得要死，还时刻想着你。叔叔在的时候，我都急疯了。叔叔不在时，我跟你一起又提心吊胆的，总竖着耳朵，有什么声响都以为是叔叔回来了……"

"但我和你在一起的时候，什么都不怕。"

停了一阵子，听到尚孟问道："你觉得叔叔发觉了吗？"

"发觉什么？"

"我们的事呗。"

"那头蠢驴。"尤帕蒂讥讽地轻笑，"我求你件事，以后别老这样，姬安开始留意我们了。"她说的姬安是帕博以前的女人，失宠后在家里做用人。"今天也是，如果我是你，就等到夜里。白天人来人往的，有点儿冒险。"

"等到晚上，我要么心碎，要么急死。"

又一阵猛烈的亲吻。帕博抓着我肩膀的手捏得紧紧的，我觉得好像被饿虎抓着，不由得缩着身子。

"我每天都在想，带你离开这里。"小伙子说，翻了个身，幸福地喘着气，"我唯一的愿望是逃离这里，我们就可以单独在一起，再不受干扰。"

"我也这样想。"女人声音颤抖着，"我就想每天每时每刻睡前能让你待在身边，或者只祈望，但愿我永远是你的，没有什么东西将我们分开，天各一方。"

"即便是一天。"尚孟说。

"即便是一分一秒。"尤帕蒂更正。

帕博一直僵直地站着，脸上冒出大颗大颗的汗珠，表明心里受到的沉重打击。他把耷拉下来的头发轻轻拨回原处，然后示意我一起离开卫生间。

"他们说的每一个字你都听见了，是吧？"

"是的，每个字都听见了。"

"什么也都看到了？"

"什么都看到了。"

"那好，跟我来。"

他带着缇普走过中廊，转到卧室门口，握住门把手猛地一拽，门闩掉了，房门大开，里面的场景毫无遮拦地展现在两人眼中。

里面的两人傻了，蠢不可及的样子。男的赶紧转过身去，紧紧抱住枕头，女的本能地假装晕死过去，抓了块毛巾裹住下身，滚到床下。

"不用怕。"帕博平静地说，"我不会把你怎么样的，尤帕蒂。你们两个都是大人了，好好说吧。我嘛，也不是心肠狠毒的人，即便像你说的是头蠢驴，行将就木，也明白年轻男女的感受，眼神的诱惑，身体的吸引，云雨的销魂蚀骨，甚至被爱冲昏头脑。"他没再看这对男女，脸色依旧不变，"出来吧，尤帕蒂。"

开始女人还假装未恢复知觉，听到帕博叫了两三次，留意到叫声中带有命令的口吻，只好从床底下慢慢爬出来，慌乱中用小毛巾扭捏地裹住身子。

"对我还需要遮遮掩掩吗？你的身子，我和尚孟一样了解，有几颗痣，几块斑，在身上的什么地方，我都一清二楚。"帕博和善地笑着，"出来吧，不会把你怎么样的，缇普可以担保。"

帕博走近两人，与平常不同，从脸色和举止看不出他有一点儿恼怒。两人还以为他会歇斯底里地发泄一通呢。再听到帕博温柔的话语，两人镇定下来并露出笑容。他俩觉得老人是有善心的——经历了太多的人与事，现在也快到生命的尽头，他要向世人表现自己的宽容、义气、老练和仁慈，所以，害怕的事不会发生，处置可能也就是个形式罢了，帕博会原谅他们，把他们的事忘掉。

"我有点衣冠不整……"尚孟舒心地说，起身坐在床沿上。

"噢，没什么，不管它。"帕博大笑，"我还羡慕你呢，我要像你该多好。猜猜我会把你和尤帕蒂怎样？"

"我原来以为至少我会挨顿揍，但叔叔说不会把我们怎样的。"

"我绝不会那样对你们的……别害怕，我告诉你我会怎么做，我要把尤帕蒂送给你……别插嘴，尤帕蒂，"帕博挥挥手制止尤帕蒂，"我是认真的，不是开玩笑，我要把你送给尚孟，好让你俩光明正大地一起生活。姑娘配小伙，不是配像我这样风烛残年的老人。抓着手，尚孟，左手，对了，你右手，那边……"他伸出大手，像抓猪脚一样，把两个年轻人的手抓在一起，像铁套一样紧紧扣住，"从今往后，没有什么东西能把你俩分开……"他顺手从衣服口袋中摸出一个东西，接着听到当啷一声，"哪怕一分一秒。"

帕博把侄儿和他年轻妻子的手铐在一起了……

那时，缇普只觉得好笑。他认为帕博是在苦中作乐，帕博化解痛苦的能力是别人无法企及的。

帕博继续轻柔地说着。按他的说法，这对年轻人可以在那间屋子继续待下去，要到户外登山观花逗鸟赏月数星星都可以，但只能在山寨里；像以往一样出去和他一起用餐可以，叫用人送进房间两人单独吃也行。总之一句话，他俩不用做什么，除了永远相爱、永远在一起。

"这两三个月来，"帕博对尤帕蒂说，"我只听见你说，但愿两个人能在一起，整夜，整天，整年，一辈子，天长地久，一刻也不分开。"帕博苦笑了一下："我不阻拦你，尤帕蒂，我还要尽我所能帮你实现最大的心愿，那个手铐可能会让你讨厌，但可能也就是一开始而已，不久你就会习惯的。"

年轻的妻子脸上露出幸福和自信的笑容。到了这一刻，她没有再掩饰自己的感受。像尤帕蒂这样的女人，性格顽强，不会轻易改变决定。爱情也总会令人无视传统习俗，摘掉面具，不管何时何地都勇敢地面对现实。

但尚孟却没么乐观，他望着铐着两人的手铐，预感不妙，疑惑地问："叔叔准备把我们铐多久？"

"天长地久，"帕博回答，"就是你和她想要的。"

大家可能难以想象，对两个年轻人来说，那是多大的折磨。还不到一个星期，两人已是痛苦万分。你可能坐过拥挤的车船，里面闷热、酸臭、肮脏，人声嘈杂，但那再长也不过三两天，还有盼头。你闭上眼睛想象一下，假若必须和一个人亲密相处，即便对方是你爱得死去活来、时刻不愿移开视线的人，若让你们整天身子挨身子，无论情绪好坏，想把脸撇开都不行，不管是喜欢还是厌烦，想离开一下都不行，请你想象一下……

尚孟和尤帕蒂就是这样。刚开始，两人都尽量安慰自己，很快就会没事的。"叔叔搞什么鬼。"尚孟心里嘀咕。"老爷风趣得奇怪，"

尤帕蒂大笑，"就喜欢标新立异。"开始的那段时期，两人常常碰头踩脚，生活按照事发前两人憧憬的方式过着——每天充满了欢愉，留声机歌声响亮，绕着房子紧贴着奔跑，大声地喊叫、嬉笑；要不就静静地待在房里，总之一点儿也不在意别人的想法和感觉。

根据缇普的叙述，我想，他们大声喧哗，故意做些不入眼不入耳的事情，可能是觉得这样做会让帕博讨厌，然后快些赶他们走，他们就可以离开帕博，离开山寨，携手远走高飞，到一个无人关注的新地方，开始新的生活。

实际上，如果尚孟和尤帕蒂在生活方面曾经规规矩矩、小心谨慎，那么即便后来行动受到些限制，遇到一定的困难，他们都还可以忍受得久一些。有的监狱里，囚犯被锁链铐在一起，每晚必须一起睡觉，有些竟然成为至交，你若见过这样的情景就会明白我的意思。但这对年轻人却相反，他们精神很快就垮了，快得不可思议。尚孟需要什么，只叫用人，尤帕蒂也一样。时间流逝，一周、一个月过去，谁也再没兴趣游山玩水、观花赏月。那些曾经一起走过、一起坐过、轮流枕着对方的膝上躺过的地方，曾经在互诉衷肠、卿卿我我、憧憬将来比翼双飞、永浴爱河的地方，现在都不再重要，不再有意义，取而代之的是厌倦。灌木丛林吹来的轻轻的风，悦耳的鸟叫声，都让他们觉得吵闹；淡黄色耀眼的阳光，水边的草丛，也懒得费眼神去看；连触摸或亲吻的时候，也讨厌看对方的脸；甚至连自己的打扮和模样都觉得讨厌。

一天晚上，皎洁的月光照进房间，以前的点滴再次唤起尤帕蒂心中的爱意，她去拥抱他。他因突然被惊醒感到恼火，用力推开，转过身去。尤帕蒂在哀怨和哭泣中过了大半夜，很晚才睡着。自那以后，两个人不说话，连对方的脸都不看一眼。

熟悉会令人厌烦。当内心苦闷时，他们抗拒对方，无论什么样的接触，目光也好，身体也罢，只会越来越增加相互的憎恨。最折磨这对年轻人的，不是物质上的缺乏，这方面他们可以应有尽有，他们失去的是自由。

原本郁郁寡欢，加上没有自由，小伙子的精神状态每况愈下，最后失去了耐心。有一次，两人都心情不好，一番激烈争吵之后，尚孟强拖着尤帕蒂到帕博面前，当着缇普的面，说自己宁可去死，死了好过这样的痛苦煎熬。

叔叔望着他，停了一会儿笑了。

"你还缺什么？"他和气地问道，"机会都给你了，还有什么不满足吗？"

"这不明摆着要我的命吗？"尚孟哀号，"三个月了，我没有正常人的自由，比监狱里的犯人还惨，他们还能放放风，还有刑满释放的一天，我呢，是活活掉进地狱了！"

"见鬼！你和尤帕蒂不是说像上了天堂一样吗？"帕博大吼，

"这不就是你们自己想要的吗?!我没有过分吧?别忘了,尤帕蒂
是我的老婆,明媒正娶来的,不是拿来玩玩解闷的女人,我全心
全意地爱她。看看你现在的样子!你想要的,我给了你,你还想
怎么样?"

"我想死了算了。"尚孟抬手抱住脑袋,自言自语。

帕博望了一眼缇普,再看看侄儿,没有理会一旁绝望的妻子,
摇摇头,冷冷一笑。

"想死随便,"他慢条斯理地说,"我还能帮你。"他伸手指指放
在房子角落的桌子抽屉:"解决你问题的钥匙就在那里——"

侄子听了,抬起头来,目光呆滞,像个神经病。他扯着尤帕蒂
直奔那张桌子,慌忙拉开抽屉,拿出里面的手枪。他眼睛瞪得大大
的,然后抛枪于地,呼呼呜咽。

"我要活,我不想死!我还年轻,不能死……"

"谁强迫你了?"帕博问,开心地笑起来。

"我实在看不下去,"缇普说,"我恳求过他,把他们放了吧,
就当放生一只鸟。但每次提起,帕博只是笑笑,摇摇头,最终还是
维持原样。"

"你干吗不报警?"

缇普望着我,然后摇头。

"有什么用。不报警,他们也都清楚。"他停了一会儿继续说道,

"谁都知道政府部门是什么样子。说得直白一点，我们都知道帕博是地头蛇，能呼风唤雨，谁都不想招惹他。官员的想法跟我们差不多，帕博能满足他们的需要，是他们幸福生活的保障。尚孟和尤帕蒂有什么呢？……"

"你的意思是说帕博贿赂官员？"

"帕博从没贿赂过谁，对府里的官员和山寨的工人，他只给赏赐。"

接着，更严重的事发生了——尤帕蒂怀孕了。

跟普通家庭或情人不同，创造新生命的父母不仅没有改善关系，反而更加憎恨对方。怀了孕的尤帕蒂看起来不再年轻漂亮。我想尤帕蒂情绪好的时候，会想得通，不再考虑去死，像每个母亲一样，为将来作打算。但眼前的窘境似乎没有尽头，尤帕蒂的心情更加混乱和烦躁，尚孟也一样。山寨气氛紧张，尚孟和尤帕蒂无法克制自己，即使别人在场，他们也毫不顾忌，互相责怪对方，没有一点羞耻感。

小伙子觉得，他本来可以事业有成，却都被尤帕蒂破坏了。人性就是这样，没有了爱，人就变得自私自利，为爱献身的承诺，变成一句空话。缇普不说我也能猜到，尤帕蒂会怎样反驳。尤帕蒂责怪尚孟破坏了她贤妻的形象，巧用心机，从他叔叔手里把她抢走。她骂尚孟是恶魔，插足她的生活，破坏恩爱夫妻幸福安宁的家。尚孟大受刺激，再也压制不住怒火——尤帕蒂的"家"是他叔叔的家，是他叔叔精心栽培他长大，把他从一个不谙世事的黄毛小子培养成材的。两人争吵无休无止，有时拳脚相向。

最后，尚孟的耐心达到了极限，他又去找帕博，讨要那把"钥匙"，要彻底解决问题、摆脱痛苦。帕博给了他，还找了个用人作证，警告他俩，无论谁开枪打死对方，都会被送交警察局，当杀人犯处理。

后面发生的事缇普讲得不太清楚，那时他去北榄坡出差，回来后从帕博那里听来一点，从工人那里听来一点。虽然如此，我还是能在头脑中把它们串起来。我想象得到，尚孟坚定地接过枪，牵着尤帕蒂的手回到卧室。这一次他的动作很温柔。人在最后关头，总会想到自己的财富，不管是爱还是其他东西。我似乎看见尚孟脸色愉悦，举止斯文，言语温柔。房门关上，里面只有两个人。他把尤帕蒂带到床边坐下，那张床可能还是帕博和缇普看到的那一张。两人静静地坐着，一声不吭，不知各自在想什么。最后，女人读出了他的心思，说道：

"你这么想是对的，尚孟，这样做对大家都好。"

男人出神地抚摸着手枪，低着头，慢慢回答：

"不是的，尤帕蒂，我想的不是自己，也不是那个心狠手辣的人。我只在想你一个人，今后你该怎么办？"

"我明白的。"女人轻轻地答道，"让我来帮咱俩找出答案吧。你想一想，没有了你，我会一个人待在这个世上吗？"

"尤帕蒂！"尚孟猛地搂住爱人的脖子，把头埋在她的怀里，像个孩子一样哭起来。五个月的折磨带来的紧张神经终于松弛下来，理智和情感占了上风。"原谅我这段时间对你这么无情。"

"我一向都不介意的，尚孟。只要有爱，没有什么行为、什么错误、什么残忍和痛苦不能原谅。我们还会继续相亲相爱的，尚孟，现在是，将来也是。"

"你要好好活着，尤帕蒂，看在我们孩子的分上。"

"我会的，尚孟，为了我们的孩子，为了你，也为了我。今生今世我们不能相聚，下辈子相见吧。死也没什么，不过是新生命的开始。我们一起去迎接那种生活吧，尚孟。"

我似乎看见尤帕蒂抬起手来抚摸他的脸，他的头发，低下头亲吻他、安慰他，此时的爱更像妈妈对孩子，母爱多于情爱。这对青年男女历经热恋，接受严酷的考验，最后达到在精神上相互吸引。此刻，两个人的心前所未有的平静，这种状态热恋时也未曾有过。

在下定决心离开这个世界的最后时刻，尚孟表现出男子汉应有的气概。他果断地把枪递给尤帕蒂，叫她来开枪。说话声音清晰，神色畅快、心平气和，半开玩笑似的说："你右手闲着，比我方便……"边说边抬起手臂把尤帕蒂搂在怀里，低头最后一次轻吻她的脸，"选个合适的地方，我的胸部可能有点硬，最好是太阳穴……"

尤帕蒂单薄的手紧紧地握住枪，充满爱意地望着尚孟，最后一次露出微笑，枪口对准太阳穴——她自己的太阳穴——扣动扳机！

"帕博如愿了。"缇普把瓶底最后一点儿酒倒出来，举杯一饮而尽，一滴不剩。粗糙的大手和发白的嘴唇在不住地颤抖，他强作笑脸："让所有的事归于平淡吧。想想我好像做了个梦，不敢相信会真发生过这种事。可这还不算什么，后来的事才更让人毛骨悚然。"说罢，他抿住嘴唇，一只手摸着下巴，恢复了原来的样子。"真是想不到，帕博这样菩萨心肠的人，竟是个恶魔。尤帕蒂被打穿后脑勺，叫都没叫一声就死了。尚孟抱着尸体跑到大厅，血流了一路。那天在场的工人说，帕博看到这些，眼都没眨一下，丝毫不动容。更糟糕的是，他不给尚孟钥匙，死人的手还和他铐在一起，拿不出来。尚孟坐在尸体旁边，不停地恳求，帕博也没有反应，甚至他也没有去嘲笑尚孟活该，只淡淡地说："天长地久。"就低头走了出去。尚孟只得拖着女人的尸体，跌跌撞撞地到处找刀子……

我无言以对，心在发抖，好久才说出话来："刀子？他想捅自己一刀跟尤帕蒂一起死？"

"哪里会，那个懦夫不敢的。他要是想死，枪膛里还有四颗子弹。"

"那他到处找刀干吗？"

缇普大笑起来，像个精神失常的人："割掉尸体的手，要不整夜都得睡在一起。第二天早上，他找到了一把刀。"

"天哪！"我叫了起来，我想自己的脸色可能都惨白了，"怎么那么残忍！"

"如果你觉得这些够恐怖够残酷，后面还有更厉害的……"

"还有？"我几乎听不出是自己的声音。

"尤帕蒂的死让尚孟彻底崩溃了。"缇普回答道。

真是可悲，原本朝气蓬勃、勇敢帅气、有知识有教养、人见人爱、受人羡慕嫉妒的尚孟，竟然成了缇普眼里的可怜虫。

尤帕蒂还活着的时候，尚孟就已经变了样，被痛苦折磨得丧失了理智。尤帕蒂死后，尚孟更加颓废，没有了丝毫男子汉的尊严。他丢下人生的假面具，抛弃了所受的教育和文明的熏陶，赤裸裸地暴露出了本性，随着时间的流淌，尚孟越发堕落得像禽兽一样。

"我觉得尚孟堕落了，连禽兽都不如。"缇普说，"动物的天性是不伤害自己，受到欺负或者心爱的东西被夺走，它会本能地自我保护、去搏斗、报复，再凶狠恶毒的动物都懂得保护自己的雌性伴侣。但尚孟不是这样的，他根本就没有去争取，也没有去报复，像个奴隶一样，任由帕博差遣。当然，帕博让他做的，也就是打水、除草之类的……"

尚孟疯了，不过他不曾伤害过谁，很听叔叔的话，像条狗对主人忠心耿耿。同样，帕博也深知尚孟的软弱，让他一个人待着。尚孟常常在棚屋的周边或者林子里游荡。有时我想，他是不是在重游幽林故地，那些他曾与尤帕蒂卿卿我我、缠缠绵绵、赏花观鸟、悠然独处的地方，抑或是曾经共浴的山涧，一起摘过野花的草地。他就像个疯子，走路摇摇晃晃，嘴里咕咕哝哝。没人敢肯定，会不会有那么一刻，哪怕只有那么一瞬间，精神已经崩溃的尚孟能像常人一样，躺在见证他们爱情的草丛、沙滩上，脑海中闪现记忆的片段。缇普说，有时尚孟会跑进林子里，几天不见人影，寨子里的人会以为他被老虎吃掉或出了什么事，不过，最后他总是能回来，晚上还睡在锯木场后面的小木屋里。

"夜深人静时，到了固定的时间，尚孟就会号叫，跟你听到的一样，叫一声抽泣一下，像只发情的野狗、猴子。刚见到你的时候，我以为你跟尚孟一样，都是帕博的侄子，就想要提醒你注意那三个脸蛋白白嫩嫩的姑娘，她们都是帕博新娶的老婆。"

我望着缇普，出了会儿神，努力想排遣掉心中的凉意："你怎么能在这里待这么多年呢？"

　　缇普没有马上作答，侧着身子拿起空酒瓶瞄了一眼，又放了下来，遗憾地叹了口气："你知道吗，山寨有它的魔力，能抓住我们的心。在这里久了，它像家。每个人对我都很好，我们一起玩，一起吃，像现在这个样子，每个人都没有别人想的那样复杂。而且，一个男人需要的所有东西——酒、女人和工作——都是帕博给的，我们还能想要什么呢？"

　　和缇普聊完，我好像变了个人，和刚开始谈话时完全两样。回屋的时候迎面碰上两个缅甸女子，眉目清秀，体态优美，沿着走廊过来。女子转过身来偷看了我一眼，转身窃窃私语，边说边笑，明显在嘲笑我懦弱的样子。我没有理会她们，赶紧走进房间，心扑腾扑腾直跳，好像打鼓似的。我打开桌上的酒瓶，也没找杯子，直接往嘴里倒，之后倒头大睡，一觉就到大天亮。老天保佑，我没再听到那个叫声。

　　第二天早餐时，听我说有急事要马上回曼谷，帕博很奇怪。

　　"来的时候不是说可以住到月底吗？"他问。

　　我随便找了个借口，表示一定得赶回去。

　　"可惜你这回没打成猎。昨天我到上面的林子检查工作，工人说树上挂满果子，到处是赤鹿黑鹿的脚印，它们出来觅食了。不过没办法，还是工作重要，有空的时候再上来玩吧。"

　　我口头答应着，心里很清楚，虽然我向往打猎，想逃离都市追求自由，虽然这里有女人的诱惑，有缅甸女人含义丰富的眼神，但都不足以再吸引我来塔嘎单山。

那天早上，我背着重重的行囊，告别了帕博的"新王国"，如释重负。带着帕博的疑惑、缇普的理解、帮我收拾行李的缅甸女郎嘲笑的眼神、最后一刻我的踌躇，我还是重返闹市，去实现一个凡夫俗子对生活的热切渴望。

新婚的床

[黎巴嫩]
纪伯伦
伊宏 译

作
者
简
介

　　纪伯伦（1883—1931），黎巴嫩作家，是具有世界声誉的黎巴嫩诗人、散文家、画家，阿拉伯现代小说和散文诗艺术的奠基者之一，青年时期移居美国纽约，是阿拉伯著名海外文学流派"旅美派"的中坚和代表人物，20世纪阿拉伯新文学道路的开拓者之一。其主要作品有《泪与笑》《先知》《沙与沫》等，蕴含了丰富的社会性和东方精神，不以情节为重，旨在抒发丰富的情感。纪伯伦、鲁迅和泰戈尔一样是近代东方文学走向世界的先驱。他的作品充满音韵之美，同时内容富有哲理，在西方和在东方一样受到欢迎，西方人称他的作品是"东方赠给西方的最好礼物"。

　　译文原载于《世界文学》1993年第5期。

新郎新娘从教堂走出来了。前面青灯明烛引路,后面跟着兴高采烈的贺客,青年男女簇拥着,男孩子哼着流行曲,女孩子唱着喜歌。

婚礼的队伍载歌载舞来到新郎家。这里已经装扮一新:华丽的饰物,贵重的地毯,晶莹闪亮的器皿,馨香四溢的芳草。新人双双登上大厅显眼处的平台就座,来宾们在丝绒坐垫和天鹅绒沙发上入席。不一会儿,大厅就被各种面孔和服饰的人挤得满满当当了。仆人们端着饮料来回奔忙,碰杯声交织着欢呼声响彻大厅。这时,乐队来了。待他们稍稍坐定,便演奏起来。奥德琴通过细细的琴弦在低声絮语,纳耶笛抑扬婉转传送着祝贺,铃鼓叮当,妙乐奇音,催人开怀,令人心醉。

很快,姑娘们就随着乐曲的节奏跳起舞来。她们轻扭着腰肢,像细柳柔条在微风中摇曳;她们的裙裾飘忽飞旋,似明月与彩云嬉戏,一时惊讶和钦羡的目光都投向了她们。姑娘们的翩翩舞姿,款款风貌,使青年们神魂颠倒,使老年人目瞪口呆。顿时人们添杯劝饮,酒兴大增,宾客们眉飞色舞,心荡神摇,整个大厅气氛更加热烈。像断了弦的吉他掌握在一位神秘的精灵女手中,她拼命地弹奏,让和谐音与不和谐音搅混在一起。于是,这边,一个青年在倾吐他对一位迷人姑娘的爱的秘密;那边,一个小伙子为了和一位妙龄女郎搭讪,正向记忆搜寻最甜美的词句;这边,一个中

年人正一杯接一杯地开怀痛饮，一个劲儿地要求歌者再唱一遍那
支勾起他对昔日恋情回忆的歌曲；那个角落，一个女人正挤眉弄
眼向一个男人频送着秋波，而那个男人却带着爱意眼巴巴地盯着
另外一个女人；另一个角落，一位鬓发斑白的太太，正笑眯眯地
瞧着那些姑娘们，想从她们中间为自己的宝贝儿子物色一个新娘；
窗户附近，一位妻子趁她丈夫醉意蒙眬之机，悄悄凑到她的情夫
身旁……所有的人都已沉浸在狂欢和调情之中，都在寻求着欢娱
和快乐。他们似乎忘掉了昨日的不快，也好像不去想明天会发生什
么事情，只是一心一意地采摘着今日的甜果。

　　这一切都在进行着。美丽的新娘带着忧伤看着这个场面，犹
如失去希望的俘虏看着囚禁他的黑牢冷壁一样。她不时朝大厅的
一个角落张望，那里孤零零地坐着一位二十岁的青年，像受伤的
小鸟离开岛群似的，避开了兴高采烈的人群。他抱着双肩，就像用
双臂保护着心脏不让它跳出来逃掉一样。他痴呆呆地仰望着大厅的
穹顶，似乎那里有什么看不见的东西。他的灵魂已经和他的感觉分
离，随着黑暗中的幽灵在空荡荡的世界中飘游。

　　已是午夜时分，人群中的欢乐气氛有增无减，愈发浓烈，以
至变成一种骚动。人们被酒灌得头昏脑涨，舌头也失灵了。这时新
郎——一个其貌不扬的中年人——从位子上站起身来，醉意蒙眬地
走到宾客中周旋，假惺惺地做出温文尔雅的姿态。

这当儿，新娘正在向一位姑娘示意，要那位姑娘到自己这边来。姑娘轻轻走近，坐在她的身旁。新娘扫视了一下四周，像一个焦躁不安的人要透露一件重大秘密一样，贴近那位姑娘的耳朵，用颤抖的声音悄悄说："我的好朋友啊！我求求你！以从小就拥抱我们两颗心的感情；以你生活中所珍视的一切；以你心中所有的秘密；以抚慰我们灵魂并把它变成光明的爱；以你心中的快乐和我心中的痛苦，求求你，请你现在到萨里姆那儿去，要他悄悄到杨柳林间的花园里等我。苏珊娜，你代我好好求求他，请他千万答应我的要求，你叫他好好想想过去的日子，以爱的名义恳求他，对他说，她昏沉沉正在受罪；告诉他，她是一个在黑暗淹没前向你吐露心曲的濒死的人；告诉他，她是一个地狱之火吞噬前想看到你眼中光芒的快要支持不住的人；对他说，她是一个承认自己过失、寻求你的宽恕的做错了事的人。快点去吧！代我当面向他恳求！不要怕那些猪猡，他们已经酩酊大醉，不会注意到你的，酒已堵塞了他们的双耳，遮蔽了他们的双眼。"

苏珊娜从新娘那边站起身来，走到孤零零的萨里姆身旁坐下，然后开始把女友的话转述给他。她安慰他，友谊和忠诚溢于言表。萨里姆细心听着，只是一言不发。当苏珊娜说完之后，他困惑地望着她，像一个干渴的人望着天边的泉水一样。萨里姆带着低沉的声音说道："我将在杨柳林间的花园里等她。"在苏珊娜听来，这声音是从大地深处发出来的。

　　萨里姆说完这句话，便起身到花园去了。

　　不大一会儿，新娘子也偷偷跟了出去。她从男人们中间穿过，他们已被酒折腾得恍恍惚惚；她从女宾们的面前走过，她们的心正倾注在青年们身上。她来到夜雾笼罩的花园，不住地回头张望，像可怜的羚羊为逃避恶狼而寻找自己的栖身之所，朝林中跑去。青年已经在那里。当她发现青年就在自己面前时，便一头扑到他的怀里，紧搂着他。她盯住他的双眼看着，看着，然后说道——那一字一句从唇边说出，恰似一滴一滴的眼泪从眼帘下流出一样："听我说，亲爱的人！好好听我说！我多么懊悔！多么愚蠢！多么心急啊！萨里姆，我好后悔呀！悔恨已将我的心碾碎。我爱你，除你之外我不爱任何一个。我一生一世都将爱你。他们对我说，你已把我遗忘，已离弃了我，另有所爱。萨里姆！这些都是他们告诉我的。他们的恶舌在我的心里撒下了毒药，他们的利爪撕裂了我的胸膛，他们的谎言填满了我的心房。纳姬蓓跟我说，你已经把我忘掉，说你讨厌我而狂热地爱上了她。这个可恶的女人！她欺蒙我，迷乱了我的感情，以便让她的亲戚做我的丈夫。结果，我答应了那个男人。可是，萨里姆啊，除了你，我不会有新郎！

　　"现在，蒙住我双眼的遮布已经撕掉，因此我来到你的面前。我从那所房子里走出来，再也不会回到那所房子里去了。我来到这里，是想用自己的双臂拥抱你。在这个世界上，没有任何力量能把我拉回到那个我在厌恶和失望中同他举行婚礼的男人怀抱中去。我抛弃了谎言为我选择的新郎，抛弃了命运安排做我主宰的父亲，抛弃了神父编造花环的花朵，抛弃了陈规陋习将其铸成枷锁的法律，我抛弃了这所充满痴迷沉醉、淫逸放荡的房子里的一切。我来到这里，是为了跟你到遥远的土地，到天涯海角，到精灵们生息的地方，任凭死亡去摆布。快！萨里姆，让我们快点离去！趁着天黑快走吧！让我们一起去到海边，乘上一条船，让它把我们载向遥远陌生的国度。快走吧！我们现在就出发吧！黎明还没降临，否则我们就要落入敌人的魔掌了。你看，这是纯金首饰，这是珍贵的项链和戒指，这些贵重的珠宝，足够保证我们的未来，我们可以过王公一样的生活。你为什么不说话，萨里姆？为什么不看着我？为什么不吻我？你听到我心灵的呼唤和哭泣了吗？难道你不相信我从新郎、父母那里跑出来，穿着结婚礼服跑出来，是为了和你一块逃走吗？你倒是说话呀！要不，咱们就赶快走吧！这会儿一分一秒都比钻石值钱，比王冠宝贵啊！……"

　　新娘就这样诉说着，那委婉的声音，比生命的细语更加甜美，比死亡的哀泣更加凄切，比鸟儿的飞舞更加轻柔，比波涛的叹息更加深沉。这是在失望和希望，甜蜜和痛苦，欢乐和悲哀间起伏跳跃的乐章，是一个女人心中全部追求和感情的心曲。

青年一直在听，在他的心里爱情和荣誉正进行着激烈的搏斗。那爱，使崎岖变为平坦，使黑暗化作光明；那荣誉，阻挡在心的面前，使心违背自己的意愿。那爱，是上帝降在心灵中的；那荣誉，是人类的传统习俗倾注到头脑里的。

青年长时间沉默不语。这长得可怕的沉默，恰似摇摆于兴衰间的各民族所处的黑暗世代。青年终于抬起头来，这时，荣誉感已克服了心中的本愿。他把视线避开带着惶悚和期待的姑娘，缓缓地说道："女人啊，你还是回到你的新郎怀抱中去吧！事情既然已经如此决定，清醒的头脑也应抹去梦幻的彩描。趁大家还没觉察，快回到快乐的拥抱中去吧！要不，人们会说，她在新婚之夜背叛了自己的丈夫，就像她昔日背叛了自己的情人。"

听到这些话．新娘整个身子都颤抖起来，好像风中枯萎的花朵，摇摇晃晃。她痛苦万分，说道："只要我还有一口气，我就不会回到那所房子里去！我已永远永远从那里走出来了！我抛弃了它，抛弃了那里的一切人，就像一个俘虏抛弃了他的流放地。请不要把我从你身边推开，不要说我是背叛者，因为爱情的手已经把你我的灵魂紧紧拴在一起，这只手比把我的身体送给新郎欲望的神父的那只手更坚强有力。既然我已用双臂搂住了你，那任何力量也不能把这双手分开；既然我已将我的心紧贴在你的心上，哪怕是死也不能将它们分离！"

　　青年说话了，他做出嫌弃的样子，企图从姑娘的搂抱中摆脱出来。他说道："你这个女人！赶快离开我！我早已把你忘记！是的，我讨厌你！憎恶你！我已把爱给了别人，人们说的完全是实话。你听见了吗？我已把你忘掉，甚至忘掉了你的存在！我厌恶你，甚至打心眼里就不愿再见到你。走开！让我走自己的路。回到你的新人那里去吧，做他忠实的妻子吧。"

　　姑娘悲痛欲绝，说道："不！不！我不相信你说的话，因为你爱我！我从你的眼睛里看到的是爱；在抚摸你时，我也感到了它。你爱我！爱我！爱我！正像我爱你一样。我不会离开这个地方，除非和你一起离去。我决不再进那所房子，只要我心中还保留着自己的意志。我到这儿来，就是要跟你去地球的另外一个地方。要么在我前面带路，要么举起你的手，让我热血喷涌吧！"

　　青年提高了声音说道："放开我，女人！否则我要叫喊了。我会把那些应邀参加你的婚礼的人都召到这个花园里来，让他们看到你的可耻行径．我要叫你变成他们含在嘴里必欲唾弃的一口苦饭，我要叫纳姬蓓——我的所爱——在你面前大笑，笑她的胜利，笑你的失败。"

　　他一边说，一边扯着姑娘的胳膊，想把她推开。这时，姑娘脸上的表情变了，两眼闪闪发亮。她的温情、希望、倾诉，全都变成了愤怒、严酷。她变得像一只失掉幼崽的母狮，又像一股翻江倒海的飓风，她吼叫起来："除了我，谁还能享受你的爱？！除了我这颗心，还有哪颗心为你的吻陶醉？！"

说着说着，她从衣襟下抽出一把匕首，像闪电一般直插进青年的胸膛。青年倒地了，像狂风吹断的树枝。她俯在他的身上，匕首还在她的手里，滴着血。青年睁开已经蒙上死亡阴影的眼睛，嘴唇发抖，呼吸微弱，说出了这样的话："亲爱的人啊，现在你靠近我吧！莱依拉，靠近我吧！不要抛下我。生命比死亡软弱，死亡比爱情软弱。听啊！听——人们在为你的婚礼尽情欢笑。听吧，亲爱的！听他们清脆的碰杯声。来，让我吻吻这只打碎了我的枷锁的手吧！吻吻我的双唇，吻吻我这说过谎话、掩饰过我内心秘密的双唇吧！用你那沾了我的血的手，抚平我这疲惫的眼睑吧！当我的灵魂飞上天空时，请你将匕首放在我的右手边，并且对那些人说，他因失恋和嫉妒自杀了。我爱你啊，莱依拉！我没有爱过别的女人。不过，我觉得，牺牲掉我的心，我的幸福和我的生命，比携着你在新婚之夜逃跑更好。吻吻我吧，我心中的爱！在人们看到我的尸体之前，吻吻我吧！……吻吻我吧，莱依拉！……"

死者的手落在他那被刺破的心脏上，头垂下来了，灵魂飞走了。

新娘抬起头来，向大厅那边望去，她用可怕的声音喊道："人们，快来呀！这里正在举行婚礼，这一个才是新郎。大家都来呀！我们要给你们看一看新婚的床。昏睡的人们，快醒醒吧！沉醉的人们，振作一下吧！快来呀！我们给你们看爱情、死亡和生命的秘密……"

新娘的呼唤声震荡在这所房子的每一个角落；她喊出的那些话传进了寻欢作乐的人们耳中。他们的灵魂战栗了，起初都在侧耳细听，忽然如梦方醒，于是急急忙忙冲出大厅，东张西望，边走边寻。当他们发现一具尸体和跪在旁边的新娘时，都吓得直往后退，没有一个敢于上前探问究竟。被杀者胸腔中流出的鲜血和新娘手中匕首的寒光，已凝滞了他们的舌头，冻僵了他们躯壳中的生命。

新娘转过头来望着他们，表情严峻，令人悲哀。她嚷道："胆小鬼们！靠近点！不要怕死亡的阴影，它是伟大的，不会接近你们这些卑微小人。走近一点！不要战战兢兢，也不必怕这把匕首，它是一件神圣的器具，不会碰你们肮脏的躯体和黑暗的心胸。你们睁眼看看这位身穿结婚服的英俊青年吧，他是我的爱人，我杀死了他，因为他是我的爱人——他是我的新郎，我是他的新娘。我们曾经寻找过，但在这个世界上始终没有一张适合我俩憩息的床。这个世界已被你们的陈规陋习弄得狭窄不堪，被你们的愚昧无知搞得漆黑一团，被你们的喘息污染得臭气熏天。我们宁愿到天上去。软弱的人们！胆小鬼们！再往前走走，好好看看，说不定你们能看到上帝的容颜正映在我俩的脸上，或许你们能听到从我俩心中发出的他那甜美的声音。那个可恶又嫉妒的女人，她在哪里？她当面向我造我所爱的人的谣，说什么我的爱人正狂恋着她，已把我忘怀，还说，我爱的人为了忘掉我，已深深地陷入了她的爱。这个邪恶的女人以为，神父举起手放到我和她那位亲戚头上祝福时，她胜利了。花言巧语，诡计多端的纳姬蓓她在哪里？这条地狱中的毒蛇在哪里？你们让她走出来，让她看一看，正是她把你们聚集到这里来庆祝我所爱的人的婚礼，而不是来庆祝她给我挑选的那个人的婚礼……

"我的话你们是听不懂的，因为喧嚣的海浪听不到群星的歌唱。不过，你们将会告诉你们的儿子们，说一个女人在新婚之夜杀死了她所爱的人。你们将会提到我，用你们罪恶的唇舌诅咒我；但是你们的孙子孙女，将为我祝福，因为明天是属于真理和精魂的。

"你——你这个愚蠢的男人，想用诡计、金钱和卑劣手段讨我做老婆的蠢家伙，你是向黑暗要光明、顽石中等流水、荆棘中寻玫瑰的这个可悲民族的象征，你是像瞎子顺从盲向导一样顺从自己这个愚昧的国家的象征，你是砍断脖子抢项链、弄折腕骨夺手镯的所谓男子气概的代表。我宽恕你的卑微渺小，因为载着崇高和纯洁从这个世界离去的心，宽恕这个世界的一切罪过。"

这时，新娘高高举起她的匕首，像一个干渴的人把杯子举向自己的唇边，猛然把匕首刺入自己的胸膛，就像一枝砍断株茎的晚香玉，倒向爱人的身旁。霎时间妇女们慌作一团，发出惊恐凄厉的尖叫，其中几个吓得昏倒在地。男人们的喧嚣也从四面升起，他们怀着恐惧和敬畏向两个倒在地上的人走去……

濒死的姑娘望着他们，洁白的胸口血流如注。她说："责难者们，别靠近我们！不许把我们的身体分开！假如你们想这样做，巡游在你们头上的精魂就会扭住你们的脖子，把你们狠狠掐死！让这片饥饿的土地把我们的躯体一口吞下去吧！让它像保护种子免受冰雪摧残，直至春天到来那样，把我们深隐和保护在它的胸间吧！"

新娘紧紧地俯在她情人的身上，向死者冰凉的嘴唇送去她的亲吻，在她吐出最后一口气之前，断断续续地说道："亲爱的人啊，请你睁开眼睛看一看吧：我心上的情郎啊！看一看嫉妒者怎样站在我们的床边，怎样专心致志地望着我们啊！你听！他们的上牙和下牙碰得咯咯作响，他们的肋骨都要粉碎了。萨里姆！你等我已经等得太久啦。看！我在这儿，我已砸烂了镣铐枷锁，让我们启程奔向太阳吧！我们已在黑暗阴影下停留得太久啦。噢！画面已经抹去，一切都已隐没，我不再看到任何东西，亲爱的人啊，我的眼里只有你！我的双唇啊，请呼出我的最后一口气吧！爱已高高展开翅膀，它在我们前面飞翔，飞向那光明的中心。"

新娘已经支持不住，她的胸脯紧贴在情人的胸上，她的血和他的血流在一起了，她的头搭在他的脖颈上，她的两只眼一直凝视着他的眼睛……

　　好一阵人们呆呆地站在那里，他们面如土色，膝盖不住地颤抖，好像这死的庄严已攫去了他们的生气和活力。

　　这时，那位用他的教导编织了这次婚礼的花环的神父走上前来，他用右手指指两具尸体，又向惶恐不安的人群望去，然后用一种粗鄙不堪的声调向这些人发表起演说来。他说："诅咒向这两具沾满了罪恶和羞耻的躯体伸出的手！诅咒为这两个灵魂被恶魔送到地狱的毁灭者落泪的眼！让萨杜姆的儿子和阿穆兰的女儿的尸体抛弃在这溅了他们血污的土地上，任人践踏吧！让野狗撕碎他们的躯体！让狂风吹散他们的骨架！人们，回到自己的家里去吧！避开这两颗被错误铸造、被卑劣碾碎的心散发出的臭气吧！站在这两具腐尸旁的人们，散去吧！在地狱的火还没有舔食你们之前，快快离开吧！你们当中如果有谁留在这儿，他马上就会成为被弃绝、被鄙视的人！他就不能走进虔诚信徒做礼拜的教堂，也不能参加基督教徒举行的祈祷。"

　　这时，苏珊娜走上前来，这位姑娘曾被新娘派去给她的情人传递消息。她站在神父面前，用饱含着泪水的眼睛逼视着他。她勇敢地说道："我偏要站在这儿，你这个瞎了眼的邪教徒！我要在这儿守护着他俩，直到黎明来临。我要在这垂杨柳下为他俩挖出一穴坟墓，如果你们阻止我，那我用手指也要把大地的胸膛撕裂！

假如你们把我的手捆起来，我就是用牙也要刨出一个坟来！你们趁早从这充满馨香的地方滚开吧！只有猪猡才不愿呼吸这纯洁芬芳的气息，只有窃贼才害怕家室的主人和担心黎明的来临。赶快回到你们阴暗的居室去吧！天使在这两位爱的烈士头上唱出的激越歌声，传不进你们被泥土堵塞的耳朵中！"

　　人们在神父蹙眉怒目下散开了，只有那位姑娘，像一位母亲在寂静的夜晚守护着自己的孩子一样，伫立在一对静静躺卧在一起的情侣身旁。

味道

[巴基斯坦]

萨达特·哈桑·明都

陈莉 译

作者简介

　　萨达特·哈桑·明都（1912—1955）是巴基斯坦作家。主
要作品有短篇小说集《幸福石》等。

　　《味道》通过一个"经验丰富"的男人的经历，在一个场景、
两个时空中交替转换描述，在对比中表达出对不受压抑的人
性的向往。

　　译文原载于《世界文学》2000年第1期。

那时也是雨季，就像现在一样，窗外的菩提树叶沐浴在雨中。那时柚木床还靠着窗户，一个部族女孩偎依在拉提勒身旁。

窗外的菩提树叶在朦胧的夜色中如同缨穗一般在雨中飞舞，而那个女孩颤抖地偎依在拉提勒身旁。傍晚时分，浏览完英文日报上的所有新闻和广告，他走到阳台上去放松一下。在附近一家绳索厂做工的那个部族女孩在望子树下避雨，他故意不停地咳嗽，终于引起那女孩的注意，他招手示意她上楼来。

那几天他深感寂寞难耐。都是因为战争，孟买几乎所有价钱还算便宜的基督教妓女都被搜罗到英国军队做了军妓。其中一部分人已经开始在城堡区做生意了，但那里只许英国人进进出出。拉提勒感到很伤心。一方面的原因当然是现在基督教妓女太少了，另一方面，虽然拉提勒比白人士兵有教养、有文化、更健壮、更英俊，只是因为没有白皮肤，他进不了城堡区俱乐部的大门。

而在战前，他和纳格普尔及达吉地区许多有名气的基督教妓女有过交情。他很有自信，经历诸多冒险之后，他对性的了解比年轻白种男人更多。那些妓女们只不过为了时髦才和他们调情，事后她们还会找个傻瓜结婚。

拉提勒召唤那部族姑娘上楼只不过是想报复海兹。海兹住在楼下，每天早上她都穿着制服，俏皮的短发上斜戴着一顶灰色的帽子。她走路的姿态那么骄傲，仿佛所有的过路人都应该匍匐在她脚下。

拉提勒经常感到困惑，自己为什么那样迷恋那些基督教妓女。不可否认，她们将所有值得骄傲的部位充分展露出来，她们毫不羞耻地细诉过去的艳情故事，讲述过去的罗曼史，乐曲一响就跳起舞来。这些都没有错，但是这样的品性别的女人会有吗？

招呼那个部族女孩上楼来时，拉提勒根本没想到会和她睡觉。但当他看到她浑身湿透，担心这可怜的家伙会得肺炎，就说："把湿衣服脱了，会感冒的。"

她明白这句话的含义，眼中掠过一丝羞涩。当拉提勒拿出自己的白色长裤给她，她稍有犹豫，还是匆匆脱下打湿后显得格外邋遢的衬裤，扔在一旁，快速用白色长裤盖住双腿。随后又试图解开紧束的胸衣，打在乳沟处的结却被她扯成了死结。

她费力地用秃指甲扯着死结，被雨水淋湿的结就更紧了。她尴尬地放弃了，嘴里用马拉提语对拉提勒嘟囔着："怎么办？解不开。"

拉提勒凑近来帮她解，还是解不开。他两手分别揪住胸衣的两端，用力一拽。死结滑开了，颤动的双乳忽地暴露无遗。刹那间拉提勒觉得自己的双手就像经验丰富的陶匠的手，在女孩的胸前揉制出两个柔软、均匀的陶杯。女孩健康的乳房就像刚刚磨制出来的生土陶罐一样，那么稚嫩，那么诱人，那么圆润，那么温暖。生机勃勃、纯洁无瑕的茶色乳房笼罩在一抹奇异的光芒下。光芒来自朦

胧的乳房底部，那里传出奇异的光亮，本身却不亮。她胸前的两个
小山包就像池塘泥水里浮动的两盏灯。

那里也是雨季，就像现在一样。窗外的菩提树叶在风中摇曳。
部族女儿的两件湿衣服凌乱地堆在地上。她紧贴着拉提勒，从她裸
露的身子里传出来的体温使拉提勒有些恍惚不安，好像冬季里他
在理发师开的脏浴室里洗着热水澡。

一整天她都紧紧靠在拉提勒身旁，两人仿佛已经合为一体。两
人没说几句话，但应该说的和应该听的都用气息、嘴唇和双手表
达过了。拉提勒的双手不断轻揉她的乳房，像夜晚掠过的轻风。圆
巧的乳头和浑润的乳房在他的抚摩下苏醒，在她周身涌动的激情
使他战栗。

拉提勒曾有过无数个这样战栗的夜晚。他熟知其中滋味和快
乐。他曾经紧贴着女人柔滑而丰盈的乳房度过许多个夜晚。他也乐
意和根本不认识的女人如此亲密。她们会紧靠着他，说着不像是能
对陌生人说的甜言蜜语。他也和这样的女人睡过，她们会自己操作
一切，完全不需他来辛苦。但是，这个站在望子树下避雨又被他叫
了上来的湿漉漉女孩却是截然不同的一种类型。

整整一夜，从她身上传出一种奇怪的味道，闻起来刺鼻而香
甜，他整夜沉醉其中。从她的腋下、双乳、头发、腹部，甚至是
身体的每一部分都散发出这味道，一会儿芬芳怡人，一会儿惹人

烦恼，并且弥漫在他的每一次呼吸中。整夜他都在想：如果不是从她裸露的身体上传出的这种味道，就算这个部族女孩儿紧拥着他，他也不会觉得她和自己如此亲密。她的味道渗进他的心房及灵魂的每一处缝隙，融化他所有尘封和新鲜的情感。

这味道把拉提勒和部族女孩黏合在一起。他们彼此融入，沉入深渊。人类最原始的快乐使他们变了形。这快乐既短暂又永恒，既平稳又善变——他们像蓝天中高飞的鸟儿，飞得太高，看起来就像静止不动一样。

虽然拉提勒解释不了这女孩身体上传出的味道，但他完全明白它的含义。它像湿润的泥土散发的芬芳——不，还有些不同，它丝毫没有薰草和香水味，而是出自天然——就像男女间的本性行为一样真实而永恒。

拉提勒讨厌汗臭味。每次洗完澡，他都要在腋下扑上厚厚的粉，或喷上除臭剂来压住汗味儿。令人惊奇的是这次他不止一次——对，不止一次地亲吻女孩多毛的腋下，不但丝毫不觉恶心，反而有一种奇怪的愉悦感。她柔软的腋毛被汗浸湿了，腋窝里散发出那种他深切理解却无法表达的气息。虽然拉提勒很难向别人解释清楚，但他仿佛早就闻过这味道，早就熟悉这种味道，并且完全领会它的含义。

那时也是雨季，就像现在一样，从这个窗户向外望，可以看见窗外的菩提树叶在雨中飘舞，在风中沙沙作响。夜虽已黑，却有一缕微光闪动，就像天上的点点星光附在雨滴上随雨滴坠落。那时拉提勒的屋里只有一张柚木床。现在，又有一张床紧挨着他的柚木床，在屋子的一角还多了一张梳妆台。一样的季节，一样的天气，天上的点点星光也附在雨滴上随雨滴坠落，只有现在空气中弥漫着水蜡树叶刺鼻的香味。

另一张床是空的。拉提勒趴在床上，欣赏菩提树叶上雨滴的舞蹈。一个皮肤白皙的姑娘一边拉扯着自己的头巾想盖住裸露的身子，一边昏昏欲睡——她的红色丝绸长裤扔在另一张床上，鲜艳的红腰带垂向地面。她脱下的其他衣物也堆在床上，金色绣花的上衣、胸罩、内裤和头巾——全是红色的，极鲜艳的红色！所有衣服上都充满刺鼻的水蜡树叶的味道。

新娘的头发上撒的金屑像沾着的脏东西。她的脸上呈现出奇特的色调，白的粉，红的胭脂，金色的细屑组合成难以名状的乏味色调。红胸罩还有些掉色，在白皙的乳房四周留下红色的印记。

她雪白的乳房透着一丝蓝光。剃过的腋下有些许淡紫色的阴影。拉提勒一次又一次地盯着那姑娘看，怀疑他是不是刚刚用指甲掐着把她从密封的木箱中拽出。

她像易于压出皱褶的纸张和易于摔破的瓷器一样脆弱。当拉提勒解开她的胸罩，看见她背上和胸前都被勒出了痕迹。紧身的腰带也在腰部留下印迹——就连厚重的镶了蓝宝石的项链也在胸前压出褶子，像是被指甲重重地刮过。那时也是雨季，就像现在一样。雨滴在菩提树叶上滴答作响，和那时拉提勒听到的声音一样。天气非常宜人。凉风习习，只是充满婚礼上刺鼻的水蜡树叶的味道。

很长时间，拉提勒的双手像清风掠过似的揉抚着皮肤白皙的姑娘的乳房。他的手指感受到她身躯所迸发的生机。那个敏感的身躯处处都显现着生命的悸动。当拉提勒的胸部紧压着她的乳房，他周身的每一个细胞都能听到姑娘体内传出的挑逗的琴声——但是那种呐喊到哪里去了！那种他从部族女孩身上味道中所嗅出的呐喊——那种呐喊比饥饿的婴儿为乳汁发出的哭啼更值得称颂——现在早就远不可及、销声匿迹了。

拉提勒向窗外望去。湿润的菩提树叶在飘舞。他竭力想穿过飘动的树叶向远处眺望——那里一丝奇特的光芒被湿润的云层包围着，恰似在部族女孩乳房上所看到的光芒，又像是隐藏的秘密泄露了出来。

一个皮肤白皙、娇生惯养、身躯柔软的姑娘躺在拉提勒怀里。熟睡的身躯上传出的水蜡树叶的芬芳渐渐褪去。拉提勒一点儿也不喜欢这种陈旧得令人发疯的香味，有一点儿酸，像胃胀气引起的消化不良，让人倦怠、乏味和不安。

拉提勒看着躺在身边的姑娘。她的女性气息在这白色躯壳里消失殆尽，就像变馊后结成片儿的牛奶静止在分离出的无色水里——事实上拉提勒的整个身体和灵魂都沉浸在那部族女孩散发的自然味道里。那味道比水蜡树叶更清淡诱人，它不需要去刻意地捕捉，自然而然地飘进鼻孔，到达它想到达的地方。

　　拉提勒抚摸姑娘凝脂般的肌肤，做最后一次努力，但他没有感到战栗……他的新婚妻子，地方一级官员的女儿，一个在校园里让众多青年男子梦寐以求的姑娘，却丝毫激发不起拉提勒的热情——在消退的水蜡树叶的味道中，他探求着当窗外菩提树叶沐浴在雨中的那些日子里低贱的部族女孩所散发出的味道。

野牛头

[罗马尼亚]
瓦西列·伏伊库列斯库

李家渔 译

作者简介

　　瓦西列·伏伊库列斯库（1884—1964）是罗马尼亚现代卓越的诗人、散文家和戏剧家，科学院和国家文学奖荣获者。

　　伏伊库列斯库出生于罗马尼亚希泽乌县的一个农民家庭，曾在布加勒斯特大学学习，先修语言文学，后来改学医科专业。毕业后从事医务工作多年。1914年，他在《文学对话》上发表诗歌，从而登上文坛。他的著名诗集有《寄自野牛之乡》（1918）、《成熟》（1921）、《天使之歌》（1927）、《命运》（1933）、《擎壁》（1937）、《诗歌集》（1944）等。伏伊库列斯库的诗歌立意深沉，风格冷峻，语言不着意雕琢，内容富有哲理。

　　评论家认为，伏伊库列斯库在其将近半个世纪的创作实践中，散文取得的成就最大，作家逝世后出版的短篇小说集《野牛头》（两卷，1966）以及长篇小说《盲人扎赫》（1970），均为脍炙人口的名篇。伏伊库列斯库自小喜欢探索事物的神秘含义。在他的小说中，现实往往同幻想结合在一起，作品富有哲理性和抒情味。小说的主题总是同大自然、人民生活和民间传说相联系。故事一般发生在风景绮丽的多瑙河三角洲和古老的比斯特里察河一带，这里的人们善良古朴，他们同宇宙，同空中、地面和水里的生物有着交流思想的秘密渠道。作品里的人物通常被置于逆境之中，他们依靠自身的才智和力量同大自然抗争，或者牺牲，或者赢得胜利。作者描绘的种种神秘现象有的给读者留下悬念，多数则通过对人物的心理剖析，获得了科学的解释。伏伊库列斯库采用传统的艺术手法，作品构思精巧，情节跌宕起伏，引人入胜。

　　本篇译自罗马尼亚布加勒斯特文学出版社1966年版的《野牛头》一书，译文原载于《世界文学》1985年第6期。

入冬时节，可怕的风暴总要迫使我卧床数日。浑身剧烈的疼痛使我无法自持，直至完全把我摧垮。

我懂得自己这种可悲处境的科学解释，可这并不能给我任何安慰。我知道，这是因为空中剧烈运动的气团在地球的两极冻成了冰，而在赤道附近又热得快要开锅，双方猛烈地冲撞，把天空变成一个神奇的能量工厂，这时，我们所承受的强大的电磁压力便撕裂着我们的肌肉，摧残着我们的神经。

在这种时候，我只好静卧床上，既不能写作，又无法看书，就连思考问题都做不到。电话线从插座里拔掉了，门铃接到了用人的房里，任何人任何事都不允许惊扰我。只有在我偶尔翻检一下散乱的诗稿和过去的信札时，房间里才出现轻微的响动。

就在这样一个倒霉的日子，由于某种诱惑力作祟，我打开了那个装着母亲给我的纪念品的小匣子，从匣底抖搂出一大沓已经被忘却的邮票。它们是我小时候一次病后复原时，母亲送给我的。那场病险些夺走了我幼小的生命。

邮票中，有几张印的是蓄着漂亮小胡子的库札[1]的头像，另一些的图案是国王卡罗尔[2]与宠臣们在一起。大多数则是我没有见过

1　亚历山德鲁·约安·库扎（1820—1873），罗马尼亚统一后第一任大公。——编者注
2　卡罗尔，罗马尼亚近代史上两位国王的名字。卡罗尔一世，1881—1914年在位，卡罗尔二世，1930—1940年在位。——编者注

的外国邮票。我端详着这些邮票，越来越受感动，一股不祥的感情浪涛在我心里翻滚起来。我觉得已经无法控制自己了，眼看着我如此惧怕的心理危机正在爆发并且蔓延开来，不知道如何才能将它摆脱。

悲苦的回忆像腐蚀剂一样渗进了我的心田。我痛苦地饮泣着，身不由己地把邮票贴在不平静的胸口和滚烫的面颊上。

可怜的母亲！想到她，一阵剧烈的心酸向我袭来。凄凉的回忆同内心的自责、悔恨和失望融汇在一起，紧紧地攫住了我。不安的情绪钻进了我难以把握的内心深处。我的理智尚清醒，我满怀恐惧，不知道这种情绪究竟会扩展到怎样的规模，迫使我做出什么样的决定……

尽管我曾下过种种禁令，可是突然间，随着一阵愤怒的说话声，我的房门被推开了。我的朋友G工程师嘴里咒骂着，怒冲冲地闯了进来。

"总有一天，我要把你的仆人毙了！"他吼叫着，快步向我走来，以便摆脱身后的跟踪者。

我总算得救了。犹如落水者抓住一根救命稻草似的，我一把抓住了他。他原以为自己的冒昧行动会遭到我的反对或者至少一顿责备，见我如此热切地欢迎他，反而觉得很惊异，甚至感动了。

当然，有关那简直把我的心搅得天翻地覆的不安情绪，我对他只字未提。我们俩进行了一番老生常谈却又最能慰人心田的寒暄，说到外面可恶的天气，气压给我造成的腰疼，和眼下流行的"蜂窝织炎"。然后，朋友的目光落到了那些给我带来心理危机的小玩意儿——散乱在床上的纪念邮票上。我立即想起来了，G工程师不仅是个出色的收藏家，而且还是个无与伦比的鉴赏家和集邮方面的权威。

"毫无疑问，这是心有灵犀一点通哇！"他高兴地感叹道，"你准是很想要我来给你的邮票估个价吧，你的强烈愿望促使我冒着这样的风暴跑来了，说着他俯下身去，把邮票一一捡到手心里。然后，他就全神贯注、一声不响地研究起来。

"没有什么珍品。"过了一会儿，他有些失望地说，"谁给你的？"

"我也记不清了。"我撒谎说，"是我小时候收到的一份礼物。"

"真遗憾！我还以为是一份遗产呢。要是那样的话，说不定就给你留下了一些珍贵的邮票，比方说一张野牛头邮票。不过，"他为了安慰我，又补充道，"就这些，也能值几万法郎。"

接着，我的朋友便议论开了集邮的好处，兴致勃勃地说到这种高雅的爱好在精神上、物质上，乃至学问上给我们带来的益处。它除了能够教给我们历史、地理、政治经济学和其他方面的知识之外，还可以给我们积攒一笔安全可靠的资本。这资本随着时间的推移而不断增值，成为一笔巨额财富。

我心不在焉地听着他的议论。不过我仍然觉得，他这番并没有引起我注意的话，却也多少使我的不安心境平静了些。

"啊，对了，"他打断我乱无头绪的思路，问道，"你知道一枚面值二十七列伊[1]的野牛头图案的邮票如今能值多少钱吗？"

"一枚野牛头邮票？面值二十七列伊的？我不知道。"我回答说，"我猜想，大概能值一百万列伊吧？"

"你呀，在集邮方面还是个幼稚的孩子哪。"他像受了侮辱似的责备我，因为我如此轻率地贬低了他所崇拜的野牛头邮票。"一百万列伊？……十亿列伊，老兄！十亿列伊也不止！当然啦，"他又自我纠正道，"我最后一次见到的那一枚只卖了五万德国马克。不过，主人卖它是出于无奈。我跟你讲过这件事吗？没有？那好，你听听吧。真是妙极了！"

我靠着柔软的枕头坐好，打算一边闭目养神，一边听他讲述。我浑身放松，就像接受一个老太太的按摩似的，这种疗法虽则简易，却也具有使人心平气和的神奇效果。

我内心的震动还没有完全平静下来，好不容易才集中注意力

---

1 罗马尼亚货币名称。1867年罗马尼亚独立后，确定列伊为官方货币名称，100巴尼等于1列伊。——编者注

听朋友的讲述。尽管如此，我不仅没有漏掉故事的任何内容，而且，随着情节的发展，我逐渐产生了身临其境的感觉。只有在儿童时代听惊险曲折的童话故事时，我才有过这种时间和空间的清晰概念。

"在最近一次世界大战期间，"他开始说道，"有一段时间我被困在离火线不远的一个罗军指挥部附近。我们所处的地带十分危险。大家怀着一种古代悲剧式的结局必然到来的想法，麻木不仁地等待着将要降临到头上的灾难，既不采取任何细小的防范措施，也不想动一动。我们一共十来个军官，为首的是一位将军。大家完全处于瘫痪状态，那情形活像是一群被蛇的眼睛震慑住了的鸟，瘫软地跌落到地上动弹不得。分布在无边草原上的部队嗅到了步步迫近的危险，就像野兽伏在地上预感到窥视着它们的巨大灾难一样。战士们揪心地倾听着那划破长空的野鸭的凄厉叫声，思绪万千地仰望着横亘在漆黑的夜空，宛如一道白色的地壳断层似的垂向摩尔多瓦[1]的银河。他们忧心忡忡地感到草原上的野兽越来越肆无忌惮，东奔西窜，径直朝他们扑将过来，仿佛预告着迫在眉睫的危险。

"由于身为军官，我们并不在敌方坦克和大炮震撼的战场上摸爬滚打，而是整天俯身在军事地图上。图上画着抽象的地域和用虚

---

1 摩尔多瓦，位于今罗马尼亚东北部，罗马尼亚历史上三公国之一，形成于十四世纪中叶。——译者注

线标出的沼泽；粗短的箭头指出虚拟的攻击和想象中的部队运动。我们纸上谈兵，把不知是谁在遥远、空虚的后方下达的命令接收过来，再传达到前沿去……

"就这样，我们被钉死在那里了，心里暗自思忖这片与我们作对的荒原倒恰似一道危机四伏的分界线。我们过去的进攻已成强弩之末，如今人家正在准备——尽管我们不清楚具体情形，但准备确实在可怕地进行——发起反攻，要把我们碾为齑粉。"

我的朋友深深地叹了口气，又胆战心惊地摇了摇头，继续道：

"我不想再给你描绘草原夜晚那悲哀的寂静了……单说白天吧，天空低垂着，可怕地压在人们的头顶上。北风吹打着我们的大衣，发出清脆的响声；严寒在大衣里面找到了蔽身之所，犹如魔鬼钻进了地狱的角落一样。我们愕然地倾听着周围的呼啸声，神思恍惚地呆望着茫茫的远方。一丛丛高大、圆形的荆棘在狂风中滚卷、跃动，活像一只只发疯般翻着跟头的刺猬。你见过这样的情形吗？真是太奇妙了！在风神的驱使下，整个原野都仿佛有了生命，活动起来了，灰白色的荆棘丛宛如一具具复活了的骷髅，成群结队地在令人眩晕的草原上奔突，发出阴森可怖的呼啸声。这是飓风来临前平原的骚动。你从来没有见过这种情景吗？"我的朋友又问了一句。

我摇摇头，表示不曾见过。

　　"那好，"他又说，"所有这一切以它们的恐怖形象钻进了我们的心里！……"

　　"你们果真这样害怕吗？"我打断了他，脱口问道。

　　"不，不是害怕！上帝保佑，绝不是的。"他嚷道，"恰恰相反，我们心里充满了世上少有的冒险精神，一切都置之度外了。即使知道我们将一个不剩地被消灭，但是在接到命令之前我们是半步也不会挪动的。而全军覆没的结局对我们来说又像数学一样准确无误。啊，不是害怕，我以自己的名誉向你担保！因为，我们不仅一动不动地留在原地，而且还可能疯狂地铤而走险，满不在乎地冲上火线去……所以说，我们并非被外界的情景吓坏了，而是别的，是从内心世界涌出来的恐怖感，是一种迷信的重压，就像魔鬼附了体似的。这种心情只有当潜水员沉入海底，头顶上数十米深的海水像暗绿色的天花板似的压迫着他时，才体会得到。"

　　我本想打断他，问问被他描绘得如此惊心动魄、如此野蛮屠杀的战场，同绘有野牛头图案的和平邮票之间有什么联系，可是，懒洋洋的心境以及朋友那绘声绘色的回忆止住了我。特别是他描述的场面：富有浪漫主义色彩的荒原，聚集在那里的、更富有浪漫主义色彩的生命，在令人眩晕的大量苦难中挣扎的生命……这一切我都不曾经历过，心里隐隐约约地感到遗憾，打算借助想象体验一下当时的情景。于是，我便没有打断他。

　　我的朋友征得我的同意，点燃了一支香烟。团团烟气突然遮住了他的脸，一下子把他隐没在故事中的茫茫草原的雾霭中了，这也帮助我更加真切地想象出他当年那悲惨的处境。

　　"终于有一天，"他继续说，"我们接到通知说有一位贵客——德军统帅部的一位将军——和他的侍从将到这里来看望我们。疑虑和不安达到了无以复加的地步。他来干什么？将会做出什么样的部署？

　　"不过，说实在的，我们麻木的心里却不由得萌发了某种活力。为迎接客人而做的种种准备：安排饭菜、布置餐室、打扫一直很脏乱的伙房，不愿给人留下邋遢印象的自爱之心促使我们刮脸、换衣服。所有这一切着实叫我们紧张地忙活了好几个钟头。表面上看起来，大家似乎挺轻松，甚至还带着几分畅快。

　　"我们早已对前途失去了信心，只是漠然等待着这场战争冒险的结局。然而现在却有一位将军要来看望我们。他是统帅部的一员。而在此之前，那个统帅部一直操纵着战争的闪电般威势。一种好奇——上帝保佑，我不认为那是一种希望——温润着我们的心。他到我们这里来肯定要做出某种具有决定意义的部署吧。那个由大炮、坦克和飞机构成的钢铁大脑正在后方思考着怎样把我们解救出来吧。说不定——为什么没有可能呢？——会出现奇迹的！在战争中，凭借战术和韬略往往能在最后一刻使形势急转直下、化险为夷。这也和象棋比赛一样，一步妙着就能拨开迷雾，露出胜利的曙光。

"我们并没有自己欺骗自己，头脑是清醒的！

"可是，我们却像绝望的辩证论者一样，听凭自己想入非非了。处于进退维谷，濒临覆灭之境的人也只能以此自我支撑。

"况且，我们这样又有什么损失呢？

"按照通知的时间，上午十点钟，一辆乘坐着两名德国军官的小汽车在我们布防的荒原上停了下来。

"先下车的是那位将军。他体格高大，长着一头淡黄色的头发。后面跟着一个举止文雅、风度翩翩、像电影明星似的年轻少校。宾主拘谨地自我介绍，冷淡地相互致意。年轻少校充当翻译，把德国将军讲的硬邦邦的语言译成法语。然后，大伙儿便一起走进木棚。我们感到很惊讶。原来这位高级客人根本不同我们的指挥官进行私下会见，不研究战斗计划和命令，不改变部署，也不通报战局的发展情况！什么也没有！我们这才明白客人没有带来任何军事使命。这位德军高级军官只是路过此地而已。他旅途疲劳，肚子也饿了，于是便到我们驻地来小憩片刻。

"我们也没有更多地客套，直截了当把客人带到了餐桌旁。我们的指挥官身穿连队便服坐在餐桌头上，这使我们像小孩子一样感到满意。他的右边是德国将军，左首是指挥官的助手，再过去便是那个年轻的少校。他一直担当着翻译的角色。不过这倒也费不了多少事，因为大家都只顾低着头默默地吃饭。

"菜单我就不一一列举了。我只想告诉你，除了平时硬着心肠节省下来的罐头食品外，我们还竭尽全力找到了一点儿新鲜的野味。从荒原上荆棘丛里打来的几只野兔，从远处芦苇丛里摸到的两三只水鸡，还有从火线附近的小河湾里捕到的几条鲜鱼。所有这些都是冒着生命危险弄到手的，确实理当为此感到自豪。

"可是，我们的才干和付出的辛劳却不曾受到半句夸奖。两位客人神情冷漠地吃着这一切，根本没有理会我们在用什么样的佳肴款待他们。这也许是因为我们的将军一开始就表示歉意，说除了水，而且是草原上的水之外，我们没有什么饮料。

"葡萄酒和白酒确实早已告罄。罗姆酒也快没了，得留到喝咖啡时才用。于是客人们只好斜睨着餐桌上那两只富有嘲讽意味的大肚子水罐，罐里装着浑浊、咸涩的凉水。

"我们一个个低着头，神情忧郁甚至愤懑地吃着饭，面前的食物仿佛是我们必须全部要加以消灭的敌人。这顿饭将近结束的时候，情形就更可悲了。没有点心，没有水果，没有果子酒，咖啡也半天端不上来。客人向我们要牙签，可我们连牙签也没有。

"这时，年轻的德军少校站起身来走到他的长官跟前，对他低声耳语了几句。将军冷冷地点了点头。少校立刻把勤务兵叫进来，对他下了一道简短的命令。勤务兵出去了，不一会儿从汽车里抱来了一个箱子。我们一看，不禁个个都惊呆了！箱子里装着十二瓶法国最地道的名牌香槟酒。高级客人慷慨地把它们送给了指挥官。

"我们的将军先是脸涨得通红，他蹙着眉头，咬紧薄薄的嘴唇，看起来很气愤。但是，当他瞥了我们一眼，发现我们一个个都在担心他拒绝接受这份礼物时，面色稍微温和了些。他彬彬有礼地收下了香槟酒，但有一个条件。要同客人一起把它们统统喝掉。

"开始，我们几乎是诚惶诚恐地拿起第一瓶酒来的，怯生生地把它打开。但是，一瓶倒完了，刚够把每个人的杯底勉强打湿。于是开了第二瓶、第三瓶、第四瓶……喝到第八瓶香槟酒时，宾主之间已经变得亲密无间了，甚至对难得有缘享受的名酒也显得满不在乎起来。

"人们的话开始多了，可悲的处境已被抛到了脑后。那位年轻客人兴致很高，他谈笑风生，俏皮的双关语一句接一句。我也不甘示弱，为了不让他把我们看成一群乡巴佬，我向他吹嘘自己在巴黎逗留时，如何在几年里单是吃喝就花费了一大笔钱。

"在无拘束的交谈中，我们在座的罗马尼亚人甚至同年轻的德军少校攀上了亲戚，这位军官成了大家注意的中心。我们发现他原来就是 K 伯爵。他向我们披露道，从母系方面说，他是十七世纪一位摩尔多瓦公主的后裔。那位公主嫁给了立陶宛某亲王，他们的后代在漫长的岁月里完全日耳曼化了。作为证据，他把家族的纹章拿给我们看。徽记上面可以清晰地看到一个野牛头。

"你们当中有人集邮吗？'少校突然问道，一双淡褐色的眼睛狡黠地扫视着我们。

"在场的罗马尼亚军官都用手指着我。

"你知道有关野牛头邮票的事吗？'他问我，目光中闪烁着一种富有魅力的稚气。

"'知道得太少了。'我回答说，'我还不曾有过抓住野牛角的荣幸。我那点浅薄的知识全是从邮票目录和跟人交谈中得来的……'

"'很可惜。'他说，'不过，你总听说过那张最稀有、最珍贵的野牛头邮票吧？它是你们国家的骄傲啊！……'

"'略有所闻。'我迟疑地答道，'据说，美国有个亿万富翁收藏着一张面值二十七列伊的野牛头邮票。这种邮票全世界找不出第二张。我想这恐怕只是传说而已……'

"'不是传说，绝对不是。'年轻军官辩驳道，'而是实际情况。看来是全世界绝无仅有的一张……或者说，'他又意味深长地补充道，'在此之前是独一无二的。那是一枚桃红色的邮票，不像同一套里的其他几张是枯黄色的。

"'要是这样的话，'我说，'不可能找不到同样的其他张。我认为，人们可能没有把罗马尼亚古老家族的档案清查彻底，也没有

在与摩尔多瓦保持通信联系的邻国进行查访。'

"'你说得对。'他高兴地赞同道,'这正是我做了的事情。请看结果!'

"说着,他激动地掏出皮夹子,从里面取出一个小信封,又从信封里拈出一个吸墨纸小包,打开那犹如婴儿襁褓一样裹了一层又一层的吸墨纸,最后才露出一方洁白似绢的纸片。年轻的少校展开纸片,面带得意的微笑递给我。

"我迫不及待地接过一看,纸片上是一张闪着桃红色瑰丽光彩的邮票——正是那张真资格的面值二十七列伊的野牛头珍品。邮票保护得如此完好,在品相方面经得起任何严格的专家鉴定。

"我的手指战栗着,几乎把这件神圣的宝物掉到了指挥官面前。指挥官戴上单片眼镜观赏起来。

"我向幸运的野牛头邮票的主人表示祝贺,并且请他给我们讲讲发现这枚邮票的经过……

"这位 K 伯爵由于血管里保留着摩尔多瓦人的血液成分——他们家族纹章上有野牛头图案——同时又是个出了名的、狂热的集邮爱好者,他便想方设法要弄到一张最稀有的野牛头邮票,为此要付出多大代价也在所不惜。战争把他抛到我们这个地区,他的欲望更强烈了。

"开始,他在布加勒斯特查访。经过许许多多的探寻之后,他找到了线索，说是有一张这样的邮票当时正在雅西城的某人手里。于是他赶到雅西。在那里，持久不懈的考察把他引向布尔拉德市一个古老的贵族之家——好像就是科斯塔凯什蒂家族。在布尔拉德，他了解到这张邮票已经转到切尔纳乌茨的一个犹太富翁之手。他追随着邮票的踪迹到了切尔纳乌茨，可是'野牛头'已经迁移到国外，到了利沃夫。他乘飞机追到利沃夫，从那里获悉，邮票又进入了摩尔多瓦，仍然在雅西城。又经过许多充满希望和痛苦绝望的周折，这位冒险的英雄终于弄到了梦寐以求的邮票。使他喜出望外的是这枚邮票也是桃红色的，从而打破了美国人垄断孤品的说法……不过，他为这枚邮票不得不付出五万德国马克的代价，如此漫长的旅途开销还不算。

"'你们看吧。'他得意地请大家观赏，'美国的野牛头邮票再不是孤品了。现在，全世界有了两枚相同的，不过只有两枚。Tertium non datur[1]。'说到这里，他哈哈大笑起来，'你认为它能值多少钱？'他又问我。

"'我说不好，'我小心谨慎地回答，'至少值原价的二倍或三倍！'

"'哪儿的话！'少校笑道，'你说的数目离它的真正价值相去

---

1 意为"第三者不容存在"。——译者注

太远了。这枚邮票至少值一百万，或者一百五十万德国马克……'

"当他叙述自己的曲折经历时，在座的军官们相互传看着那枚邮票。确切地说，他们并不是把它拿在手里传递，而是在大饱眼福之后，小心翼翼地把它推到邻座的面前。就这样，邮票沿着餐桌不停地游历。大多数人感兴趣的只是买到那枚邮票所花的惊人巨款，特别是被它现在的价格吓住了，所以一个个瞪大双眼长时间贪婪地注视它。正当两个腰系白围裙的值勤士兵收拾餐具、端来另一轮咖啡时，外面忽然传来一阵摩托车的声音，接着几声喇叭震得我们的耳朵嗡嗡直响。大伙儿不由自主地一下子都站了起来。一名中士打开门报告说，某连的传令兵送来了一份紧急情报。我知道那个连，一星期来它一直被围困在火线附近的一片烂泥地里。一个满身泥土的士兵紧跟在中士身后闯了进来。他脚跟一碰，站直身子，小心翼翼地从腰间取出一个信封往前一递。

"我们一个个呆若木鸡。

"指挥官平静地接过信封，用责备的目光扫了我们一眼，示意大家坐下。高级客人茫然地望着远处。在征得了德国将军的同意后，指挥官拆开了信封。军官们一个个浑身战栗……可是，指挥官的脸上却没有流露出任何表情，既没有激动和喜悦，也看不出忧虑。

"'没有什么重要情况，'他以往常那种念情报像念菜单一样无所谓的神情让我们放心，'敌方小股部队的运动……如此而已。'

"在我们的心里，生活又像一段因雨淋日晒而变得暗淡了的呢料，再也没有妍丽迷人的色彩和自成一格的图案层次了。剩下的唯有织物最基本的灰色。生活，或者说，存在的可怕的灰色……"

"你是个存在主义者吧？"我忍不住问道，因为我发现说到"存在"这个词的时候，他的心似乎在战栗，我对这个词的兴趣超过了对他那说了老半天才说到的野牛头的故事的兴趣……

"什么？"他恼怒地反问道。

"你赞成基尔凯加德[1]，或者海德格尔[2]的观点吗？"我胆怯地说明道。

"幼稚！……"他回答说，火气消了，"他们这些坐在哲学家宝座上的人对纯粹的存在能知道什么呢？你必须跟我们一道待在那个战争前线，才能澄清脑子里无益的东西，获得有益的智慧……要我告诉你什么是纯粹的存在吗？好吧，寂寞、孤独、荒凉、等待、空虚的紧张、无谓的折磨，还有肮脏、恐惧和灾难，所有这一切就是纯粹的存在，悲惨的、没有任何遮羞布的存在！

"我知道，有一些人为制造的存在唯有圣人才敢于尝试，他们冒着巨大的危险修炼瑜伽，可那是精神方面的存在。据说，达到那

1　基尔凯加德（1813—1855），丹麦神学家、非理性主义哲学家、作家。他的学说成为存在主义的来源。——译者注

2　马丁·海德格尔（1889—1976），德国哲学家，存在主义的主要代表。——译者注

个存在的悲惨境界，就能同永恒合而为一，同上帝相会。

"而我们呢，残酷的、毁灭性的现实强行剥掉了我们可怜的赖以遮掩的全部外壳。人到了这个境地，我们发现，便只有失望和空虚了！

"为了回到生活中来，我有时不得不用手指紧按自己的脉搏，持续好几分钟……不过，我们还是别管他人的哲学，言归正传吧……

"传令兵退了出去。他心里一定在想，指挥部既迟钝又无能，指挥官在犯罪——眼看着大难临头了，他却在睡大觉……把我们同前线隔离开的那道麻木不仁、沉重而僵硬的帷幔被传令兵拉开了片刻，此时又合拢了。我们重又被悬挂在一片漆黑之中……香槟酒散发的薄雾曾使我们陶醉了一阵子，现在也散尽了。我们一无所获，大失所望地坐在那里，感到极其无能。这种心情是那两位客人造成的。唉，我们原指望他们带来解救的福音哩！因为，尽管我们不知道详细情况，但内心里却一点也不怀疑。我们被包围了，毫无突围的希望。

"屋子里一片沉默。在这种气氛中，我们感到自己犹如一块扔满破砖烂瓦的空地，全世界所有的垃圾都倾倒在我们的身上了。过了一会儿，我们才想起了野牛头邮票，回过头去看……包邮票的纸刚才在餐桌的左边角上，两个中尉的胳膊肘之间。当时，他俩正举着杯子接香槟酒。可是，现在再往那里一看，邮票没有了！……
野牛头消失了。

"开始，我们还不动声色地在整个桌面上、桌子下面、椅子
上和椅子下面、地板上、鞋底上、靠过桌子的胳膊肘上四处寻找，
可是哪儿也不见邮票的影子。

"大家这才惊慌不安起来。指挥官脸色像死人一样惨白，咬着
嘴唇。他站起身来命令那两个值勤的士兵把屋门关上。我带着一
种在真实生活中才有的，并非残忍而是热烈的好奇心，观看着我
们空虚寂寞的处境中突然发生的这一幕。钻进我们心里的严寒一下
子升到了天花板上，躲到了屋角里。我们的胸口开始发热，呼吸困
难，心脏紧张地跳动，脑子警惕而急速地转动着……

"德国将军抽着一支哈瓦那雪茄，粗大的双臂交抱着，脸上流
露出一副鄙夷、厌恶的神情。那个倒霉的邮票主人呢，一见出现
了这种情况，便暗自下了决心。他眯起眼睛挨个扫视了我们一遍，
然后眼皮一眨不眨地盯住了指挥官，一声不吭地等待着。指挥官命
令大家重新在整个房间里找一遍，可是这回也同样毫无所获。他决
定对那两个勤务兵搜身。他俩顺从地让人把衣服脱光……

"仍旧什么也没有找到。指挥官开始头上冒汗，气喘吁吁……
严峻的考验使他浑身发热……强压住的愤怒、怨恨和羞耻，使他
充满了活力。他这才是我所喜欢和热爱的样子。面色红润，两眼炯

炯有神，暴躁得如同一根马鞭。

　　"'先生们，'他咬紧牙关说道，'不论邮票在哪里，不找到它是不行的。我们每个人都面临着名誉扫地的危险。万一果真出现这种情况，我宁愿只有我们中的一个人丢面子。因此，尽管我自己也感到很可耻，但不得不请求你们，命令你们接受一次最严格的搜身。我本人亲自来搜。先从我开始。'

　　"说罢，我们的指挥官马上把衣服脱掉。他掏出钱包，翻开围脖，把衣兜全翻了个底朝天，他抖搂外衣和衬衫，脱下靴子……这场面既可笑又可悲，下贱到令人作呕的程度。不过，告诉你吧，我心里却感到有些兴奋。

　　"就这样，在德国将军的冷眼旁观之下（我得承认，丢失邮票珍品的年轻少校对此并不满意，他非常伤心），指挥官挨个对几位军官搜了身。军官们十分文雅地接受了这一最高要求。我们的长官想出这个办法并不是为了找到邮票，而是为了挽救我们的名誉。没想到当搜身搜到托姆茨上尉时，他却从背后拔出左轮手枪，平静地说：'将军大人，您要是敢碰一碰我，我这条命就不要了。'

　　"这场戏演到了高潮……我们人人心情紧张，浑身战栗，就像超负荷的电线一样……

　　"'上尉，我命令你！'将军呻吟道。

　　"'我不允许别人对我这样！无论是谁，什么时候，什么情况，都不行！……我以自己的名誉担保，我没有拿邮票。我做出这样的保证也就够了。'上尉军官回答。他举起手枪，拉开保险。

"'快抓住他的手……把他按住！'指挥官几乎是喊叫一般发出命令，自己首先伸出手去想揪住那个反抗命令的军官。

"可是，上尉一纵身，闪到他身后的屋角里，举着手枪威胁任何想靠近他的人，自卫着……气氛紧张到了极点，每个人的心都快要跳出嗓子眼了。

"指挥官气疯了。他也失去控制地从匣子里抽出自己的勃朗宁手枪……

"'这我可以接受，'反抗者喊道，'不过请您瞄准我的心脏。'

"上尉拿枪的手老老实实地垂下了，而将军那握枪的手却颤抖着慢慢地举了起来……

"这时，外面嘈杂的人声越来越大。木棚里的紧张气氛传染给了那些了解到事情原委的士兵。他们纷纷跑到窗口往里面张望。

"正当指挥官的枪终于举到眼睛前面这千钧一发之际，有人从外面猛力把房门推开了。一个士兵冲了进来，嘴里发疯似的喊道：

"'找到了，找到了……你们看！'说着他伸出激动而汗湿的手掌。手心里正是那枚野牛头邮票。

"事情的原因很简单。刚才传令兵到来时，屋里的军官全都慌乱起来。邮票被扔在餐桌上无人过问。一个收拾餐具的士兵不经意地在邮票上面放了个盘子，邮票便粘在盘子底上了。这委实怨不得那枚赫赫有名的野牛头邮票。它美美地休息了好一阵，不过差一点就被放进洗盘子的沸滚的碱水锅里浸泡了。

"紧张气氛如此突然地、意想不到地松弛下来，我们的将军忍不住放声大哭起来。他坐到一把椅子上，举起手枪，把枪口对准自己的太阳穴。在场的人只有托姆茨上尉的头脑还保持冷静，他一步抢到将军跟前，把他举枪的手一拉。枪声响了，子弹飞上了天花板。客人们又惊异，又失望，脸上露出颓丧的神情。他们原指望我们丢面子，没想到却目睹了这一气壮山河的场面。这是他们无法理解的。一个军官为了保卫自己的名誉和人身不可侵犯的权利，可以豁出性命……就连指挥官的命令也不能使他屈服！真是不可想象……

"德国将军露出不安的神色，打算动身上路。我们的指挥官也恢复了神志。他拥抱了托姆茨，向军官们一一赔了礼，又为发生的这件事向客人们道了歉。他要我们重新坐下，以便安定神经，体面地去送别客人。最后几瓶香槟被打开斟到大家的杯子里，可是神经仍然放松不下来。军官们一个个满心羞愧、敬佩地望着托姆茨。他维护了军官的尊严，把它看得比生命还宝贵。对我们来说，他的行为是'名誉''尊严'这类字眼的活生生的榜样。不过，对他这种把我们弄糊涂了的戏剧性表现做如是解释，虽则光彩，却过于简单化了，在它后面必定还另有隐情。

"托姆茨上尉庄重地坐在那里，两眼茫然望着远处。他奔过去救指挥官时扔在桌上的左轮手枪还静静地躺在他的酒杯旁边，杯里的酒他一滴也不曾喝。

"'谢谢你，上尉。你给我们上了崇高的一课，在座的人谁也不会忘记的。'我们的将军对托姆茨上尉说。大家一齐举起杯来，同英雄的杯子碰了碰。

"这次，上尉仍然只湿了一下嘴唇，心事重重地继续沉默着。

"最后，客人们站起来。他们该走了。危机四伏的草原的夜晚眼看就要降临。我们把他俩送到汽车跟前。同迎接的时候相比，分别时大家的表情冷淡、木然多了。汽车开走后，我们转身进屋，重新在空桌子旁边坐下。指挥官这回让托姆茨坐在他身边，又一次久久地拥抱他。

"'将军大人，您给我这样的荣誉，我实在不敢当……'上尉替自己分辩道。

"'别谦虚了，小伙子……为了那枚令人作呕的邮票，我把军官的名誉玷污了，你却冒着生命的危险将它洗刷干净……'

"'不是这么回事，将军大人。我不想再欺骗你们了。我反对搜身是另有原因。'

"'不要自己欺骗自己吧。'指挥官慈父般地责备他说，'你不用

说了，让我们保留着对你这一举动的完美回忆吧。它也许是我们在这里干的最值得称道的一件事。'

"'我不能，将军大人。名誉本身促使我不能不把事情的真相讲出来……我有意等外国客人走了以后再给你们解释我这样做的真正原因，好让他们对我们的自豪感有个鲜明的印象。其实，我们已经没有自豪感了。现在，我何必还要欺骗自己呢？我不愿再让战友们感到屈辱了。说心里话，要不是有这个可怕的障碍，我也会像大家一样接受搜身的……'

"托姆茨上尉说着用颤抖的手从胸前掏出自己的皮夹子——动作完全跟K伯爵一样。打开它，拿出一张用吸墨纸包着的邮票，一张精美的面值二十七列伊的野牛头邮票，也是桃红色的，跟德军少校拿给我们看的那枚一模一样……这时，就连我这个一向玩世不恭、常以性命当儿戏的人，也吓得脸色发黄。

"'怎么？'将军惊恐地跳起来，'……怎么回事？你也有一枚同样的邮票？'

"'是呀，您不是看见了！……是我母亲给我的。她是摩尔多瓦一个贵族妇女。她要我把这枚邮票带在身上，以便在前线交好运……你们看，它给我带来了什么样的好运！请想想，我要是允许对我搜身，哪怕是最简单的搜身，那将会……'

"'当我提议对大家进行搜身时，你为什么不说明你也有一张这样的邮票呢？'将军脱口问道。

　　"太晚了。谁会相信我呢？要是那张丢失的邮票找不到呢？'

　　"'那么，一开始，当少校拿出野牛头邮票的时候，你为什么不把自己的也拿出来？……'

　　"'那将是一种幼稚的举动。'托姆茨上尉平静地说道，'对我来说，我带着这张邮票并不是为了炫耀它的价值和同别人比高低。我的邮票曾经是——如今已经不再是了——我的护身法宝，具有另一种无可估量的价值……如果可能，我将会把它珍藏在心里。将它出示于人会像亵渎它一样使我感到痛苦……再说，我决计像排除厄运一样，不让两只野牛头在这荒原中心骤然相遇，所以从一开始我就执拗地不亮出自己的邮票。但是，我没有做到。命运迫使它们进行了较量！'

　　"托姆茨上尉果断地打破了使我们感到压抑的沉默：'现在，请您原谅我吧，将军大人，因为我使您失望了。并且，请允许我出去。我感到必须到荒原上去走一走。它虽然荒凉，却比我们高尚多了。'

　　"就在他站起身来准备出门时，托姆茨上尉步伐平稳地走近火炉，把手里拿着的野牛头邮票扔到燃得很旺的炉火里，嘴里大声地说道：'Tertium non datur！'

　　"对他这个举动，在场的人谁也没有感到惊讶。"

　　我的朋友讲完了故事，又点燃了一支香烟……

红色冠冕

[苏联]
米哈伊尔·布尔加科夫

杜杨 译

作者简介

　　米哈伊尔·布尔加科夫（1891—1940），苏联作家，毕业于基辅国立大学。主要作品有《大师和玛格丽特》《狗心》《不祥的蛋》等。

　　布尔加科夫曾将他的创作特点总结为"神秘主义黑色"。所谓"黑色"即指社会现实的某些落后现象以及人们心灵深处的丑恶和弱点，作家对此进行讽刺和揭露，所以他称自己的作品是"讽刺小说"；所谓"神秘主义"则是讽刺内容所借助的神秘怪诞的虚幻现实反映形式。因为作家所借助的神秘怪诞多以魔幻离奇为主，所以这种"神秘主义"实际上是魔幻主义，加之社会批判的思想性特征，布尔加科夫小说的鲜明的艺术个性就是"魔幻现实主义"。尽管"魔幻现实主义"是20世纪六七十年代出现在拉美的一股现代主义文学期流，尽管"魔幻现实主义"这一术语在布氏创作的二三十年代还没有出现，但就"借助魔幻来反映现实"这一艺术内旨来说，布尔加科夫的确表现出了"魔幻现实主义"的艺术特征，在一定程度上，他的创作是对"魔幻现实主义"艺术的开拓。

　　译文原载于《世界文学》1991年第4期。

　　我最恨太阳，恨鼎沸的人声和嘟嘟声。那密麻麻、急匆匆的马蹄嘟嘟声。我怕人们，怕得无以复加，只要晚上一听到过道里有陌生人的脚步声或说话声，我就会大声叫喊。所以连我的病房也是特殊的、无人打扰的最好的一间，在走廊的最尽头，27号。谁也不可能来找我。但为了更牢靠地保障自己的安全，我一直在央求伊万·瓦西里耶维奇（在他面前落泪），让他发给我打字的证明文件。他同意了，给了我一纸证明，上写我受他保护，任何人都无权逮捕我。不过说实话，我并不十分相信他的署名能有多大效力。于是他强迫一位教授也签上名，在文件上还盖了个圆圆的蓝色印章。这可就是另外一回事了。我知道在许多情况下，人们能活下来，就是由于在他们口袋里发现了一张盖有圆印的字条，诚然，那个脸上抹了烟油子的工人，被吊死在别尔江斯克的街灯上，也正是在发现他靴子里有张揉成团的盖了章的字条之后。但这完全是另一码事。他是布尔什维克罪犯，蓝色印章也是个犯罪印章。是它把他送上了街灯，而街灯就成了我的病因（别费神了，我很清楚：我是害了病啦）。

　　说起来，在看见柯利亚之前，我就有些不大对劲了。我走开了，免得看见吊人的现场。可恐怖感也随我两条发抖的腿而去。那时候我当然不可能有所作为，若是现在，我就要大着胆子说了：

　　"将军老爷，您是野兽！不准把人吊死！"

就凭这一点，你们也可看出我不是个胆小鬼吧，我谈印章之事也不是为了排遣死亡恐惧。哦，不，死我不怕。我可以自毙于枪下，而且这也快了，因为柯利亚都闹得我走投无路了。但我要亲自枪毙自己，免得看到和听到柯利亚再来折腾。可一想到别的人可能来……真是太可恶了。

我整日躺在卧榻上，睁眼望着窗户。我们那绿草如茵的花园上面是茫茫一片空白。望过去，那座黄色的七层庞然大物，正把它那堵没窗没门的高墙对着我，从屋顶往下——整个是赤褐色的大方块。一块招牌。镶牙实验室。几个白色大字。起初我对它恨之入骨。后来就适应了，甚至哪一天招牌要是给摘掉了，我兴许还会闷得慌呢。它整日价竖在那儿，我就对着它集中注意力，思索着许许多多重大事情。只见那夜幕降临，楼顶变暗了，白色的招牌字从眼前消失。我变成灰蒙蒙的一团，消失在漆黑的昏暗中，我的思想也一样消失在其中了。朦胧暮色——这是一天里恐怖而又重要的时刻。一切都在消逝，一切都变得模糊不清。棕红毛公猫开始踱起它那柔软的碎步，在走廊上徘徊游荡，所以我偶尔还会大喊大叫。但我不让点灯，因为要是灯突然亮起来了，我这一晚上都要大哭大闹，坐立不安。最好还是顺其自然地等待那一时刻——让氤氲黑暗中焕然现出那唯一的也是最重要的场景。

我的老母亲对我说：

"我活不多久了。我看现在到处是疯狂。你是做哥哥的，我知道你爱他。把柯利亚弄回来。弄回来。你是老大呀。"

我默然以对。

于是，她的话里倾注了全部渴望和全部苦楚。

"去找到他！你总是装作这是很有必要的样子。但我了解你。你很聪明，早就明白这一切都是疯狂。把他领回来见我一天。只一天。我还会放他走的。"

她在撒谎。难道她还可能再放他走？

我默然以对。

"我不过想亲亲他的眼睛。反正他早晚会被打死的。难道不可怜吗？他是我的孩子呀。我还能求谁？你是老大。去把他领回来。"

我坚持不住了，侧过脸去说：

"好吧。"

但她拉过我的袖子，让我转过去，好直视我的脸：

"不，你要发誓，一定把他活着带回来。"

怎么能发这种誓呢？

但我这个毫无理智的疯人还是发了誓：

"我发誓。"

母亲真胆小怕事。带着这个想法我上路了。可是我在别尔江斯克看到了那个歪斜的街灯。将军老爷，我同意说我的罪过不下于您，为那个被涂上烟油子的人我正受到可怕的惩罚，但是我的兄弟跟这完全搭不上边。他才十九岁。

走出别尔江斯克，我还硬是完成了这个誓言，把他找到了，就在离小河边二十俄里[1]的地方。这是格外晴朗的一天。浑浊不清的滚滚尘烟中，一支骑兵队沿着那条通向散发着焦煳味的村庄大路缓缓奔来。他就在前排边上，还把遮阳的帽舌盖在眼睛上方。我至今难忘：右边的马刺垂于鞋跟，制帽上的细皮带沿着两颊紧勒在下巴上。

"柯利亚！柯利亚！"我大叫着跑到路边的界沟前。

他打了个哆嗦。队伍前排脸色阴沉、汗流满面的士兵都转过头来。

"噢，哥哥！"这声呼喊就是他的回答。不知为什么他从来不称呼我的名字，而总是叫哥哥[2]。我大他十岁，所以他从来都是用心听我的话的。"站住，就地站住，"他继续说，"停在林子边。我们马上就过来。我不能离开骑兵连。"

骑兵连下了马，我们站在林子边上猛劲儿抽烟。我心平气和，态度坚定。这一切都是疯狂。母亲说得完全对。

---

1 1俄里约等于1.0668公里。——编者注
2 俄罗斯人兄弟姐妹之间以名相称。——译者注

我低声对他说：

"一从村里回来，你就跟我回城去。赶快离开这儿，永远离开。"

"你说什么，哥哥？"

"别吱声，"我说，"别吱声。我知道。"

骑兵连已登鞍上马，徐徐向前进发了，小跑步的马蹄踏起团团黑烟。嘚嘚声一直踏向远方，那密麻麻、急匆匆的马蹄嘚嘚声。

在一个小时当中会出什么事儿呢？他们会回来的。于是我在有红十字标记的帐篷旁边等。

一小时后，我看到他了。他回来了，他的马仍然小跑着。但没见骑兵连。只见他两边坐骑上是两个带长矛的骑兵，其中一个（右边的那个）还时不时地向我兄弟倾过身去，好像在对他说什么悄悄话。太阳直射得我眯缝着眼睛，瞅着他那身令人生疑的装扮：去时戴的是灰色制服帽，回来时却戴着一顶红帽。白日已尽。他成了个黑色盾牌，顶上是彩色头饰。看不到头发也看不到前额。只见一顶带有一片片黄色齿状物的红色冠冕。

骑马人——我的兄弟，戴着这不规整的红色冠冕，在汗水淋漓的马上正襟危坐，如果不是有右边那个人在小心扶着他，还可能以为他在参加检阅哩。

骑马人在马鞍上威风凛凛，然而，他又瞎又哑。一小时前明亮的双眼炯炯闪光的地方，现在却是两个带着水迹的红色斑点……

左边的骑兵跨下马来，左手抓着缰绳，右手轻挽柯利亚的手，后者摇晃了一下。

只听有个声音在说：

"唉，我们的后备军士官生……被弹片炸伤了。卫生兵，去叫医生……"

另一个"哎"了一声应答道：

"卫——卫……什么，老兄，叫医生？还是找个牧师吧。"

此时那黑色的雾霭越来越浓，把一切都淹没了，连头饰也看不清了……

我对一切都适应了：对我们那白色的房子，对苍茫暮色，对那只在门边蹭背的棕红毛公猫。但对他的时常到来我就是适应不了。第一次还是在楼下 63 号，他从墙里走出来。头戴红色冠冕。这还没有什么可怕的。他这种样子我梦中见过。但我知道得太清楚不过了：既然他戴上冠冕，那必定是死人无疑。可瞧他竟开口说话了，两片凝上血污的嘴唇在微微翕动。他好不容易把两唇撑开，两脚并在一处，一只手举到冠冕上，说：

"哥哥，我不能离开骑兵连。"

从此，就永远、永远都是同样的情景：来时他身穿军便服，肩挎皮带，一把弯曲的马刀，还有不出声的马刺，而且说的总是那么一句话。敬礼。然后说：

"哥哥，我不能离开骑兵连。"

他第一次出现就把我整成什么样儿了！他把整个医院都惊动了。我的事儿就算定了案。我推断得精确无误：既然戴着桂冠，那就是被打死了，而如果一个被打死了的人能够走过来并开口说话，那不正说明是我疯了。

是啊。这就是黄昏时分。受惩罚的重要时刻。但有一次我沉沉入睡的时候，看见一间摆有红绒面旧家具的客厅。舒适的圈椅还有条腿咯吱作响。墙上那个蒙上灰尘的黑色框架里有张肖像画。花架上放着花，钢琴盖打开着，琴上放有《浮士德》总谱。门槛上站着的是他，一阵不可遏制的快乐使我激动不已。他不是骑兵，他仍然是这些可诅咒的日子之前的那个他：身着黑色学生服，一只袖肘上还蹭有粉笔灰，那双神采奕奕的眼睛调皮地笑着，一绺头发垂在额头上。他向我点着头：

"哥哥，到我房间来，看我给你什么好看的！……"

客厅光芒四射，而这束光来自他的眼睛；受折磨的重负在我心中荡然无存。从来没有过那个不祥的日子，那一天是我打发了他，跟他说："去吧！"从来没有马蹄嘚嘚和浓烟滚滚。他从来不曾离开过家，也没当过骑兵。他弹着钢琴，白色的琴键发出悦耳的声响，强烈表现出来的永远是幸福欢乐，嗓音那么有朝气，还充满了笑意。

后来我醒了。什么都没了。没有光，没有眼睛。从此就再也没做过这个梦了。可是，就在那同一个夜里，为了给我地狱般的苦难火上加油，那个骑兵依旧来了，踏着悄无声息的步伐，一身戎装，他说他决心对我讲一辈子话。

我打定主意了结此事，厉声对他说：

"我的长年累月的催命鬼，你打算干什么？为什么你总来这里？我一切都意识到了。因为是我打发你去干死亡勾当，我替你承担罪过。被吊死的那个人的苦难我也担在身上。既然我这样说了，你就原谅我，放过我吧。"

将军老爷，他沉默不语，但也不走。

于是痛苦的折磨使我变得冷酷起来，我全部意志都祈望他哪怕只到您那儿去一次，把手举到冠冕上。我会教您相信：您也会完蛋的，就像我一样。而且更快些。不过，或许您在深夜时分也并非孤身独处吧？谁知道别尔江斯克的街灯上那个污秽的被抹上烟油子的人是不是常来找您？如果是，那我们的承受才算扯平了。打发柯利亚去帮您吊死人的是我，实际上吊死人的却是您。按照口头命令，没有编号，随意处死人。

总之，他没有走。于是我放声大叫吓唬他。大家都惊醒了。女医生跑来了，人们还叫醒伊万·瓦西里耶维奇。我可不愿意再多活一天，但他们不让我自尽，拿粗麻布捆住我，从我手里夺走玻璃片，绑上绷带。从此我就住进了 27 号病房。服了一剂药后我开始蒙眬入睡，还听到女医生在过道上说了一句：

"无药可救。"

这是确实的。我没有指望了。黄昏时分，我在炽烈的思念中徒然地等待进入梦乡——希冀梦见那间熟悉的旧房舍，还有那熠熠闪亮的眼睛中那平和的光。这一切都没有了，永远也不会出现了。

重负并未消释。我在长夜里乖乖地等着失明的骑兵常客再次走来，用沙哑的嗓子对我说：

"我不能离开骑兵连。"

是啊，我没有希望了。他会把我折磨死的。

阿夫尔默

[俄罗斯]
肖洛姆·阿莱汉姆
一熙 译

作者简介

　　肖洛姆·阿莱汉姆（1859—1916），出生于乌克兰一个拥有大量犹太人口的小镇别列雅斯拉夫，1879年开始创作，1916年在美国纽约去世。在长达三十六年的文学生涯中，他创作了四十余部作品，成为当时犹太文学的中流砥柱，其中书信体小说《美纳汉·曼德尔》、中篇小说《卖牛奶的台维》和《莫吐儿》等作品，被翻译成七十多种文字，直接影响了包括艾萨克·辛格在内的美国犹太作家群体的成长。他被誉为"犹太人的马克·吐温"，并在1959年百年诞辰之际，由世界和平理事会评选为世界文化名人。

　　译文原载于《世界文学》2016年第4期。

我见到他们时，两人的岁数加起来差不多有两百岁。

"阿夫尔默！来客人啦。"

"是谁呀？"

这对两百岁的老夫妇上前欢迎我，既兴奋，又开心。

我也朝两百岁的老夫妇行礼致意，既兴奋，又开心。

他们身体瘦小，头发白得像雪，牙掉光了，背也驼了，但很精神，衣着整洁，神采奕奕，看上去不像一对夫妇，倒像是一对兄妹。

"我还记得你的祖父，你的曾祖父；他是个好犹太人，很好，非常好，不像现在的犹太人，真的，一点儿也不像！我们都认识他，让我想想，我们是怎么认识你曾祖父的？"

他抿了抿干瘪的嘴唇，跟我讲起过去的日子。当往事浮现在眼前，他变得生机勃勃，仿佛换了个人，一下子年轻了。

"听好了，我的宝贝！"他对老妇人说，"你还记得吗，我的心肝，这孩子的曾曾祖父是从哪个地主那儿租的田地，叫什么名字？啊，宝贝？"

"潘·普瑞斯雷齐希安斯基，是他的名字，阿夫尔默，"她说。

"对，说得没错，宝贝，你说得没错。潘·普瑞斯雷齐希安斯基是他的名字。"

伴着奇怪的哨音，他们念出这个名字。

"好像还没多久，是吧？你说呢，宝贝？"

"就在前不久，阿夫尔默，前不久；大概……大概六十或七十年前，不会再久，超不过七十年。"老妇人回答道。

回到年轻时代的老头跟我讲述了各种逸闻趣事，一直讲到深夜。

"快来，阿夫尔默，该睡觉啦！"

老妇人握住老头的手，就像牵一个小孩，朝床边走去。几分钟后，她独自回到我旁边，身着睡衣，头戴一顶硬挺的白帽子，嘴里衔着几根发夹。

她坐下来跟我聊天。我们聊了好一阵，怎么聊也聊不够，我的意思是，她一直在说，而我只有听的份儿。她滔滔不绝，我洗耳恭听。

"你想象不到，"她对我说，用布满皱纹的手臂撑着身子，"你想象不到我的阿夫尔默最近有多虚弱。稍微多待一个小时，他就累得够呛，必须上床休息。但我一点也不抱怨。感谢上帝，世上有那么多叫阿夫尔默的，都比不上我的阿夫尔默。他向来彬彬有礼，没讲过一句刁难人的话，从我们结婚到现在，但愿他能活到一百二十岁。还能说些什么呢？我没有抱怨，一点都没有，我们过得很幸福，上帝保佑，是他安排了这一切，我们对他也没有抱怨。他陪伴我们这么多年，托他的福，我们自食其力，从来不求人，感谢他，赞美他。"

"那，你们的孩子呢？"

"我的孩子？唉、唉、唉！圣主惩罚我，都死了。我们有孙子、曾孙和玄孙，感谢上主，但没有孩子。他们都死了。"

老妇人陷入了沉思。

过了片刻，她问我："觉得他怎么样？"

"谁怎么样？"

"我的阿夫尔默。"

我不知道她为什么发问，笑了笑，换了个话题。

我们聊了很久。我们聊到很多人、很多事，但都少不了阿夫尔默，她的阿夫尔默，她一直挂在嘴边。

阿夫尔默为每个话题增光添彩，他的出现让每一个人黯然失色。阿夫尔默！阿夫尔默！

阿夫尔默！我想象坐在自己对面的是一位妻子，一位年轻的妻子，而不是一个年逾百岁的老妇人。

真想知道这对夫妇的故事。

教长的黑面纱

[美国]

纳撒尼尔·霍桑

聿枚 译

作者简介

　　纳撒尼尔·霍桑（1804—1864），是美国心理分析小说的开创者，也是美国文学史上首位写作短篇小说的作家，被称为美国19世纪最伟大的浪漫主义小说家。霍桑被评价为一个生活的旁观者，这一人生态度决定了他对人的内心、心理活动的兴趣和洞察力。他深受原罪思想的影响，而且原罪代代相传，倡导人们以善行来洗刷罪恶，净化心灵。

　　其代表作包括长篇小说《红字》《七角楼房》，短篇小说集《重讲一遍的故事》《古宅青苔》《雪影》等。其中《红字》已成为世界文学经典，亨利·詹姆斯、爱伦·坡、赫尔曼·麦尔维尔等文学大师都深受其影响。

　　译文原载于《世界文学》1979年第1期。

　　米尔福德村礼拜堂的司事站在廊子上忙着拉扯系钟的绳子。村里的老人弯腰曲背沿街走来。孩子们笑脸盈盈，跳跳蹦蹦地跟在父母身边，有的则神气十足地迈着庄重的步子，显示自己一身过礼拜日的新装。衣冠楚楚的小伙子侧眼偷觑好看的姑娘们，觉得礼拜日的阳光使她们比平时更为动人。当大部分人群走进礼拜堂的门廊后，司事开始摇铃，同时注视着胡波牧师的门口。牧师一出现就是停止铃声的信号。

　　"胡波牧师弄了什么在他脸上啊？"司事惊讶地大叫。

　　听见的人全都立刻转过身来，望见胡波牧师若有所思地缓缓地向礼拜堂走来。人们不约而同地怔住了，就是有个陌生的牧师占据了胡波先生的布道坛，也不致使他们这样吃惊

　　"你敢确定那是我们的牧师吗？"教友葛雷问司事。

　　"没错，是咱们的胡波牧师，"司事说，"他今天本该与威斯伯利教区的舒特牧师对换，可是舒特牧师要做一次葬礼祈祷，昨天捎信说不来了。"

　　引起如此震动的原因，乍看去其实不值得这样大惊小怪。胡波年近三十，颇具绅士风度，虽然还独身，但衣着整洁，像牧师应有的那样；仿佛有一位细心的妻子为他浆洗了圣箍，刷去了礼拜日用的外衣上一周积下的灰尘。他的外表只有一点引人注目：那就是箍在额上，遮住了脸庞的一面黑纱；黑纱低垂，随着他的呼

吸微微颤动。从近处看，那原是两层绢纱，除嘴和下颚外把五官全都遮住了，不过似乎并没有挡住他的视线，只是把眼前的一切生灵和木石之物都投上了一层阴郁的色彩。胡波牧师眼前带着这片阴影，缓慢地、沉静地走来，他像心不在焉的人那样，微驼着背，两眼望着地下，可是对站立在礼拜堂台阶上的教民还是和蔼地颔首致意。他们却看呆了，顾不得还礼。

"我简直没法相信那块黑纱后面真是咱们胡波牧师的脸。"司事说。

"我不喜欢这块面纱，"一个老妪蹒跚地走进礼拜堂，一面喃喃自语，"他把脸这么一遮，整个人就变成了一个可怕的怪物。"

"我们的牧师疯了。"教友葛雷一面说一面跟随着她跨过门槛。

在胡波牧师进去之前，这不可思议的怪事早就在礼拜堂里传开了。教友们都骚动起来，谁都忍不住回头朝门口望去。有人索性站起来转过身。有几个小男孩爬上座位的靠背又摔了下来，造成一片混乱。礼拜堂里乱哄哄的，到处是女人们的衣裙窸窣作响，男子们的脚步拖沓移动，与平日迎候牧师莅临而应有的肃静大不相同。可是胡波牧师似乎没有注意到教民的不安。他几乎毫无声息地走进来了，对坐在礼拜堂两边的会众微微点头，走过最年长的教民身旁时躬身致敬。后者是位白发老人，坐在礼拜堂通道中间的一张沙发上。最奇怪的是可敬的老人对牧师外表的异常竟毫无察觉。他好像也没有感受到周围的惊奇，直到胡波牧师由转梯上了布道坛，面对着教友，却与他们之间隔着一层黑纱，这时老人才若有所悟。牧师脸上那个神秘的标志一刻也没有摘下。他领唱圣诗时，那片纱随着他的呼吸起伏；他宣讲圣经时，面纱的阴影也挡在他和圣书之间；他祈祷时，面纱沉甸甸地贴在他仰起的脸上。他莫非是要在他向之祝祷的敬畏的上帝面前隐藏自己的面孔？

　　小小一块黑纱，震动如此之大，不止一个神经脆弱的妇女承受不住，提前离开了会场。可是在牧师眼里，面色苍白的会众或许就像他自己的黑纱在他们眼里一样，也是这样可怕啊。

　　胡波牧师布道称职，为人所公认，但他并不擅长辞令。他力求通过温和的感化作用引导人们朝向天堂，而不是用奔雷般的言辞，鞭策他们前往。这一天，他的布道在风格和方式上也仍具有他以往的特点。可是，也许是由于其中流露的情绪，也许是听众的想象力，总之，他今天的演说辞是他们听过的最强有力的一篇。它比往常的布道更带着胡波牧师温良、阴郁的性情。布道的主题是讲隐秘之罪和人们对最亲近的人，对自己的良知都要遮藏不露的隐私，甚至忘却了全能的上帝是能洞察一切的等等。牧师这一字一句都有着一种神秘的力量。会众的每一个人，从天真无邪的少女到铁石心肠的恶棍，都觉得躲在可怕的面纱后面的牧师正悄悄逼来，洞察了他们思想行为的全部罪恶。不少人把叉着的双手按在胸前。胡波牧师的话语并不可怕，至少并不激烈。尽管如此，他的忧郁的声调的每一个颤音都使听众发抖。会场中，与恐惧相随而来的是一种意想不到的悲怆。听众强烈地感到牧师的异常，他们盼望一阵清风把黑纱吹开，而他们几乎相信，露出来的会是另一个陌生的面孔，虽然眼前的形体、举止和声音明明属于胡波牧师。

礼拜刚一结束，人们不讲规矩，前拥后挤地跑了出来，急不可待地要交流一下压抑了许久的惊异，而且，眼前一没有那块黑纱，人们的心情显然轻松起来。有的围成小圈，挤在一起窃窃私语；有的独自走回家，一路陷入沉思默想；有的人故意大声说笑，亵渎安息日；有几个人自作聪明地摇摇头，暗示说他们能识破这一秘密；还有的人声称这中间根本没有什么奥妙，只不过深夜的灯火损伤了胡波牧师的视力，需要遮蔽。过了片刻，胡波牧师随着教民也走出来了。他那蒙着面纱的脸从这群人转向那群人，他向白发苍苍的父老表示敬意，又以和蔼、有尊严的风度招呼中年人，如同是他们的朋友和精神向导一样，而转向青年人时则显示出爱护与威严。他还把手放在孩子们的头上，为他们祝福。这都是他每逢安息日的老习惯。可是今天，回报他的礼仪的只有惊奇和迷惘的目光。没有一个人像往常那样攀附牧师与他同行。桑德斯老爷无疑出于疏忽大意，忘记邀请牧师进餐，自从牧师在此地就职以来，几乎每个礼拜天都是在桑德斯家的餐桌上祝福的。这一天，他只好独自回到住宅，在关门时，他回头看了一眼盯着他的背影的众人。一丝忧伤的苦笑从黑纱背后露出来，隐隐闪烁在嘴边，然后随同牧师一起消失了。

"真怪，"一位妇女说，"这样一面普通的黑纱，妇女们常系在帽子上，为什么在胡波牧师的脸上就变得这么可怕？"

"胡波牧师的脑子准是出了毛病，"她的丈夫，村里的医生说，"最难捉摸的是他这怪癖给人们的震动。连我这样一个理智的人也不例外。这面黑纱，虽然只遮住了牧师的脸，却影响着他整个人，使他从头到脚都带着鬼气，难道你不觉得吗？"

"一点也不错，"他妻子说，"我说什么也不敢一个人跟他在一起，我真纳闷儿他怕不怕自己！"

"人有时会自己怕自己的。"她丈夫说。

下午的礼拜情况与上午完全一样。礼拜结束后，为一位少女鸣响了丧钟。亲戚和朋友都聚集在那家房屋里，关系疏远些的相识则站在门口，谈论着死者的美德。突然他们中断了谈话——胡波牧师出现了，仍然戴着那面黑纱，现在它倒是恰当的徽记了。牧师走进了停放遗体的房间，在棺材前躬身与自己已故的教民做最后的告别。他低下头去时，黑纱从他额头上直垂下来，死去的少女要不是永远合上了眼睛，就会看见他的面孔。胡波牧师这样急忙拉好面纱，莫非是害怕她的目光吗？有人亲眼观察了这次生者与死者之间的会面，毫无犹疑地说，在牧师露出面孔的一刹那，少女的尸体战栗起来，尸衣和那薄纱的帽子也跟着微微抖动，虽然死者的面容仍保持着死亡的宁静。一个迷信的老太婆是这桩奇迹的唯一见证人。胡波牧师离开遗体去到哀悼者的房间，然后走到楼梯口，开始为死者祈祷。这是一篇深情的、感人至深的祷文，充满了悲痛，而又倾注了天国的希望，在牧师最悲伤的语音之间，似乎依稀听到了少女的纤指在轻轻拨动着天堂的琴弦。人们听着觉得不寒而栗，虽然他们并不解其中深意。祷告中说，但愿他们大家，和他自己，还有一切世人，都能像这位少女一样，从容地迎接撕下面纱的最后时刻。抬棺材的人吃力地走着，随后是哀悼的人群，死者在他们前面，胡波牧师戴着黑纱在后面，使得整个街道充满悲伤的气氛。

"你为什么往后看？"送葬队伍里有人问他的同伴。

"我有种幻觉，"她说，"似乎牧师和少女的精灵手拉手在一起走着！"

"我也这样觉得，也是在那一瞬间。"

当天晚上，米尔福德村里最漂亮的一双男女要举行婚礼。胡波牧师平素是个忧郁的人，但在这种场合总有一种平静的喜悦，比喧闹作乐更能引起共鸣的笑脸。胡波牧师的这一特点比什么都更赢得他的教民的爱戴。婚礼上的宾客焦急地等待他的到来，满心以为整日里笼罩着他的那奇异的恐惧气氛现在一定会烟消云散。可是结果并不是这样。胡波牧师一进门，人们第一眼看见的便是那可怕的黑纱，它曾为葬礼增添了更深的哀痛，现在给婚礼带来的只能是凶兆。宾客们顿时觉得似乎有一朵乌云从黑纱后面滚滚而来，遮住了花烛的光亮。新婚夫妇站在牧师面前。但是新娘冰冷的手指在新郎发抖的手里战栗着，她如同死亡一样的苍白引起人们窃窃私语，说这是下午刚下葬的那个姑娘从坟墓里出来进入洞房。如果世上还有比这更惨淡的婚礼，那就是响起丧钟的那著名的一次了[1]。在仪式之后，胡波牧师举杯向新人祝贺，他的声调温和轻快，这本应像炉中欢乐的火花，照亮人们的脸。可就在牧师举杯的瞬间，他在穿衣镜里看见了自己的形象，黑纱使他自己也卷进征服众人的那种恐惧之中。他全身颤抖，嘴唇发白，他把尚未尝过的酒洒在地毯上，直冲进茫茫的黑夜里。原来，大地也戴着己的黑纱。

第二天，米尔福德全村只有一个话题，那就是牧师的黑纱。黑纱以及背后的秘密成为街谈巷议和妇女在窗前饶舌的材料。它是酒店老板向住客报道的头条新闻。孩子们在上学的路上也叽叽喳喳地说着它。一个学样的小家伙用一块旧的黑手帕遮住了脸，这恶作剧不但使同学们胆战心惊，把他自己也吓得几乎神智错乱。

---

1 见霍桑的短篇小说《婚礼上的丧钟》。——译者注

　　说来奇怪，教区里那些多嘴的、好打听的人们，没有一个敢直截了当地把问题提到胡波牧师面前，问问他为什么这样做。在过去，每当他有一点事情需要人过问时，给他出主意的从不乏人，他自己也乐于听从别人的规劝。如果说他有什么过失，那就是极端缺乏自信，哪怕是最温和的责备也会使他把微不足道的小事看成犯罪。尽管尽人皆知他这过分随和的毛病，可是教民中间没有一个人提起黑纱的事，对他进行善意的规劝。一种既不明说，又掩盖不住的恐惧使得大家互相推诿，最后只好采取权宜之计，派出教会代表和胡波牧师面谈，以免黑纱问题发展成为丑闻。从来没有一个代表团行使职责像他们这样失败过，牧师友好客气地接待他们，但就座后却一言不发，把挑开这个重大议题的重担全部留给他们，这显而易见的议题可能在胡波牧师的意料之中。黑纱箍在胡波牧师的额头上，遮住了他的面部，只露出两片安详的嘴唇，嘴角上有时挂着一丝苦笑。可是在他们的想象中，那块黑纱却似乎挂在他的胸前，是挡在他和他们之间的一个可怕的秘密象征。黑纱一旦拉开，他们就可以无拘束地谈论它，可是在拉开之前却不便启齿。于是他们就默然无语，心绪烦乱地呆坐着，不安地躲避着胡波牧师的目光，他们觉得这看不见的目光一直盯在他们身上。最后，代表们无可奈何地回去了，向推举他们的人交代说，事关重大，如果还不必要求召开宗教大会的话，也必须举行教会会议。

　　黑纱使所有的人心惊神悸，但村中却有一个人不曾被吓住。代表们没有带回什么结果，甚至没有敢于提出问题，她却以自己个性的宁静的力量，决定亲自来驱散那越来越黑沉沉地堆集在胡波牧师周围奇怪的阴云。作为他的未婚妻，她有权知道是什么隐藏在黑纱之下。她借牧师来访的机会，简单、直率地挑开话题，这样就使得事情对他们俩都容易些了。牧师坐定后，她目不转睛地看着那块黑纱，但看不出震慑众人的那种恐怖气象：那只不过是双层的绢纱，从额头垂到嘴边，随着他的呼吸微微颤动。

　　"不，"她笑着大声说道，"这块纱没有什么可怕，只不过遮住了一张我喜爱的脸庞。来吧，我的好人，让太阳从乌云后露面吧。你先把黑纱摘下，再告诉我你为什么要那样做。"

　　胡波牧师的脸上闪过一丝若有若无的微笑。

　　"那个时辰会来的，"他说，"那时我们都必须摘下面纱。要是在那时辰到来之前，我一直戴着它的话，就要请你不要介意了，亲爱的教友。"

　　"你的话也全是谜语。请你至少把遮住你真话的纱摘去吧。"

　　"伊丽莎白，我愿意的，"他说道，"只要在誓言允许的范围之内。要知道，这纱是记号和标志，我受誓言的约束，必须永远蒙戴，无论在光明还是黑暗之中，独自一人还是众目睽睽之下，也无论是处于陌生人还是亲密朋友之间。总之，尘世间没有人能看到它摘下。这凄凉的阴影必定把我和人世隔绝，甚至你，伊丽莎白，也永远不能到达它的后面！

"什么灾难落到了你头上？"她热切地询问，"致使你要永远遮暗自己的眼睛？"

"如果说它是哀悼的象征，"胡波回答，"那么，和大多世人一样，我的痛苦如此凄楚，需要黑纱来打上记号。"

"可是万一世人不相信那是无邪的悲痛的象征呢？"伊丽莎白再次追问，"尽管人们爱戴你尊敬你，难免会有流言说你隐藏自己的面目是由于犯了不可告人的罪恶。为了自己的神职，求你澄清这种流言吧。"

她向他暗示了村里流传的那些谣言的内容，说着自己脸上也泛起红晕，可是胡波牧师仍然是那样沉着。他甚至又微笑了一下——还是那种悲伤的微笑，它像一道微光从面纱的阴暗处透露出来。

"如果我为悲痛而隐藏自己的面孔，这理由就很充足了。"他回答说，"如果我是为不可告人的罪恶而遮住它，那么请问，难道有什么人可以不这样做吗？"

他就这样温顺而又固执地拒绝了她的一切乞求。最后伊丽莎白沉默了。有一会儿工夫，她陷入了沉思，似乎在琢磨还有什么新方法可以把自己的未婚夫从这样阴暗的狂想中拉出来。显然，它即使没有别的含义，也至少是神志不清的征兆。虽然她的性格比他坚强，泪珠也从她脸颊上滚了下来，可是一瞬间，一种新的感情代替了悲痛：她正漫不经心地望着黑纱，突然，好像空中骤然出现了一片薄暮的昏暗，面纱的恐怖包围了她。她站起来，在他面前吓得发抖。

"啊，你终于也感觉到了吗？……"他悲哀地说。

她没有回答，用手捂着眼睛，准备离开房间。他冲上去抓住她的手臂。

"对我耐心些吧，伊丽莎白，"他激动地叫喊，"尽管这面纱今生今世必定要挡在你我之间，也不要抛弃我吧！只要你成为我的，在来世我不会再蒙戴黑纱，也不会有黑暗隔开你我的灵魂！这只不过是现世的面纱，不是永恒的！啊，我一个人在黑纱后面是多么孤独，多么害怕！不要让我永远留在这悲惨的黑暗中吧！"

"把面纱只摘下一次，对着我看一眼。"她说。

"不，那永远办不到！"胡波牧师回答。

"那么，别了。"伊丽莎白说。

她抽回自己的手臂，慢慢地走开，在门口停下来，战栗着向他长久地望了最后一眼，好像要刺破黑纱的秘密。即使在悲痛中，胡波牧师还是微笑了。他想到，把他与幸福拆开的，只不过是这么一个物质的象征。其实，这物件所投下的阴暗的恐怖才必定会在最亲密的情侣之间造成隔阂啊!

　　从那以后,谁也不再设法使胡波牧师摘下黑纱,也不盘问他关于黑纱的秘密。有些人自认为超越常人的见识,指出那只是一种怪癖,这种怪癖常在正常人身上与理智的行为混合在一起,使他们显得处处反常。可是在众人眼中,胡波牧师是不可救药的怪物。他不能平静地在街上行走,因为,总会发现胆小怕事的人躲着他,而另一种人则存心挡住他的去路来显示自己的大胆。后一种人的骚扰迫使他放弃了日落时到墓地去散步。因为每当他倚栏沉思时,墓碑后面就会有人探头偷看他的黑纱。传说是死人的凝视引他到墓地去的。使他痛心的是孩子们见到他就飞跑开去,他那忧郁的形象还离得很远,他们就中断了最快活的游戏。他们本能的恐惧比什么都更使他最痛切地感到,有一种非凡的恐怖交织在黑纱的经纬之中。事实上,他自己对黑纱也极端厌恶,这是众所周知的。除非不得已,他从来不到镜前,也从来不饮静止的泉水,以免在清泉宁静的怀抱中看到自己而吓一跳。从这里便引出许多流言蜚语,说明胡波牧师犯下了掩盖不住而又只能隐约暗示的滔天大罪,致使他良心备受折磨。于是黑纱背后仿佛有阵阵乌云向阳光滚去。这罪孽与哀痛的混合物包围了可怜的牧师,使得爱与同情永远到不了他身边。据说魔鬼在黑纱背后与他相会。他就这样永远笼罩在黑纱的阴影之下,充满了内心的战栗和对外界的恐惧,时而在自己的灵魂黑暗中摸索，时而透过那层薄雾，凝望着惨淡的世界。据说就是肆无忌惮的风也尊重他那可怕的秘密，从来不把那片薄纱吹起。不过每当胡波牧师走过熙攘的人群时，还是对芸芸众生的模糊面影凄然微笑。

尽管有这么多弊端，黑纱却有一个长处，那就是助长了胡波牧师的布道威力。他借助于那神秘的象征物——因为没有其他明显的原因——对罪孽深重而陷入痛苦的灵魂具有异常的力量。被他领回正路的人对他怀有特殊的恐惧。他们断言，尽管以委婉的方式，他们在回到天国的光明大道之前，曾和他一起沉落在黑纱的背后。真的，黑纱的阴影好像能使他与一切阴暗的感情共鸣。垂死的罪人大声叫着胡波牧师，非等他出现才肯咽气，可是当牧师弯身向他们低声抚慰时，他们就颤抖起来，因为蒙纱的面孔离他们这样近。黑纱造成的惊骇恐怖，甚至在死亡面前也不稍减！陌生人从远方专程来听他布道，只因看不见他的脸，所以偏要看看他这个人，以资消遣。可是其中许多人来时心情轻松，走时却战战兢兢。有一次，在贝尔切总督的任期内，胡波牧师被指派致选举的布道辞。他戴着黑纱站在长官、长老会和代表们跟前，给他们留下极深刻的印象，以至那一年通过的法案竟具有早期宗法统治时期的阴郁和虔诚。

胡波牧师就这样度过了漫长的一生，他的行为无可指责，但阴暗的怀疑笼罩着他。他和蔼仁慈，但不为人所爱，甚至引起无名的恐惧。他与世人隔绝，他们的健康和快乐与他无缘，而陷入临终的痛苦时却总要他帮助。流年似水，在牧师蒙着黑纱的额头上洒下了白霜，他在新英格兰一带的教会里颇有名望，获得了胡波神父的尊称。他刚到职时已经成年的一代现已相继去世，他的教民一部分在礼拜堂里，更多的则在墓地中。终于有一天，他自己大功告成，生命临到黄昏的尽头，现在轮到胡波神父长眠了。

在老教长的病榻前，烛光惨淡，人影依稀可辨。他没有任何亲戚。在场的有仪表端庄而无动于衷的医生，他正设法使病入膏肓的老人减轻痛苦。教会长老和其他各位以虔诚著称的父老也在场。威斯伯利教区的克拉克牧师，是个热心的年轻人，他骑马赶到垂危的教长床前为他祈祷。还有护士，那可不是专门照料垂死病人的雇工，而是独一无二的那一个，她那含蓄的感情在沉默和孤独中经受了岁月的寒霜而持久不衰，直到这死亡的时刻。这就是伊丽莎白！除了她还有谁呢？胡波神父那白发苍苍的头躺在死亡之枕上，黑纱依然箍在额头，遮住了脸，随着他挣扎的每一次呼吸而微微颤动。终其一生，那块黑纱悬在他与人世之间，隔绝了人情温暖和爱情幸福，把他禁锢在最凄凉的监狱之中，那就是他自己的心！那块纱现在仍然贴在他的脸上，似乎使得那阴暗的病室更加黯淡，并且在他面前挡住了来世的光辉。

　　他已经神志不清许久了，他怀疑地徜徉于过去和现在之间，有时竟跨进未来世界的一片混沌里。不时发着高热，辗转反侧，消耗了所剩无几的气力。但即使在最痛苦的痉挛挣扎中，在最荒诞无稽的昏迷狂想中，当任何思想都失去了理智的力量时，他仍然提心吊胆生怕黑纱掉落。其实，即使他那迷惘的灵魂会有所疏忽的话，坐在他枕边的忠实伴侣也会转过脸去为他遮住那副衰老的面孔；那在她最后一次看见时还是他正当盛年的韶华容颜。最后，濒死的老人在精神与肉体的极度疲乏之中平静地躺着，脉搏几乎感觉不到，除了偶尔一阵深长而又不规律的呼吸预示灵魂即将离去以外，气息也渐渐微弱了。

　　威斯伯利教区的教长走近床头。

　　"可敬的胡波神父，"他说道，"你解脱的时刻到了。你是不是已准备好撤除那隔绝现世和永生的屏障？"

　　胡波神父开始时只轻轻把头动了一下作为回答，后来，恐怕他自觉不够明确，又勉强提起精神说道：

　　"是的，"他有气无力地说，"我的灵魂等待着这个时刻，已经疲惫不堪了。"

　　"你要考虑到，"克拉克教长接着说，"像你这样一个毕生献身于宗教的人，思想行为圣洁高尚，用凡人的尺度衡量可谓完美无瑕的典范，这样一位教会长老，怎能给人留下话柄，玷污你身后的美名？我的兄弟，我请求你，不要让这种事发生吧。在你走向永生的时候，让我们有幸瞻仰你光辉的容颜吧。在撤除永生的屏障之前，让我先掀去你脸上的这黑色的屏障吧。"

说着，克拉克就探身要去揭开这个多年的秘密。这时，胡波牧师突然显出惊人的力量，把周围的人都吓了一跳，他费力地从被子下面伸出双手，按住了黑纱，决心做一番争斗，如果威斯伯利的教长竟跟垂死的病人动武的话。

"不！永远不！"戴着面纱的教长叫道，"今生今世，绝对不！"

"莫测高深的老人！"吓坏了的威斯伯利教长叫道，"你的灵魂是带着怎样可怕的罪孽去面临最后的审判！"

胡波神父快要断气了，最后的气息在喉咙里咯咯作响，可是他双手拼命向前摸索，抓住那即将逝去的生命，以便把话说完。他甚至在床上坐起身来，在死神的怀抱中瑟瑟发抖，这时黑纱垂挂着，把整个一生的恐怖都聚集在一起了。那情景可怕异常。神父脸上常见的忧伤的苦笑又在黑纱的暗影后面若隐若现，逗留在他的嘴边。

"你们为什么独独见了我害怕发抖？"他说着用戴面纱的面孔朝着那些面色苍白的围观者一一看去，"你们彼此见面也该发抖！男人躲开我，女人没有恻隐之心，儿童惊叫跑开，只不过因为我的黑纱！其实它有什么可怕，还不是由于隐约地象征着的秘密？

等有一天，等朋友和夫妇之间都能推心置腹，开诚相见，等人们再也不妄想逃避造物主的眼睛，卑鄙地藏匿自身罪恶的隐私，到那时，你们再为我这生死不离的象征物而把我看作怪物吧！我看着我的周围，啊！每一张脸上都有一面黑纱！"

听众惊恐地面面相觑，互相躲避，胡波神父却倒在枕头上，成为一具面戴黑纱的死尸，惨淡的冷笑仍然挂在嘴角。人们把他戴着面纱装入棺材，戴着面纱埋进坟墓。年复一年，青草在那块墓地上生长了又枯萎，石碑上布满青苔，胡波神父的脸庞也早已化为灰尘。可是，想到它是在黑纱下面腐烂的，仍然使人不寒而栗。

国 王

[苏联]
伊萨克·巴别尔

非琴 译

作者简介

　　伊萨克·巴别尔（1894—1940），苏联籍犹太裔作家、短篇小说家。代表作是短篇小说集《骑兵军》，其中以《我的第一只鹅》最为著名。

　　巴别尔是公认的短篇小说大师。海明威认为其作品比自己更凝练；博尔赫斯认为其作品如诗般优美；辛西娅·欧芝克视其为与卡夫卡并列的优秀作家。

　　在伊萨克·巴别尔所著的短篇小说集中，伊萨克·巴别尔采取了以片段来呈现整体、以"管中窥豹"的方式，来呈现"全豹"，以一个个的糖葫芦，构成了一整串的糖葫芦。他往往能够以寥寥数笔，就写出复杂的战争场面背后呈现出的政治、文化和人性的纠葛。这是伊萨克·巴别尔特别成功的地方。战争和历史的风云变幻，无法遮蔽人性中的光辉，同时也呈现出人性的黑暗面来。伊萨克·巴别尔同时展现了人性中善和恶的两极，并且将这两极非常突出和尖锐地表现出来，造成了强烈的对比效果。

　　译文原载于《世界文学》1990年第6期。

婚礼结束了，拉比[1]坐到扶手椅里，随后他从屋里走出去，看到摆满院子的桌子。桌子那么多，尾部都伸到了大门外面，伸到了医院街上。那些铺着天鹅绒的桌子像蛇一样在院子里曲折蜿蜒，在这些蛇的肚子上补上了色彩不一的补丁——橙黄和红色天鹅绒的补丁，它们仿佛发出低沉有力的声音。

住宅变成了厨房。通过一扇扇熏黑了的房门，喷出浓烈的火焰，像喝醉了似的、轻飘飘的火焰。老太婆的脸，婆娘们抖动的下巴，被油腻弄脏了的胸脯，都在这冒着烟的火光中熏烤着。汗，像血一样绯红色的汗，像疯狗的唾液一样粉红色的汗，顺着这些汗毛丛生、发出一股甜丝丝人肉臭味的胸脯流下来。不算洗碟子的女工，有三个厨娘在准备结婚的晚宴，管辖她们的是八十岁的赖兹尔，一个像摩西五经手稿卷那样保持着古老传统的、个子矮小的驼背老太婆。

晚宴前，客人们都不认识的一个年轻人溜进了院子。他要见边尼亚·克里克。他把边尼亚·克里克领到一边。

"您听我说，国王，"年轻人说，"我得告诉您两句话。是科斯杰茨大街上的汉娜大婶派我来的……"

"嗯，好吧，"绰号叫"国王"的边尼亚·克里克回答，"两句

1　拉比：犹太教内负责执行教规、教律，主持宗教仪式的人。——译者注

什么话？"

"汉娜大婶叫我告诉您，地段上昨天来了一个新警官……"

"这我前天就知道了，"边尼亚·克里克回答，"说下去。"

"警官召集全段警察，对他们发表了一篇讲话……"

"新官上任三把火，"边尼亚·克里克回答，"他想进行一次搜捕。说下去……"

"可什么时候进行搜捕，您知道吗，国王？"

"明天。"

"国王，搜捕就在今天。"

"谁跟你说的，孩子？"

"是汉娜大婶说的。您认识汉娜大婶吗？"

"我认识汉娜大婶。说下去。"

"警官召集全段警察，对他们发表了一篇讲话。'我们一定要绞死边尼亚·克里克，'他说，'因为在有皇帝陛下的地方，没有国王。今天，边尼亚给他姐姐办婚事的时候，他们那一伙人都在那里，需要在今天来一次大搜捕……'"

"说下去。"

"这时那些特务们害怕起来。他们说：要是我们今天，在他们的喜庆日子里进行搜捕，边尼亚准会大发脾气，准会流很多血。于是警官说：'对我来说，自尊心更宝贵……'"

“好，你走吧。”国王回答。

“搜捕的事，跟汉娜大婶怎么说呢？”

“你就说：搜捕的事，边尼亚知道了。”

于是他，这个年轻人走了。边尼亚的朋友中有三个人跟着他走了出去。他们说，半个钟头以后回来。过了半个钟头，他们回来了。就是这样。

人们入席不是以长幼为序。愚蠢的老年，其可怜程度并不亚于胆小的青年；也不是按财富来排座次，沉重的钱袋的衬里是用眼泪缝上去的。

坐在首席上的是新婚夫妇。这是他们的日子。坐在第二个席位上的是山德尔·艾希包姆，国王的老丈人。这是他的权利。山德尔·艾希包姆的故事是应该知道的，因为这不是个平常的故事。

身为强盗，又是强盗们的国王的边尼亚·克里克，是怎么成了艾希包姆的女婿的？他怎么会成了一个拥有五十九头奶牛的人的女婿呢？这个问题全在于袭击。仅仅在一年以前，边尼亚给艾希包姆写过一封信。

“艾希包姆先生[1]，”他写道，“请您于明天早晨把两万卢布放在索菲亚大街 17 号大门底下。如果您不这样做，那么您将遇到闻所

1　该篇小说中出现的“先生”一词均为法语。——译者注

未闻的事情，全敖德萨都将谈论您。谨致敬意，国王边尼亚。"

　　三封信，意思一封比一封清楚，都没有得到回复。于是边尼亚采取措施了。他们在夜间来了——九个人，手里都拿着很长的棍子。棍子上缠着浸透树脂的麻絮。艾希包姆的牛棚里燃起了九颗明亮的星。边尼亚砸掉板棚上的锁，把母牛一头头牵出来。一个拿刀的小伙子在等着它们。他只一下就把一头母牛打翻在地，把刀子扎进母牛的心脏。被血淹没了的地上，一些火把明晃晃地照耀着，宛如火红色的玫瑰；砰砰啪啪响起了枪声。边尼亚在用枪声驱赶那些往牛棚跑来的女工。其他强盗也跟着他朝天开枪，因为如果不是对空开枪，就可能打死人。当第六头母牛临死前哞哞叫着倒在国王脚边的时候，艾希包姆只穿着一条衬裤跑到院子里，问："这会有什么结果呢，边尼亚？"

　　"要是我得不到钱，您也就不会有牛了，艾希包姆先生。这就跟二二得四一样简单。"

　　"你到屋里来，边尼亚。"

　　在屋里，他们达成了协议。杀死的牛，他们对半分，艾希包姆得到不受侵犯的保证，并且出具了盖上图章的保证书。但奇迹是在以后发生的。

　　在进行袭击的时候，在那个可怕的夜晚，当被扎伤的母牛哞哞地哀鸣，小牛犊滑倒在母亲的血泊之中，当火把像一些黑衣女郎在跳舞，卖牛奶的婆娘们在友好的勃朗宁手枪的枪口下纷纷逃避、尖声大叫的时候——在那个可怕的夜晚，艾希包姆老头的女儿齐莉娅穿着一件绣花衬衫跑到了院子里。于是国王的胜利变成了他的失败。

两天后，没有事先通知，边尼亚就把从艾希包姆那儿拿去的钱全都还给了他，随后，边尼亚于晚上登门拜访。他穿一身橙黄色的西装，袖口下一只钻石手镯闪闪发光；他走进屋里，问过好，便向艾希包姆的女儿齐莉娅求婚。老头得了轻度中风，不过他已经能下地走动了。老头又活了二十年。

"请听我说，艾希包姆，"国王对他说，"等您过世的时候，我要把您安葬在犹太人第一公墓，就葬在大门旁。我将给您，艾希包姆，立一块粉红色大理石纪念碑。我要让您当布罗德犹太教堂[1]的长老。我要放弃我干的这一行，艾希包姆，跟您合伙经商。我们将会有二百头母牛，艾希包姆。我要挤垮除您之外所有卖牛奶的商贩。小偷再不会到您住的那条街上去。我在第十六站[2]给您盖一幢别墅……而且请您不要忘了，艾希包姆，您年轻的时候也并不是拉比。是谁假造遗嘱的？这个咱们不要大声嚷嚷出来……您的女婿

1　敖德萨著名的犹太教堂。——译者注
2　第十六站也叫大喷泉第十六站，设在敖德萨海滨疗养地环境最优雅处。——译者注

是国王，不是饭桶，而是国王，艾希包姆……"

于是他，边尼亚·克里克，达到了自己的目的，因为他是个狂热的人而狂热支配着世界。新婚夫妇在土地肥沃的比萨拉比亚，在葡萄、丰盛的食品和亲热的汗液中度过了三个月。后来，边尼亚为了让他那个害突眼性甲状腺肿大的、四十岁的姐姐德沃伊拉出嫁，回到了敖德萨。现在，在讲过了山德尔·艾希包姆的故事以后，我们可以回到国王的姐姐德沃伊拉·克里克的婚礼上来了。

这次婚礼的晚宴上，上的菜有火鸡、烤鸡、烤鹅、填馅儿的鱼，鱼汤，那汤宛如淡黄色的湖泊，反射出珠母似的闪光。一只只死鹅头的上方，一朵朵鲜花摇摇晃晃，好像帽子上豪华的羽饰。不过那些烤鸡难道是敖德萨海上泡沫飞溅的拍岸浪给冲到海岸上来的吗？

在那个星空蔚蓝的夜晚，我们那些私货中最贵重的一切，使我们的大地到处都享有盛誉的一切，完成了它们有害而有魔力的业绩。非本地产的酒温暖了人们的胃，令人愉快地折断了他们的腿，麻醉了他们的脑子，引起一阵阵好似战斗号角声的响嗝。从塞得港开来、前天进港的普卢塔克号轮船上的黑脸厨师拿出一瓶瓶没上关税的大肚子瓶装牙买加朗姆酒，油亮的马德拉葡萄酒，皮尔蓬特·摩尔根种植园出产的雪茄，以及耶路撒冷近郊生产的橙子。这就是敖德萨海上泡沫飞溅的拍岸浪冲到海岸上的东西，这就是敖德萨的乞丐们在犹太人的婚礼上有时会尝到的东西。他们在德沃伊拉的婚礼上尝到了牙买加的朗姆酒，因此，这些犹太乞丐酒醉之后，便像禁食的猪一样，用拐杖震耳欲聋地敲打起来。艾希包姆解开坎肩，眯缝起一只眼注视着吵吵闹闹的、聚集的人群，亲切地打着嗝。乐队在演奏迎宾曲。这好像是师团的阅兵式。迎宾曲——只奏迎宾曲，旁的什么都不奏。那些紧挨着坐在一起的强盗们，起初因为有外人在场，还有点儿不好意思，没过多久便放肆起来。俄国佬列瓦在他情人的脑袋上打碎了一瓶伏特加，炮兵莫尼亚朝空中开了一枪。但当按照古老的风俗，客人们开始向新婚夫妇赠送礼品的时候，狂欢才达到顶点。犹太教堂里的执事们跳上桌子，在喧闹的迎宾曲伴奏之下，唱出赠送的卢布和银匙子的数目。这时国王的朋友们显示出了贵族血统和尚未熄灭的摩尔达万卡骑士精神的价值。一只只手以漫不经心的动作把金币、宝石戒指、珊瑚珠串丢进银托盘里。

　　这些摩尔达万卡的显贵，身穿深红色紧身坎肩，棕黄色的西装上衣包住他们的双肩，天蓝色的皮革在他们的胖脚上都绷裂了。强盗们挺直了腰，腆着肚子，和着音乐的节拍拍着手，高声叫喊“苦哇”，并向新娘投掷鲜花。而她，四十岁的德沃伊拉，边尼亚·克里克的姐姐，国王的姐姐，由于害病变得十分难看，甲状腺肿得老大，一双眼睛从眼眶里凸了出来，同一个瘦小的男孩子并肩，坐在堆积如山的枕头上，男孩是用艾希包姆的钱买来的，由于苦恼，他的神情已经麻木了。

赠礼仪式已近尾声，执事们声音已经嘶哑，低音提琴与小提琴也不合拍了。小院子上空突然飘来一股轻微的焦味。

"边尼亚，"克里克老爷子，这个老车夫，车夫当中出名的粗鲁人，说，"边尼亚，你知道我感觉到什么了吗？我好像觉得，我们这儿有什么烧着了，有烟味……"

"爸爸，"国王回答喝醉了的父亲，"您只管喝酒吃菜，别为这些蠢事着急……"

于是克里克老爷子听从了儿子的劝告。他又是吃菜，又是喝酒。但烟气越来越呛人。天边上有的地方已经变成粉红色。像长剑一样窄长的火舌已经射向高空。客人们欠起身子，四下里嗅起来，他们的婆娘们也尖声叫喊着。这时强盗们互相以目示意。只有什么也没发觉的边尼亚显得十分伤心。

"他们要破坏我的节日，"他充满绝望地高声说，"亲爱的，你们请吃菜，请喝酒啊……"

但这时候，晚上一开始时来过的那个年轻人在院子里出现了。

"国王，"他说，"我得跟您说两句话……"

"好，说吧，"国王回答，"你总是有两句话……"

"国王，"陌生的年轻人说，而且嘿嘿地笑了起来，"这简直好笑，警察段像蜡烛一样在燃烧……"

　　小店老板一个个变成了哑巴。强盗们冷笑着。六十岁的曼尼娅，郊区强盗们的元老，把两根手指放到嘴里，吹了一声口哨，声音刺耳，吓得坐在她两旁的人都摇晃了一下。

　　"曼尼娅，您已经不干了，"边尼亚对她说，"冷静点儿吧，曼尼娅……"

　　带来这一惊人消息的年轻人一直还在笑个不停。

　　"他们四十来人从地段出来，"他说，上下颌都在动，"去进行搜捕；他们才走出十四五步，就已经烧起来了……高兴的话，请跑去看看……"

　　但是边尼亚禁止客人们去看火灾。他带着两个同伙走了。警察段四面起火，火势很旺。警察们颠着屁股，顺着冒烟的楼梯奔跑，把一个个箱子从窗户里扔出来。在嘈嘈嚷嚷的声音中，被捕的人都四散奔逃。消防队员们很卖力气，但是最近的水龙头里没有水。警官——就是那个新官上任要放三把火的家伙——站在对面的人行道上，不时咬几下钻到他嘴里去的胡子。新官一动不动地站着。边尼亚从警官身边走过的时候，像军人那样给他敬了个军礼。

　　"祝您健康，大人，"他同情地说，"对这件不幸的事您有什么看法呢？这真是一场噩梦……"

他注视着正在燃烧的房子，摇摇头，咂了咂嘴：

"啊呀——啊呀——啊呀……"

……

边尼亚回到家里时，院子里灯已经熄了，天空燃起了朝霞。客人们都散了，乐师们的头耷拉到自己的低音提琴的把手上，在打盹儿。只有德沃伊拉还不想睡。她用双手把胆怯的丈夫轻轻地推往洞房门口，像一只嘴里叼着老鼠、轻轻品味着的猫，淫荡地瞅着他。

朱迪思

［瑞典］
贝里曼

余杰 译

作者简介

瑞典作家雅尔马尔·贝里曼（1883—1931），1883年出生于瑞典中部的厄勒布鲁，父亲是银行家。贝里曼十七岁上大学，不久辍学，曾多次去意大利，他渊博的美学和历史知识便是在意大利期间获得的，他的一些作品也是在意大利完成的。

贝里曼是瑞典的著名作家，在戏剧创作方面的地位仅次于斯特林堡，在短篇小说、长篇小说方面很接近于陀思妥耶夫斯基，后期作品也受狄更斯和巴尔扎克的影响。

短篇小说《朱迪思》（*Judith*）中的女主人公朱迪思的丈夫在对敌作战中阵亡。朱迪思爱祖国，爱丈夫，爱之弥深，对敌人恨之弥坚，但是在敌人面前，她不露声色，左右逢源，终于作为一个纤弱的女子，手刃了敌人。

译文原载于《世界文学》1996年第5期。

一位老人坐在靠近大门口的凳子上。只要有人走近，他便叫喊：

"请别打扰我们的住宅！"

这一家是单幢小屋，有三个房间，一间厨房，两间阁楼。花园里的树木光秃秃的，青草都被寒霜冻死了，就连用作牧草也不行了。老人当然不是在看守冻草，但是他从不擅离岗位一步。尽管这会儿天色已晚，他仍旧静静地坐在那儿，只要行人走近，他便叫喊：

"请别打扰我们的住宅！"

假如有任何敌军的士兵在他家的大门口停下来，他便站起来，摘下他那油腻的绿色便帽，说是他家里有死人。

"我这样说，是为你好，我家里有死人。假如你不相信，请跟我来，我指给你瞧瞧。不过，那里有传染病菌，先生，有很强的传染性。"

这样一来，士兵便相信了他的话，因为老人本人看上去也像死人。

这幢停放死人的房子是本村的最后一户人家。夜幕降临的时候，一个年轻的士兵走过来，要求在这儿过夜。他敲过很多人家的大门，他发现家家都没有空余的铺位了。在黑夜里他不可能找路到第二家，或者到下一个村子去了。至于家里有死人，作为一名士兵，他认为并没有什么可怕的。老人一再重复他对别的过路人说过的那番话，但是这个士兵很年轻，多少是胆量过人，士兵笑笑，说：

"那种谎话，我以前听过。喂，让我进去，我一不偷窃，二不杀人。我只想睡觉。"

老人告诉他家里有死人并没有把他吓跑。他推开老人，走进前面庭院。夜晚太黑了，他看不见房门，只能朝里面有灯光的窗户走去。老人跟在他的后面。他们走到窗户跟前的时候，老人说：

"你瞧，我并没有撒谎。那儿就是我的女婿。他死了。"

房间的中央是一张床，床头对着窗户。床上躺着一个死人；他和这名士兵同样年轻，但是他死了。死者身上盖着一幅被单，一直盖到颈部。床头边上坐着一位年轻女子，几乎还是个小姑娘。她坐在一张台子前面，台子上点了四支蜡烛。这名士兵看姑娘的时间大大超过看死者。他发觉她美丽动人，就是皮肤太黑，没有他家乡的女朋友漂亮。不过这毕竟跟他毫不相干。他只需要睡眠。他转身对老人说：

"毫无疑问，家里有一张床，或者，最低限度，有个床垫，或者有个可以在上面睡觉的什么东西。不是吗？"

"有，"老人回答，"阁楼上收拾好了一张床，我的女婿结婚前经常睡在那儿。不过，先生，我这样说是为了你好，你可以亲眼看看，我们家里有死人。死人是传染病菌的。我请求你，别打扰舍下了。我上了年纪，而且够伤心的了。"

士兵说："老家伙，我并不想舍弃阁楼上的那张床。我睡在那儿对谁都没有害处，再次在床单中间睡下去，那种感觉一定舒服极了。"

他不理会老人的反对，在黑暗中摸索着朝房门走去。门廊一片漆黑，他不得不打开点着四支蜡烛的房间的房门。一旦打开门，不进去说明他此次前来的目的，就未免过于粗野了。他立正站在门内。年轻女子慢慢站起来，低下头。

士兵说："请原谅，夫人，我只是来找个过夜的地方。能请你，或者别人，指明以前你未婚夫睡觉的房间怎么走吗？"

"床随时可以用。我去把水和蜡烛取来。天气很冷，你要生个火吗？一年当中的这个时候，往日我的未婚夫睡在那儿的时候，我们总是生个火。后来他成了我的丈夫。我们是今年夏天结婚的。"

士兵脱掉他的钢盔，踮着脚尖，朝那张床走去。他觉得他一定要说点什么，因此，他问：

"他得什么病死的？"

"唉，"她说，她第一次盯着他的眼睛，"我的丈夫是阵亡的。他是在前天被杀的。从别人告诉我的情况来看，他是在端刺刀冲锋的时候被杀的。刺刀刺穿了他的咽喉。"

"令尊……"他开始说。她打断了他的话：

"是哟，我知道。他是说我们家里有传染病菌。他的借口并没有把你吓跑。这是普通的托词。家父是怕我碰见任何像你这样的士兵，会干出什么不懂规矩的行径。不过，我还不至于蠢到那种程度。是谁杀害了他？既不是这个士兵也不是那个士兵。是战争。"

"说的是，"士兵说，"对个别士兵发怒是没有用的。这就是战争。就是这么回事。"

他朝前走近几步，对死者看看。死者的妻子弯下腰来，指给他看看，刺刀是如何径直刺穿咽喉的。伤口一直在流血。他死后整整一天都在流血，士兵摇摇头，说：

"是哟，看见这样的伤口，真不是滋味。负伤的时候，似乎并没有什么了不起。但是过后再看看，就像在家里看见这样的伤口——真是太难受了。是哟，你们部队的小伙子们都是该死的打仗能手。我也参加了那次刺刀冲锋。"

"我知道，"那女子说，"家父当时认为我们的增援部队已经上来了，并且认为你们会走另外一条道，不过我知道你们会上这儿来的。正午的时候，我听见了你们的信号枪声。家父要我们躲藏起来。但是躲藏起来有什么用？"

"这话不假！"士兵大声说，兴奋、高兴得脸都红了，"我们并不伤害任何人，只是别来碰我们——你不害怕，实在是太好了……"

他突然停下来，由于兴奋而感到羞愧。在敌人的乡村，他感到出奇的新鲜，但是这是一种对任何人都不能忏悔的感情。幸而她似乎是想心事想出了神。她伏在死者上面，抚摩着他的头发和前额，宛如往日他的心上人在家里轻轻地、安慰地抚摩他的头发和前额一样。接着她说：

"我们不能老是这样站着啊。我想你饿了吧？"

她把他领到餐室，点亮一盏油灯，铺上台布。她把他的钢盔和大氅挂到走廊里。她没有去碰他的步枪。他不想把步枪放在够不到的地方，因而在她下厨房的时候，他乘机把步枪放到台子底下，用脚踩在枪托上。她在他的面前摆了不少饭菜。士兵取出钱包，数数钱。没有多少钱。

"谢谢，谢谢，"他尴尬地、含糊地说，"给夫人添了很多麻烦……"

她拿来两瓶酒的时候，他不得不拒绝。

"不，这样实在不行。我并不想过分奢侈了，眼下，我手头并没有多少钱……"

她笑笑。

"喂，把钱收起来。卖食物给敌人是叛逆行为，不过让饥饿的人填饱肚子，那就是另外一回事了，即使是在战时。"

她满上一杯酒。

"喝吧！你愿意向谁祝酒都成。说不定你在家乡有一位心上人吧？是哟，这一点，我能看出来。现在吃吧，喝吧。与此同时，我去给你收拾房间。"

士兵又是吃又是喝。他想：我吃饱肚子就行了，不再多吃。她对我实在是够意思的了，我大可以利用她的善意，把东西吃光，尽管这样做并不难。假如她，或者她父亲要来陪伴我，那就是另外一回事了。不过我可不能存在这种非分的想法。

过了一会儿，她回来了。"你干吗不吃？别寒碜我们拿不出像样的菜肴。说不定你怕我在酒里下毒了吧？你瞧！"她满上一杯酒，一口喝了半杯，然后把酒杯递给他。他哈哈大笑，一饮而尽。

"喂，我并不怕。你真是太好了。不过令尊为什么不来陪陪我？"

她耸耸肩膀。

"家父的思想太古板。他不愿意和敌人共同进餐。不过，现如今，心胸过于狭隘，不合潮流了。既然亲人已经死了，那么，对新来的朋友也就只好将就一点儿了。你不认为是这样吗？我饿极了。请想想，自打我坐在台子旁边陪伴我的丈夫以来，我就没吃过东西了。而那是四天以前的事了。"

她取过来一把椅子，在他的对面坐下来。他切开肉，捡给她一份。他们相互干杯。他们开始谈这谈那，谈天气，谈糟糕的公路，被毁的庄稼。他们避免谈到战争，但他告诉她自己家乡许多愉快的故事。他首先谈到他的父母和童年。他原来最想谈的就是他的女朋友，但是他不敢谈。她聚精会神地听着，他哈哈大笑的时候，她也稍微笑笑。她突然问："你的女朋友呢？对于她，你可什么也没谈啊？"他的脸一红。没有什么好谈的，对于将来，他只有一些模模糊糊的设想而已。她同意他的说法。

"说不定，你永远也见不到她了。"

他叹口气，心里想，她干吗拿这种话来折磨我？我真欢喜她坐在我的身边，让我握着她的手。我觉得太孤独了。

这当儿，她站起来，走到门口，侧耳听听。他心神不宁地在椅子里扭来扭去，弯下腰，小心翼翼地把步枪挪近一点儿。那女子回到台子跟前，把椅子朝他挪近一点儿，她告诉他，她太孤独了。"请想一想，我结婚才四个月，如今我成了一个寡妇了。你能理解，现在我感到多么空虚，仿佛世界末日到了。如今，我什么也不想了，什么也不希望了，什么也不害怕了。没有人爱是太可怕了……"

"以前你很爱你的丈夫吧？"他问。

她没有回答，她垂下头。她弯下脖子时那优美的线条使他很动心。他想：可怜的小东西，她如此美丽，如此孤独，完全和我一样。现在，我该怎么办？我不想去爱她，我不想，我不！……也许我喝多了，她的丈夫就躺在那儿。唉！啊，她可能压根儿就不爱他，如若不然，她干吗像这样坐在这儿？我最好还是去睡吧。

"你叫什么？"他问。

她抬起头来，吃惊地盯着他。

"我叫什么？你是指我的名字吗？大家管我叫朱迪思[1]。"

"朱迪思，"他重复一遍，困倦地笑笑，"听起来像是《圣经》里的名字，不过这名字好极了。"

她点点头，接着她突然说：

"你的脖子真漂亮！"

他尴尬地哈哈一笑，然后表示歉意。他漫不经心地解开外衣上面的几颗纽扣。兵营的作风！他扣上纽扣。但是她不希望他扣上纽扣。哦，不！他应该感到像在家里一样。就这一个晚上，他该有个家。她再次解开他上衣上的纽扣的时候，她摸摸他那裸露的脖子。他捉住她的一只手臂，把她拉过来。她半推半就，他们的脚碰到了台子下面的步枪，因而步枪上的刺刀咣当一声撞在台子腿上。他们吓了一跳。他哈哈大笑。

"你瞧，"他说，"你我二人，就像夫妻一样，坐在家里的台子

---

1 朱迪思，西方女子常用的教名，始自《圣经》。《圣经》人物译为犹滴，古亚述将军霍洛弗内斯率领 13 万大军围攻贝利亚城，犹太人寡妇犹滴由于特别美丽而得以亲近霍洛弗内斯，她用毒酒把将军毒死，砍下他的头颅，拯救了全城。——译者注

前面。但是刺刀却放在台子底下。这就是战争[1]。"

她立刻站起来，走进厨房。这一下我把她惹恼啦，他想。我真蠢，真是个白痴。我原来以为她会立刻投入我的怀抱。啊，不，她是一位高尚的女人。我并不想做出任何伤害她的事情，我做得太过分了，事情就是这样。这会儿，不用说声晚安就去睡吧。她不想见我了。

他做好准备，拾起步枪。他站起来的时候，她却回来了。她取来点心和一瓶雪利酒[2]。他得充分利用这次机会。他们又吃又喝。他并没有放松警惕，尽可能循规蹈矩，谈论的完全是一些无关紧要的琐事，注意不去看，也不去想这个女人。他最后一次跟她干杯。

"你也准备去睡了吧？"他问。

"不！我准备去陪伴我的丈夫，"她回答。

他怀疑她的话里面带刺，因而很生气。他急于想对她说点什么，针锋相对。假如你真的爱你的丈夫，那你干吗坐在这儿？但是他控制自己的感情，只是一面举杯，一面说：

"我可怜你，我的美丽的敌人。不过……这就是战争。"

1　原文为法语。——译者注

2　雪利酒，原产于西班牙南部的烈性白葡萄酒。——译者注他鞠个躬道个晚安，然后拿起步枪。老人拿灯火把他引上阁楼。他锁上门，插上门闩，然后开始脱衣服。阁楼又小又低。床铺放在阁楼中间，床上铺着洁净的床单。哦，睡在床上一定很舒服！床头柜上点着四支蜡烛。太浪费了！他吹灭两支蜡烛，然后从脚上甩掉皮靴。他悄地踮着脚尖走到房门口，侧耳听听。楼梯上发出一阵吱咯吱的响声。他打开门，在黑暗中悄没声儿说："朱迪思……朱迪思……"

一片沉寂。他慢慢关上房门，但是并没有插上门闩。他爬上床，吹灭蜡烛。他自言自语：我只是在想家里的亲人……

一会儿工夫他就进入梦乡了……

他突然醒了。阁楼里一片亮光，他看见四支耀眼的蜡烛。朱迪思正俯伏在他的身上。他的心脏开始怦怦地跳动，怦，怦。哦！他几乎透不过气来了。他张开两臂，拿颤抖的双手，摸摸她的头。

"朱迪思……朱迪思……"

"对于你，我叫朱迪思。对于他，对于躺在那儿的他，我叫另外一个名字。现在谁叫我的名字？"

"朱迪思……朱迪思……"

他把她的头朝自己拉过来。

接着他感到她正在割开他的咽喉。

"朱迪思!"他号叫。

她只是回答:"我可怜你,我的美丽的敌人……"

他的喉咙里响起一阵死亡的咕噜咕噜声。她撇下他。除了这两个点着四支蜡烛的房间以外,整幢房子一片漆黑。全村静静地躺在黑夜里。陌生人正在敌人中间酣睡。

伊莉丝

[德国]
赫尔曼·黑塞

孟多思 译

作者简介

　　赫尔曼·黑塞（1877—1962），德国作家，诗人。出生在德国，1919年迁居瑞士，1923年他46岁时入瑞士籍。黑塞一生曾获多种文学荣誉，比较重要的有：冯泰纳奖、诺贝尔奖、歌德奖。爱好音乐与绘画，是一位漂泊、孤独、隐逸的诗人。作品多以小市民生活为题材，表现对过去时代的留恋，也反映了同时期人们的一些绝望心情。主要作品有《彼得·卡门青》《荒原狼》《东方之旅》《玻璃球游戏》等。

　　黑塞被雨果·巴尔称为德国浪漫派最后一位骑士，这说明他在艺术上深受浪漫主义诗歌的影响。他热爱大自然，厌倦都市文明，作品多采用象征手法，文笔优美细腻；由于受精神分析的影响，他的作品着重在精神领域里进行挖掘探索，无畏而诚实地剖析内心，因此他的小说具有心理的深度。

　　译文原载于《世界文学》1990年第4期。

童年时，安塞姆常在那绿色的花园中玩耍。在母亲的那些花中，他特别喜欢的是一种名叫鸢尾的花。他总是把脸颊贴在那些挺拔的、淡绿色的叶子上，用手指抚摸着尖尖的叶梢，尽情嗅着那硕大而奇异的花朵，久久地凝视着花的深处。一大簇黄色的花蕊从那淡蓝色的花托上竖起，隐约有条浅淡的小路在这些宛若手指的花蕊中间延伸，一直通向花萼以及花蕾深处那蓝色的神秘之处。他最喜爱这花，总是长时间地凝望着那黄色的一簇，时而想象她们宛如帝王花园四周金色的篱笆，时而又像美丽的梦中之树架起的回廊，没有一丝风吹拂着这梦之林。在她们中间有一条神秘的路通向深处，那是由透明浅淡而又充满活力的脉络交织而成的路。在金色的树林之间，那条小路消失在深不可测的幽谷里；紫色的花冠拼命地舒展着，在幽谷之上雍容地弯下身子，将她薄薄而迷人的影子投在静静等待着的奇迹之上。安塞姆知道，这是花的芳唇；在这些黄颜色的、华美的花蕊背后，在那蓝色的深渊里居住着她的心灵和她的思想，而她的呼吸和梦境就在这布满轻盈迷人而又光洁透亮脉络的道路上徜徉。

紧挨着那硕大花朵的是一些娇小的尚未开放的花蕾，她们被小小的、有着棕绿色外衣的花萼拥裹着，挺立在结实而青葱的花梗上。稚嫩的花朵被紧紧地包在淡绿或淡紫的花被中安静而又迫切地含苞待放，但那精巧而紧密包裹着的花尖已经在上面绽出，颜色深深犹如紫罗兰。即使是在这些紧裹着的、细嫩的花瓣上，也可以见到脉络和千姿百态的花纹。

清晨，当他从房子里，从睡梦和陌生的世界中再度归来时，花园里总有新的东西在等待着他。昨天，那蓝色的花苞还紧紧裹在绿衣里，现在却绽出了薄如蝉翼、纤如空气的蓝色的花瓣。花瓣如唇舌伸展，摸索地找寻着她的外形，那弯曲的弯形是她久已梦想的形状。而在花的下部，当花瓣还在与花被暗暗争斗的时候，人们就预感到那纤巧的金色树林，那清明透亮而脉络纵横的道路以及那遥远芬芳的灵魂之谷已经准备就绪了。也许是中午，也许是晚上她就会开放，在金色的梦之林上支起蓝色的丝绸帐篷，于是，她最初的梦幻、思绪和歌声便悄悄地从那充满魔力的深渊里飘逸而出。

有那么一天，纯蓝色的风铃在草丛中盛开了。有那么一天，花园里忽然充盈着新的声息和芳香，被太阳晒红了的叶子上挂着柔嫩的金红色的黄玫瑰。有那么一天，鸢尾花销声匿迹了。她们走了，不再有金色篱笆围成的小路融入那馨香的充满神秘的所在，只剩下那些僵硬的叶子，显得陌生、憔悴而又冷漠，但是，灌木丛中红红的浆果却熟了，一些罕见的蝴蝶在翠菊上翻色，红棕色的背部闪着珍珠般的银光，还有那些嘤嘤嗡嗡的天蛾也在轻歌曼舞。

安塞姆和蝴蝶、卵石交谈，与甲虫、蜥蜴为友，鸟儿给他讲述他们的故事，蕨类偷偷给他看那些收藏在自己巨大叶片顶篷下的棕色种子。在绿色的水晶般的玻璃碎片中他捕捉着阳光，那些碎片就为他幻化出宫殿、花园和闪光的宝库。百合花凋谢的时候，旱金莲却盛开了；黄玫瑰枯萎了，黑莓子却染上了成熟的褐色。一切的一切都在变迁，周而复始，消失后又适时归来。当冷风在枞树林里喧嚣，整座花园中只有枯叶在无力而萧索地沙沙作响，但即便是这样的日子，也仍然会有一首歌、一段奇遇、一个故事与它结伴而至，直到所有的一切都沉寂下来，窗外飘起了雪花，窗上结满了成片的棕榈，天使带着银铃飞过夜空，屋里屋外都散发着干果的甜香。在这美好的世界里，友谊和信任从来都没有消失过踪迹；而当雪花莲突然在黑黑的常春藤旁重新怒放，第一批候鸟飞掠过焕然一新的湛蓝天空时，所有的一切看上去似乎从来就没有改变过，直到有一天，鸢尾茎上那第一朵泛蓝的蓓蕾不期而至，虽然从没有人料到过，她却总是那么准时，一如她应该的那样，又在茎秆上翘首张望了。

一切都是这样美好，安塞姆欣喜地迎接这一切的到来，并与之亲密友好地相处。然而，对于安塞姆这个男孩子来说，每年最富魔力而又最神圣仁爱的时刻便是这第一朵鸢尾花的到来。不知是什么时候，他在她的花萼中，抑或是在他童年最早的梦境中，第一次讲到了那本奇迹之书；她的芳香和变幻无穷的蓝色对他来说犹如召唤和创造的钥匙。就这样，鸢尾花陪伴他度过了纯洁无邪的童年时代，使每一个初到的夏天都变得那样新鲜、神秘而又亲切动人。其他的花也有自己的唇舌，其他的花也散发着馨香和思绪，其他的花也把蜜蜂和甲虫吸引到她们甜蜜的小房子里，但蓝色的鸢尾花对于这男孩来说远比其他花重得多，他钟爱她甚于一切。在他看来，她是全部值得思索的奇妙事物的化身和象征。他时常凝视着她的花萼，全神贯注地用想象追寻着那条夹于金色奇异的围栏之间的小路，小路伸向那隐约如梦幻的花芯深处。每当这种时候，他的灵魂就面对着那扇大门，在那里，一切现象都变成了不可知的谜语，一切视觉的映像都化身为预感。有时他在夜里也梦见那花萼，看见花萼如天宫的大门，在自己面前訇然开启；他像被魔力所诱惑，骑着马，骑着天鹅飞进花中，整个世界也和他一起静静地飞呀奔呀，翱翔入那迷人的深渊。在那里，一切愿望都会得到满足，一切预感都成为现实。

地上的每一种现象都是一个譬喻，而每一个譬喻都是一扇敞开的大门。只要灵魂准备就绪，通过它就可以进入世界的内部，在那里你与我，昼与夜都将融为一体。每个人在他的生活之路上总会有一次踏入敞开的大门，每个人都会产生这样的想法：一切有形之物都是一种譬喻，而在这譬喻背后才是精神和永恒生命的栖属之所。可是，只有极少数人能够走进这扇大门，从而摒弃美丽的假象而追寻心灵感知到的内在真实。

　　所以，对于安塞姆这个男孩来说，他的花萼犹如一个无声的问题摆在他的面前，萦绕在他的脑际，撞击着他的灵魂，要求他从喷涌而出的预感中寻得一个完美答案。随即，各种可爱的、五彩缤纷的东西又把他吸引走了，他又开始和石头和小草交谈玩耍，也和植物的根须、灌木，以及他的世界中所有友好的东西交谈玩耍。他常常深深沉浸在对自身的审视中，忘记了自己的存在，对自己的身体感到无限的惊诧。他在吞咽、歌唱和呼吸的时候都闭上眼睛，体味着嘴和咽喉里那奇特的运动、感觉和印象；在这些地方他也感觉到那条小路和那扇门，人们的灵魂可以在那儿平等地并肩而行。他惊奇地注意到，他闭着眼睛的时候，常有一些蓝色和深红色的斑点或半圆从绛紫色的黑暗中出现，中间有些玻璃般光滑透亮的线条，全都是意味深长的彩色图形。有时，安塞姆惊喜地感到眼睛和耳朵、呼吸和触觉之间上百种细腻的联系；在美丽而稍纵即逝的瞬间，他觉察到声调、语音和字母与红和蓝、硬和软有着相同渊源的亲缘关系；甚或在闻一株小草，或是一段剥下来的青色树皮时，他也惊异于嗅觉和味觉是如此相似，而且常常互相掺杂，混为一体。

　　所有的孩子都有这种感觉的，虽然不是所有孩子的感觉都如此细腻和强烈，况且，对于许多孩子来说，在他们学念第一个字母之前这一切就已经不复存在了，好像从来不曾有过一般。另一些人却会久久存留着童年的秘密，某些残余和回响会一直保存到白发苍苍、疲倦不堪的垂暮之年。所有的孩子，只要他们还停留在这个秘密里，他们就会在心灵深处不间断地关注着那唯一重要的事情，关注着自身，关注着个人和周围世界的神秘联系。智者和探索者在逐渐成熟的过程中又回转到这种思考上来，但大多数人却早早就永远忘记并抛弃了真正重要的内心世界，一辈子迷失在无止境的烦恼、愿望和目标之间，而这一切却并非属于人们的心灵，更不能将他们领向人们的内心深处和他们的归宿。

安塞姆童年的夏天和秋天温柔地降临又悄悄逝去，雪花莲、紫罗兰、桂竹香、春花、常春藤和玫瑰开了又开，谢了又谢，总是那样美丽茂盛。他与这一切共同生活，花儿鸟儿向他倾诉，树木井泉谛听着他的声音；他一如既往地来到花园里，来到母亲身边，来到花坛五彩的卵石旁，写下他学会的第一个字母，诉说他第一次友谊的烦恼。

但是有一年的春天到来的时候，安塞姆有了异样的感觉，那个春天和他从前所体味的完全不同，山鸟唱的也不再是那首古老的歌。蓝色的鸢尾花盛开着，可不再有梦幻的童话在花萼上那条金色篱笆围成的小路上漫步；草莓躲在绿色的阴影下窃笑，高高的伞形花序上，蝴蝶在翩翩起舞，令人眼花缭乱——一切都和从前不一样了。这男孩开始关心别的许多事情，并且时时与母亲争吵。他自己也不知道这是怎么了，不知道为什么总有些东西使他感到痛苦，不断搅扰着他。他只看到，世界变了，他失去了一直陪伴着他的友谊，只剩下孑然一身，形单影只。

就这样，一年过去了，又一年过去了，安塞姆不再是个小孩子了。花坛旁的五彩石子变得索然无味，花儿都沉默不语，甲虫也被他用针插起放在盒子里，他的灵魂已踏上了那条漫长而坎坷的歧路——旧时的欢乐枯竭了。

这年轻人急躁不安地投入了那对他来说刚刚开始的生活，充满寓意的世界消失了，被遗忘了，新的愿望和道路吸引了他。童年在他身上留下的唯一痕迹只是那幽蓝色眼睛和柔软头发里透出的一缕香气，他却想起这点就觉得厌烦，于是便把头发剪得短短的，目光中也尽量流露出一副博学而勇敢的神情。他心绪不定地度过了好几个等待的、不安分的年头，一会儿是好学生，好朋友，一会儿又十分孤独而害羞；时而攻读到深夜，转而又在年轻人的聚会上狂歌豪饮。他不得不离开了故乡，当他衣冠楚楚来看望母亲时，他才又仓促地看上家乡一眼，那时他已经长大成人，改变了模样。他带朋友回家，带书回家。总之是带着一些东西，而当他走过老家的花园时，在他漫不经心的目光中，花园显得又狭小又沉闷。他从石子和叶片色彩斑斓的纹理和脉络上再也读不到什么故事，他也再没有看到居住在蓝色鸢尾花隐秘深处的上帝和永恒。

安塞姆上了中学，之后上了大学，他戴着红色帽子后来又戴着黄色帽子回到故乡，先是唇上有了些茸毛，而后留起了胡子。他随身带着外文书，有一次甚至带了一条狗。在胸前的皮夹里他时而揣着一些尚未公之于众的诗歌，时而揣着一些古代哲人的作品，时而又是一些漂亮姑娘的信和照片。他回来了，又到很远的外国去了，乘着大船在海上漂泊。他再次归来时，已经成了一位年轻的学者，戴着一顶黑帽子和一副暗色的手套。老邻居们见到他都向他脱帽致意，称他为"教授"，虽然那时他还不是。后来再一次回到故乡时，他穿上了黑色的丧服，表情肃穆而动作敏捷地随在慢慢前行的灵车后，他那年迈的母亲就躺在车上装饰一新的棺木里。这以后他便很少再回来了。

安塞姆如今在一座大城市里教书，并且成了一位颇有名气的学者。他在那儿像世界上其他人一样坐卧行走，穿戴讲究，待人有时严肃，有时亲切，眼里闪着热情然而有时又有些倦怠的目光。他如愿以偿地成了一位绅士和学者。可是又和他童年尾声时的情形一样，他突然感到，流水光阴，多少年过去了，他依然如故，在这个自己一直孜孜追求着的世界里生活得异常孤独而又不如意。当教授并不是什么真正的幸福，受到那些市民和学生的尊敬问候也没有多大的乐趣。一切都仿佛枯萎了，过时了，幸福似乎只存在于遥远的将来，而通往那里的路看上去却是那样的炎热焦灼，尘土飞扬而又平平庸庸。

这段时间里，安塞姆常去一个朋友的家，朋友的妹妹吸引着他。他现在已不再轻浮地追求漂亮的脸蛋，就是这一点也与从前大不相同了；他觉得他的幸福应该以特殊的方式莅临，而不可能隐藏在随便哪扇窗子的背后。他很喜欢那朋友的妹妹，并且时常认为自己确实真的爱她。然而她是个奇怪的女孩，她的一颦一笑都有自己独特的色彩，给人独特的印象，与她同行并保持步调一致并不总是件容易的事情。有时在夜晚，当安塞姆在他孤寂的住所里踱来踱去，沉思地谛听着自己的脚步声在空荡荡的书房里回响时，他就会为了这个姑娘而和自己争论不休。她的年龄似乎比他理想中的妻子稍稍大了一些；她十分有个性，同她一起生活而要满足他那学者的虚荣心也许就有些困难，因为她对此可能毫无兴趣；况且她不是很健康强壮，尤其不能忍受社交活动和宴会。她最喜欢生活在孤独和宁静之中，被鲜花和音乐簇拥着，也许再有一本书，等待着有人来到她身边，而听任世界自然运行。有时候，她又很敏感很脆弱，几乎随便什么陌生事物都会让她感到痛苦，一不小心就会惹出她的泪水，过后她又在那孤独的幸福之中温柔宁静地放射着异彩。谁看这一切都会觉得，要想给予这美丽独特的姑娘一点儿什么，或是让她感到什么事情有意义，实在是太困难了。安塞姆常常觉得，她是爱他的；他又常常觉得，她谁也不爱，只是对所有的人都一样温柔友善，除了安静不再希求世界上的任何东西。但他却希望生活中有一些别的东西；要是他娶了一个妻子，那么家里就应该充满生活气息，热闹而又宾客满座。

"伊莉丝，"他对她说，"亲爱的伊莉丝，要是这世界是另一种样子该多好啊！如果这世界上只有你的鲜花、思想和音乐，只有它们组成的美丽温柔的天地，那我除了长久地生活在你身边，便别无其他的奢求了。听你讲故事，在你的思绪中生活，你的名字就给我慰藉。'伊莉丝'是个神奇的名字，我不知道它让我想起了什么。"

"你知道的，"她说，"人们称那蓝瓣黄心的鸢尾花为'伊莉丝'。"

"对了！"他似有所感地叫道，"我当然知道，仅这一点就已经很美了。可每当我念着你的名字，我常觉得它使我联想起其他一些什么，可我不知道是什么，它似乎是与那深沉、遥远而又重要的记忆相连，然而我却不知道，也找不出它到底是什么。"

伊莉丝嫣然含笑望着他，他却茫然地站在那儿，用手来回地拭着额头。她用小鸟一样轻快的嗓音对安塞姆说："每当我闻着一朵花的时候，总会有这样的感觉。我心里常感到，那馨香是为了纪念某种非常非常美丽而又珍贵的东西的，这东西很久很久以前是属于我却又失去了的。音乐对于我也是如此，有时还有诗歌——

那里突然有什么东西闪现出来，只一眨眼的工夫，就像人们突然在身下的山谷里看到了自己失却已久的故乡，而它马上又消失了，被遗忘了。亲爱的安塞姆，我相信我们来到地球上，就是为了这个缘故，为了寻找、倾听和思索那失落的遥远的声音，它的背后才是我们真正的故乡。"

"你说得真美啊。"安塞姆不无赞叹地说他觉得胸膛里有种近乎疼痛的感觉，好像那里隐藏着一个罗盘，指针直朝向他那遥远的目标，而这目标却与他曾经设想的生活背道而驰。这很痛苦，况且，追随这美丽的姑娘在梦境中度过一生，这真值得吗？

可是有一天，当安塞姆先生在一次孤独旅行之后回到家里，他发现那朴素的学者住宅是如此令人感到冷清和压抑，于是，他冲到他的朋友那里，去向美丽的伊莉丝求婚。

"伊莉丝，"他对她说道，"我不愿再这样生活下去了。你一直是我的好朋友，我要把一切都告诉你。我得有一个妻子，否则我总感到我的生活太空虚、太无聊了。除了你，我还希望谁来做我的妻子呢，你这朵迷人的小花？你愿意吗，伊莉丝？你会拥有一切可以找得到的花儿，你会有最美的花园，你愿意到我身边来吗？"

伊莉丝恬静地、长久地凝视着他的眼睛，没有微笑，脸也没有羞红，而是用坚定的声音回答他说：

"安塞姆，对你的问题我一点儿也不感到吃惊。我爱你，尽管我从未想过要做你的妻子。但是你看，我的朋友，我对那个我将成为他妻子的人要求得很多，比大多数女人要求得更多。你说要供给我鲜花，认为可以让我满意，可是没有花我也可以生活，没有音乐也行，我可以没有所有这一切和其他许多东西，如果必须那样的话。可有一样东西我不能也不愿缺少：我不能没有我心灵的乐音，一天也不能。如果要我和一个人生活在一起，他心中的乐音必须与我的共鸣；使他自己的乐音纯粹而动听，与我的相和相应，应该是他唯一的愿望和追求。你能做到吗，朋友？为此你显然不会再有显赫的荣耀，你的家会变得安静下来，而多年来我一直从你额头上看到的那些皱纹就会消失。呵，安塞姆，它们会消失的，你看，你总是为了学识在脑门上增添更多的皱纹，总是给自己寻找更多的烦恼。那些对我来说有意义的事情，你当然也喜欢，觉得它们挺美，可它们对你就像对大多数人一样，不过是些精致的玩具。哦，听我说：所有你现在视为玩具的东西，对我来说就是生活本身，并且要想让你也如此，而所有那些你苦心孤诣追求的，在我不过是玩具而已，为它们生活毫无价值——安塞姆，我不会变成别的样子了，因为我按自己心中的准则行事；可是，你能变成别的样子吗？为了让我成为你的妻子，你必须脱胎换骨，完全改变。"

　　安塞姆在她的意志面前沉默了，这意志在他从前看来是十分薄弱和轻率的。他保持着缄默，由于激动，他无意间把从桌上拿起的一朵花在手心里碾碎了。

伊莉丝温柔地将那朵花从他手里拿开——这像一个重重的责备刺痛了他的心——随即又忽然开朗而柔美地一笑，像是无意中在黑暗里找到了出路。

"我有个想法，"她轻轻地说，脸变得绯红，"你会觉得这想法很古怪，把它当作任性的表现，但这不是任性。你想听听这个主意吗？你愿意让它来决定我们的生活吗？"

安塞姆大惑不解地望着他的女友，因为不安而脸色苍白。她的微笑却征服了他，使他信任并答应道："那好吧。"

"我想给你一个任务。"伊莉丝说，马上又变得严肃起来。

"说吧，这是你的权利。"她的朋友顺从地回答。

"我是认真的，"她说，"这也是我最后的话。你愿意接受它，把它当作我灵魂的声音吗？即使你不能立刻懂得它的含义，也不要讨价还价好吗？"

安塞姆保证承诺，这时她站起身来，把手伸给他，说道：

"你反复跟我讲，说你每次念到我的名字时总觉得想起了什么久已忘怀的事情，它们对你却极为重要和神圣，安塞姆，这就是为什么多年来你一直被我所吸引的原因。我也觉得，你失去了你灵魂中无比重要、无比神圣的东西，并且将它们遗忘了。在你找到幸福之前，你该首先使它们复活，而且你是一定能够做到的。再见，安塞姆！我把我的手给你，请求你：离开这儿，去寻觅那通过我的名字唤起的、在你的记忆中重新找到的一切。你找到它的那一天，便是我愿意成为你妻子的日子，那时，我愿随你走遍天涯海角，以你的愿望为我的愿望，此外别无所求。"

安塞姆困惑又吃惊地想要打断她的话，责怪她这纯粹是任性的要求，可是她用明确的目光提示他曾经许诺。所以，他只好默不作声了。他垂下眼睑，拿起她的手吻了一下，走了出去。

安塞姆一生中曾经接受过不少任务，并且很好地完成了，可从没有哪项任务如此重要又不同寻常，而且这么令人沮丧。日复一日他四处奔波，苦思冥想，可是他终于愤怒而绝望地把这一切斥为女人疯狂的任性，把它抛到九霄云外。然而紧接着他心底里又有什么起来反驳了，那是一种极其细腻而又隐秘的痛苦，是一个温柔得几乎难以听到的劝诫。这来自他心灵的细小的声音总是与伊莉丝的意见一致，也像她一样坚持同样的要求。

对这个学识渊博的男人来说这任务实在太困难了。他得追忆那些忘却已久的事情，他得重新找到那陈年蛛网上唯一一条金色的丝线，他得用手抓住点什么，献给他的爱人，可那东西并不比一声消失的鸟鸣、一丝微风，或是倾听一首乐曲时唤起的悲伤多一点什么；它甚至比一个念头更细弱、缥缈而又无形，比夜晚的梦境更虚幻，比晨雾更加飘忽不定。

有时候，当他在沮丧的心情和异常恶劣的情绪中抛开所有这一切时，就会突然有什么向他袭来，犹如远处花园中一丝淡淡的清香。他自言自语般低唤着"伊莉丝"这个名字，小心而轻柔，就好像在绷紧的弦上试一个音，十遍，甚至更多遍。"伊莉丝，"他低语着，"伊莉丝。"伴随着那种痛苦他感到心里有什么在萌动，就像在一幢久已废弃的老房子里一扇门莫名其妙地打开了，百叶窗咔咔作响。他仔细地检查着自己的记忆，过去他一直认为那里面的一切都是井然有序的，这时却震惊地发现，他记忆中的宝藏比他从前想象的不知要少多少。回首往事，许多年就像没写过字的白纸，没有留下任何痕迹。他发现，他得花费很大的力气才能重新清晰地忆起母亲的模样，而他竟完全忘记了他还是个毛头小伙子时苦苦追求过一年的那位姑娘的姓名。他还记起一条狗，那是他上大学时一时高兴买的，还和它一起过了相当长的一段时间，可他却花了好几天才想起那狗的名字。

这个可怜的人十分痛苦，他越来越悲哀而恐惧地看到，他的生活是如此空虚，什么痕迹也没留下。生活不再属于他了，而是显得那样陌生，和他没有一丁点儿关系，就像从前曾经熟记过的那些功课如今只剩下难以拼凑的片语只言。他想写下一切，他一年一年向前追溯，把他生活中最重要的事情都写下来，以便再一次牢牢地拥有它们。可他生活中最重要的事件又是什么呢？是他当上了教授？得到了博士学位？还是他曾经上过中学，上过大学？抑或是很久很久以前他曾经喜欢过这个或那个姑娘？他震惊地仰首沉思：难道这就是生活吗？难道这就是一切？他捶着自己的额头，苦笑了起来。

这期间，日子比从前任何时候都流逝得飞快而无情，过了一年左右，他觉得自己仍在离开伊莉丝的同一地方，同一时间。然而除了他自己，任何人都看得出来，他在这段时间里大大地改变了。他变得又像衰老又像年轻，他的熟人们和他简直成了路人。人们发现他精神恍惚，性情古怪而又喜怒无常。他得了个"怪人"的名声，虽然这对他来说挺可惜，可他也实在独身太久了。有时候他忘记了自己的工作，让学生们徒然地等上半天。有时候，他不修边幅地沉思着从街上一幢又一幢房子前踽踽而过，身上的衣服蹭去了墙上的灰尘。有些人认为，他酗酒了；另一些时候，他却在给学生讲课的中途突然停下来，似乎在思索什么，孩子气而又动人地微笑着，露出一种谁也没见过的笑容，随后用一种充满了温暖和同情的声音继续讲下去，那声音拨动了许多人的心弦。

他长年累月地徘徊于遥远年代残留的痕迹和气息中，终于获得了一种新的感知力，虽然他自己并不明了。他越来越经常地感到，在他一直称为回忆的东西背后，还存在着另外一种回忆，就像在一面绘过画的墙上，在某些旧画的后面还有更古老的痕迹，隐匿在后来涂抹的颜色背后。他想随便回忆点儿什么，比如说一个他旅途中小住过几日的城市的名字，或者一位朋友的生日，再不就是随便什么从过去的年代中翻找出来的残砖断瓦，这些都会使他突然想起别的完全不同的东西。一丝犹如四月晨风或者九月迷雾般的气息猛然向他袭来，他闻到一股馨香，尝到一种味道，他感到在什么地方——在皮肤上，在眼睛里，在心中——有一种深沉的、温柔的感觉；渐渐地他觉得，以前一定有过那么一天，晴朗而又温暖，抑或薄阴而又微寒，或者其他的一个什么日子，总之，那个日子的本质一定是深入到了他的内心，在那里积淀成了深沉的回忆。他无法在真实的往昔中找到那个他确实感知到的春天或冬日，他想不起任何名字和数字，也许是学生时代的某个日子，也许是他还在摇篮中的某一天；然而那种气息存在着，并且他感觉到内心中有点什么很活跃，而到底是什么他却不知道，也叫不上名字，无法确定。有时他觉得这回忆似乎跨越了生命，延伸到很久远的另一个世界里，虽然他觉得这么想很可笑。

安塞姆在记忆深渊里迷惘的漫游中发现了许多东西，他发现许多东西让他感伤动情，许多东西令人惊讶不已，还有许多使他惊恐万分。只有一样东西他没找到，那就是"伊莉丝"这个名字对他来说究竟意味着什么。

在什么也找不到的痛苦折磨下，他后来又去寻访自己那古老的故乡。再一次看到那森林和草地，小径和篱笆，再一次站在童年的花园里，他心中波澜起伏，往事如梦萦绕在心间。他十分伤感地从那里悄然归来，以生病为由，谢绝了所有人的来访。

尽管如此，还是有一个人来看他，那就是他的朋友。自从他向伊莉丝求婚之后他们便再没有见过面。他走进来，看见安塞姆颓唐地坐在他那冷清的小屋里。

"起来，"他对他说，"跟我走吧，伊莉丝要见你。"

安塞姆跳了起来。

"伊莉丝！她怎么了？——哦，我明白了，我明白了！"

"是的，"他的朋友说，"来吧！她快要死了，她已病了很久。"

他们来到伊莉丝身边，她躺在一张沙发床上，瘦小得像个孩子，由于消瘦而显得格外大的眼睛里含着明快的微笑。她把自己苍白轻软的孩子般的小手递给安塞姆，那小手在他的手里就像是一朵花；她的脸似乎也焕发着圣洁的光彩。

"安塞姆，"她说，"你生我的气了？我给了你一个很艰巨的任务，我看得出来，你一直在忠诚地执行它。继续寻找吧，沿着这条路走下去，直到抵达你的目标。你认为你是因为我的缘故才走上这条路的，但实际上是为了自己，你明白吗？"

"我想到过，"安塞姆说，"而且现在我知道了，伊莉丝，这是一条漫长的路。我早该往回走了，可是却再也找不到归途。我真不知道自己会怎样。"

　　她直视着他那悲哀的双眼笑了，明快的笑容里含着抚慰。他伏在她那只瘦削的手上，长时间地哭泣着，泪水打湿了她的手。

　　"你会怎样呢，"她说，声音微弱，如同回忆中缥缈影像的声音，"你不该问你会怎样。你一生中曾经寻找过许多东西，你追求过荣誉、幸福和知识，追求过我，你的小伊莉丝。这一切仅仅是一些美丽的图画，它们都离开了你，就像现在我也必须离开你一样。我就要走了。我也一直在寻找，也总是一些美丽可爱的图画，然后总是破碎了，消逝了。现在我不知道什么图画了，也不再找什么了，我要回家了，只要再向前迈一小步，我就回到故乡了。你也会到那儿去的，安塞姆，那时你额头上就不会再有皱纹了。

　　她是那样的苍白，安塞姆绝望地叫了起来："哦，等一等，伊莉丝，别走啊，给我留下一点儿什么吧，让我觉得你并没有完全离开我！"

　　她点点头，从旁边的一个玻璃瓶中拿出一朵盛开的蓝色鸢尾花递给他。

　　"拿着我的花吧，这枝鸢尾花，别忘了我。去寻找我，寻找这鸢尾花，然后你就会来到我身边。"

　　安塞姆啜泣着将花接在手里，哭着与她道了别。当朋友送来了死讯，他又回来帮着用鲜花装饰了她的棺木，安葬了她。

此后他的生活完全崩溃了，继续编织那根丝线对他来说似乎已不可能。他放弃了所有的一切，离开了城市，辞去了职务，消失在茫茫世界里。有时人们看见他出现在他的故乡，靠在老家花园的篱笆上。可是当人们想要询问他、关心他的时候，他却走开了，消失得无影无踪。

他仍然钟爱鸢尾花，每当他看到一朵鸢尾花，就要俯下身子久久地凝视着她的花萼，所有对现在和未来的预感以及阵阵幽香似乎从那蓝色的深渊里向他迎面吹来；之后他又悲哀地继续前行，因为他没有得到满足。他觉得自己像是在一扇半开的门外谛听，听见门后有最可爱的秘密之声在呼吸，而当他刚刚觉得此时此刻一切都将好转和实现时，那扇门却关上了，尘世的风冷冷地吹拂着他的寂寞。

他在梦里和母亲聊天，她的身形和脸庞现在是如此清晰又亲切，他已经许多年没有这种感觉了。伊莉丝也和他交谈，当他醒来的时候，梦中残留的余声使他流连忘返，思绪万千。他没有固定的住所，他独自在乡间漫游，有时睡在屋子里，有时就睡在树林里；时而以面包为食，时而用浆果充饥；有时可以喝到葡萄酒，有时就用灌木丛中叶子上的露水解渴，他对一切都无所谓。许多人觉得他是个傻子，许多人认为他是个巫师；许多人怕他，许多人嘲笑他，也有许多人爱他。他学会了那些过去从来不学的东西，他和孩子们同处，参加他们那不同寻常的游戏，和一段树枝或是一粒小石子交谈。冬夏交替，时光荏苒，他始终在看花萼，看小溪和湖泊。

"图画，"他有时自言自语地说，"都是图画。"

但在内心深处他感到有一种存在不是图画，他追随着这存在于他心中的生灵。那生灵有时会说话，有着伊莉丝和母亲的声音，这声音给他安慰和希望。

他遇到过奇迹，可他并不惊奇。有一天，他冒雪穿过了一片冬季的原野，胡子上结了冰。在雪里有一株纤弱、憔悴的鸢尾，开着美丽而孤独的花朵。他向她弯下身子，笑了，这时他懂得伊莉丝一次又一次唤醒他的是什么了。他认出了他童年的梦，看见了那条淡蓝色的、夹于金色围栏之间的小路，它一直通向花芯和那秘密的所在，上面隐约有着许多纹理。他明白了，那里就是他一直寻找追求的，那种不再是图画的存在。

种种提示都来唤醒他，种种梦幻都引导着他，他来到了一座小屋。那里有许多孩子，他们给他牛奶喝，他与他们玩耍。他们给他讲故事，告诉他，在森林里烧木炭的人那里出现过奇迹：在那儿，人们看见每一千年才开一次的圣灵之门敞开了。他倾听着，冲那幅诱人的图画点点头，继续向前走。一只鸟在灌木丛中对他歌唱，它像死去的伊莉丝一样有一种独特而甜蜜的声音。他

跟着这只鸟，它呢，时而飞翔，时而跳跃，跨过小溪，一直飞
向森林深处。

当那只鸟沉默下来，再也听不到、看不见它的时候，安塞姆
停了下来，举目四望。他正站在森林中一个深谷里，一条小溪在宽
阔的绿荫下面潺潺流淌，此外一片静寂，仿佛在期待着什么。在他
的胸膛里那鸟仍在继续歌唱，用它婉转的声音，引他向前，直到
他走到一座长满了青苔的绝壁之前，绝壁中间有一条狭窄的缝隙，
一直通向山谷的深处。

一位老者坐在狭缝前，看见安塞姆来了就站起来喊道："回去
吧，哎呀，回去！这是圣灵之门，进去的人还从没谁出来过呢。"

安塞姆探头向那绝壁之门里面望去，他看见有一条蓝色的小
径消失在山谷深处，金色的柱子密密地分列两旁，那条小路由上
而下，恰似消失在一朵巨大的花萼之中。

他胸膛里的鸟欢快地唱着，安塞姆走过那守卫者身旁，进入
狭缝之间，穿过那些金色的柱子，走向深处那蓝色的神秘所在。
那是伊莉丝，他闯进了她的心；那是母亲花园中的鸢尾，他在她
蓝色的花萼中轻松地漫步，而当他悄然迎向那金色的曚眬时，他
所有的回忆，所有的学识，都一下子回到了他身上；他摸摸自己
的手，它小而柔软。爱的声音在他耳畔亲密、信任地响起。这些
声音，这些金色柱子闪烁出的光辉，和他童年时听到的看到的一

模一样。

　　他还是个小小孩儿时的梦境重现了，他沿着那花萼走下去，在他身后，整个有形世界都跟随着他，一齐沉入那存在于有形世界背后的秘密之中。

　　安塞姆开始轻轻唱起来，他的小路也轻轻沉入了故乡。

海风

[苏联]

鲍里斯·皮利尼亚克

张敬铭 译

作者简介

　　鲍里斯·皮利尼亚克，苏联作家（1894—1938）。生于兽医家庭，莫斯科商业学院经济系毕业。曾先后到过德国、英国、日本和中国。十月革命后从事文学创作，写作小说和散文。其中较出名的有长篇小说《荒年》（1921），中篇小说《暴风雪》《伊凡和玛丽雅》（均1922）、《黑面包的故事》（1923）、《机器和狼》（1925）等。这些作品一方面肯定十月革命对俄国历史的"消毒净化"作用，同时又把革命歪曲成无政府主义的自发行为，指责马克思主义"不全面"，反映出作者对无产阶级革命的偏见和不理解。1929年在柏林出版的中篇小说《红木》因"歪曲苏维埃现实"而遭批判。1930年发表反映新水库建设的长篇小说《伏尔加河流入里海》，对苏联生产题材小说的发展有积极的影响。1938年肃反时被镇压，后恢复名誉。

　　皮利尼亚克的创作题材和艺术风格是多样的。他写外在世界，写省城生活，写事件，也写人性、人之常情，写爱情、生育、死亡这一生命过程，写孤独、痛苦。他欲揭示不管世界发生多么翻天覆地的变化，人的生命过程是不会变的，人类的基本痛苦、基本矛盾是不会变的。

　　译文原载于《世界文学》1994年第1期。

一

风儿从海面吹来，风儿向海面吹去。

关于这儿的人们，永远可以说他们简单，但又绝不能说他们简单。这儿的人们神情严肃、少言寡语、行动迟缓——纯朴，纯朴得就像大海。他们知道什么是装备齐全、带横桁的桅杆，什么是单一的桅杆，他们认得哪是三桅船、两桅帆船，哪是海帆船、方帆商船和巡航船，好比他们打小就认识母亲一样。他们善于驾驶各种船只航海，不论是顺风还是逆风，也不管是北风或是西风。他们非常清楚从亚洲刮来的是西罗科风[1]，从欧洲刮来的是密史脱拉风[2]（他们就这样称呼东、南、北风——从各个方向刮来的风）。他们深谙大海的趣味。他们懂得，当狂风大作（他们说古波什廖普）时"出海"也就是冲向九级风暴意味着什么，沿着软梯攀爬被索具绊住脚又意味着什么。在他们居住的那片土地上生活过许许多多民族，所以谁也不知道是什么人的血统在这里留了下来，留在这砂石海岸上，留在这男人们只能出海的村子里。

在村子后面，从海边延伸出一片平原，而在平原临海处是一

1　欧洲南部的热风。——译者注
2　地中海北岸一种干冷的西北风。——译者注

段地势不高的砂石质悬崖，颇似伟大的俄罗斯平原同大海毗连那里的悬崖。打那儿通向大海去石砌的港口，有一条石子儿小路。年轻人就是沿着这条小路去出海，他们在海里为自己寻找坟墓——为的是快要成老头时永远不再沿着这条小路返回来。妇女和孩子们留在村里，偶尔在希腊人的咖啡馆里也有人喝伏特加，这些人要么是永远地将海水换成了伏特加，要么是被海神尼普顿踩了脚，暂时夺走了他手里的方向盘和钢索，海神把双桅帆船和三桅船带入大海，却把他留在了岸上。在海岸散步并在希腊咖啡馆里按土耳其方式喝咖啡的还有那些从海上归来发了财的人，他们从海外回来便抛下锚，歇息歇息，游玩游玩，等待着新的幸福和大海。妇女们留在村子里。夕阳西下，当远处的海景特别明亮时，妇女们朝悬崖走去，风儿吹拂着她们，她们手搭凉棚遮挡正在下落的太阳，为了看得更清楚，她们朝大海张望，看着她们的船长、领航员、大副、水手长、水手所去的地方。

二

他们俩是两位船长，两个好朋友，两个在狂风暴雨生死关头交换十字架的结拜兄弟。他们在童年时同时看见从草原尽头升起、而后又渐渐沉入大海的太阳。他们一起沿着小石子路往下走向大海，为了出海，为了走完从水手到船长的路程，为了驾驶三桅方帆商船航海。他们同样地被海水的盐分腌了个透。而且他们将一起走向死亡。

他们生活得同样幸运，因为他们受到同伴们的尊敬，因为他们驾驶方帆商船和轮船，因为他们有最漂亮的妻子和优秀的孩子，因为他们获得了成功，因为他们精明强干。尼古拉比安德烈晚五年结婚。这是一对在生死关头交换十字架，要用一个人的生命换回另一个生命的兄弟：当时当地，12月份，在海上，风雪交加，在罗马尼亚的苏利纳海岸，猛烈的海风拍击着他们，两人都站在舵旁，黑夜中风雪交加——没有指南针，没有风帆，没有桅杆，海水浸入了驾驶台，因为水面上有那略带血红色的灯光他们没有感到害怕，怕的只是双手冻僵，手指头伸展不开，没有力气抓住舵盘；黎明时分，当狂风把他们的纵帆船抛上岸之后，他们交换了十字架。其中的一位名叫尼古拉，另一位叫安德烈。

每个人的生活都可以说很简单，可又绝不能说简单。安德烈的妻子是个绝色的美人，她父亲是水手，祖父也是水手，她像大海一样自由自在，也像父辈一样饱经了海风的磨炼。他们有个儿子。

安德烈出海了，他去马尔马拉海、爱琴海、地中海，还去君

士坦丁堡[1]、比雷埃夫斯[2]、塞得港[3]，一去就是好几个月，去挣钱，买
礼物、药材、东方花色丝绸，买无花果、地毯。尼古拉从海上回来
了，带回大把的钱、披肩和油橄榄果。尼古拉迈开水手们出海归
来时常用的那种步伐，把大地当作甲板，挨门串户。船长是受尊
敬的客人，他走进咖啡馆喝上一杯咖啡，请同伴们喝一盅玛碲脂。
日落时分他和大家一起观望大海，把帽子拉到眼睛上面，接着他
说了些很有意味的事，他谈到伊斯坦布尔、恰纳卡莱[4]、米蒂利尼[5]，
还谈到伊兹密尔[6]的小酒馆，他说名叫雅各带的星座夜间怎样在地
中海上空升起，也就二十来分钟，只升到地平线上四分之一的高
度便又沉入大海，他还说到飞鱼怎样腾空跳到甲板上，而且爱琴
海上有那么多的蔚蓝——蔚蓝的天空，蔚蓝的海水，蔚蓝的山脉。
安德烈的妻子玛丽亚常常带领孩子来到海边；海风吹拂她的衣裙，
头巾像风帆在飘动；她的眼睛是蔚蓝的，西徐亚女人的眼睛，她
那浸透了海盐的双唇也像西徐亚人那样随意地重叠在一起。晚上尼

1　土耳其地名旧称，今为伊斯坦布尔。——译者注

2　希腊海港和城市。——译者注

3　埃及港口。——译者注

4　土耳其城市。——译者注

5　希腊海港和城市。——译者注

6　土耳其城市。——译者注

古拉常去看望玛丽亚，玛丽亚把儿子哄睡着以后他们便在一起喝晚茶，轻声细语地谈论各种琐事。

深夜里，渔船都已收拾停当准备过夜，连狗都躺下睡觉了——有一回，玛丽亚说她爱的不是丈夫，而是尼古拉。房间里，铺着垫枕的小沙发前有一张小圆桌，桌布是按土耳其样式刺绣的。桌上放着雅典和伊斯坦布尔的画册，画册下压着花边。在沙发上方的墙上挂着水手们的照片，镜框上沾满了蝇屎。尼古拉坐在沙发上，玛丽亚坐在他身旁一张安乐椅里。玛丽亚用平常的语调说，他不要回去，他要留下，因为她爱他。玛丽亚把手伸向尼古拉，双手放在他的膝盖上，她那双西徐亚人的眼睛深陷在眼眶里，她那西徐亚人的双唇被盐腌得发干。

这时尼古拉不知所措地开口了。

"玛尼亚[1]，"他说，"我和你丈夫是朋友，我们是发过盟誓的兄弟。我很爱你，因为你是个漂亮女人，又是我朋友的好妻子。我在停泊港口的岸上，在甲板上干过许多坏事，但我永远不会违背我的朋友对你犯罪，虽说我可能有犯罪的念头。如果你还要说这种话，我就不来看你了。忘掉这件事吧。玛尼亚，这事绝不可能，我和你仍然是朋友，和原先一样，我还会常来看你，不让你感到寂寞，当安德烈出海的时候，我总在岸上。我永远不会违背我的朋友犯罪。"

---

1 玛丽亚的昵称。——译者注

该如何转述他们这次夜里的谈话呢——也许，这是玛丽亚一次真正的爱情——玛丽亚对尼古拉断然地说，如果他不按她的意愿办，那她将要撒谎、编造，将对丈夫讲，告诉丈夫说，他——丈夫的朋友、尼古拉占有了玛丽亚，损害了她的名誉。

"玛尼亚，"尼古拉说，"不要这样做，你要明白，这样做只会毁坏你的生活，因为到时候我将被迫说明事实真相，而安德烈相信我超过相信你，因为他对我比对你了解更多。你将使我的朋友非常痛苦，因为他爱你。玛尼亚，我们最好忘掉今晚，永远不再谈这件事：我知道，你是个年轻女人，谁又没有点罪过呢……我明天还来你这儿喝茶。"

海风向岸边吹来，把岸上的沙粒抛撒，推出层层浪花，冲洗了石块，转换了时间。安德烈在海上，他的航行要到期了。尼古拉常去喝茶，悄声诉说真理，说不要破坏人们的幸福，说人人皆知的大道理，说地中海上雅各带星座夜晚升上天空只有几分钟，还谈了士麦那[1]的舞女们怎样跳舞。

安德烈从海上回来了。他的帆船停靠在港口，他是乘小艇回村的。当玻璃窗映射出如火的残阳时，他回到了自己的家。按照水手们的习俗，当天晚上谁也不去他家，因为他和妻子待在一起。第二

---

1 土耳其城伊兹密尔的古称。——译者注

天一早尼古拉去看望朋友。

　　两位船长兄弟般的互相亲吻，安德烈兄弟送给尼古拉一个君士坦丁堡烟嘴，一小桶油橄榄果，一口袋无花果，一箱朗姆甜酒。他们坐在放有画册的圆桌旁，准备喝一盅杜兹基酒，再来一小杯咖啡。玛丽亚给他们递送。尼古拉注视着她，看见她面色苍白，表情阴郁，动作迟缓，妇女们经过热情奔放的一夜之后常常是如此。

　　"玛尼亚，"尼古拉说，"你怎么不来和我们坐坐？"

　　"朋友们得单独在一起待会儿吧。"玛丽亚说完便照看儿子去了。

　　安德烈和尼古拉喝了好几杯杜兹基酒，然后村里的两位模范船长、两个好友一起去到咖啡馆。安德烈口袋里塞满了从海外各港口得来的土耳其皮阿斯特、希腊雷普塔、英国先令、法国法郎，刚下艇的安德烈在咖啡馆里就用这些钱来挥霍，招待伙伴们、老师傅们、一同在海上漂泊的弟兄们；安德烈穿一身新西服，把他在海法从比利时人手中购得的新手枪掏出来给大家看。

三

　　后来安德烈、尼古拉又都出海了——站在舵轮旁，对水手长吆喝，和经理们讨价还价，偷藏私货，照例过着"平静的航海和狂热的港口"生活，有时还要对付怒涛翻滚的大海。

　　玛丽亚生了个女儿，也取名玛丽亚，教父是尼古拉。在施洗礼的那天，安德烈和尼古拉喝了很多杜兹基酒和潘趣酒，乘兴也喝了点俄国的伏特加。这时尼古拉有了未婚妻，她出席了施洗礼仪式，她也当了教母。未婚妻是另一个村子的，深夜，尼古拉驾驶小艇带她回村。大海静悄悄的，但一阵轻柔的晨风把帆鼓得满满的，追赶着小艇前行。尼古拉坐在舵轮旁，未婚妻把头倚在他的膝盖上。醉意使尼古拉觉得飘飘然，身边未婚妻的唇上也荡漾着醉态：未婚妻也是由大海抚育成长起来的。长辈们预计婚礼将在秋季开荤时节举行——而此时是 7 月的一个夜晚。未婚妻身上流露出怎样的醉态啊？——在岸上，在一块块岩石中间，黎明时分，正是在海的远处呈现出一幅幅愈加新奇的画面、大海的低语渐渐消失、清晨的和风沉寂下来的时刻，他们举行了没有神父参加的婚礼。

　　但结婚典礼是在秋季开荤时节办的。婚礼在未婚妻的村里举行。安德烈和玛丽亚也出席了。尼古拉身穿长礼服，漆皮靴。女伴们用头纱打扮未婚妻，久久地为她摆弄着橙花、酸橙花。合唱团在教堂里唱歌，新娘首先踩上了地毯。

　　婚礼举行之后，在十月的泥泞和暮色中，当一对年轻人乘坐敞篷轻便马车从教堂回家的时候，新婚妻子愤怒并仇恨地说话了，她开口询问并断定，说玛丽亚的女儿玛丽亚——他们两人的教女——是尼古拉的女儿，还说去年安德烈出海那段日子，玛丽亚曾和尼古拉偷情。尼古拉——在这庄严的时刻，在这泥泞的夜晚——向上帝起誓，说这一切都是臆想。年轻的妻子说，她得知这件事是听玛丽亚亲口说的，而且玛丽亚曾向她发誓。年轻的妻子喊叫道，她不去赴宴，她要把这件事告诉所有的人。敞篷轻便马车拉着他们经过草原，前往尼古拉出生和居住的村子，婚宴在咖啡馆里举行。尼古拉让赶车人在草原上转悠了很久，把车夫弄得晕头转向，为的是拉长距离多些时间安慰年轻的妻子，好把一年前发生的真实情况全部讲给她听。瞧他脚上一双崭新的漆皮靴，身穿长礼服，头上戴一顶崭新的帽子，怀着极庄重的心情，却被这件荒诞事搅和得纠缠不清，莫名其妙，怒火中烧，大汗淋漓。

　　婚宴在咖啡馆里举行。新郎新娘乘坐的马车很晚才到达。大家举起酒杯在门口迎接他们。玛丽亚递给尼古拉一杯酒，她丈夫安德烈把酒递给新娘。安德烈和尼古拉互相亲吻，亲吻时安德烈的唇触碰到尼古拉的面颊，他低声说：

　　"尼古拉，你是我的兄弟。我也是你的兄弟！"

四

　　后来的岁月一年年流逝。风儿从海面吹来，风儿向海面吹去。人们走向蔚蓝的大海，乘坐帆船、商船，办事，干活，挣运费，争取生存的权利，采集海上大量的蔚蓝，蔚蓝的天空，蔚蓝的海水，蔚蓝的山脉，蔚蓝的时间。安德烈和尼古拉诸事顺遂，他们有了担任远航船长的资格，现在指挥着蒸汽机轮船，开往远东、美国，驶向牙买加、英国的加的夫港拉煤，他们的妻子在家度日，孩子们很好，渐渐长大成人。又过了好几年，十来年，人类在时间的河流里不停地生育、结婚、死亡。

那时玛丽亚去世了。她的丈夫安德烈和好友尼古拉抬着棺材一直送到墓地。尼古拉（如今早已被尊称为尼古拉·叶夫格拉福维奇了）在安德烈（也早已成了安德烈·伊万诺维奇）那儿喝米粥[1]，他给安德烈斟了一杯伏特加，自己喝着酒，一边孤独地思索着死亡，思索着这葬礼后米粥的荒谬性。傍晚，客人们散了。安德烈和尼古拉（安德烈·伊万诺维奇和尼古拉·叶夫格拉福维奇）坐在儿童起居室里，不习惯地安顿着孩子们，喂他们吃东西，哄他们睡觉，笨手笨脚地为他们放小便盆。

安德烈·伊万诺维奇说：

"柯利亚[2]，你照看一下小玛尼亚。"

于是尼古拉·叶夫格拉福维奇便在小玛丽亚小床的床头前坐了

---

1 按俄罗斯的习惯，葬礼后用米粥飨客。——译者注

2 尼古拉的昵称。——译者注

下来。

接着这屋里是一个难过的空虚之夜。尼古拉没有离开安德烈。他们走到外面，坐在台阶上。两人默然无语。夜是黑沉沉的，连牧羊犬都悄无声息。安德烈取出一瓶甜酒放在台阶上。酒喝完了。仍然是沉默。

后来安德烈开口说话了。

"十年过去了，我一直想和你谈一件事，始终没有谈，因为你不和我谈这件事，而我知道，你不会对我作恶。玛丽亚是你的女儿——真的吗？这件事是妻子告诉我的。那年我出海回来，她对我说了这件事，当时我认定，既然出了这样的事，失去的东西已无法挽回。本来我应该打死你，可我做不到。我原谅了你和玛丽亚，也没有对任何人讲过这件事。直到现在我才第一次谈起这事。把全部真实情况都说给我听吧。"安德烈说。

于是尼古拉急切地讲了起来，讲了全部真实情况——他和玛丽亚之间什么事也没有，而且他绝不会对自己的朋友以及朋友的妻子犯罪。夜是黑沉沉的，连牧羊犬都悄无声息，甚至大海也没有喧响。两个人，两个朋友在台阶上谈了许许多多生活中的奇闻怪事，谈到人的爱情，种种无法挽回的遗憾，谈到那个女人，那个他们今天已将她安葬入土的漂亮女人，而此刻，在他们交谈时蛆虫已开始拿她当作美餐了。

　　"我肯定，她爱过你。"安德烈说。

　　"那之后我和她一次都没有谈过这件事。"尼古拉回答道，"最后一次提起这事是在我结婚那天，她在我们的婚礼上对我妻子说的话同对你说的完全一样。这是什么意思呢？"

　　"我肯定，她爱过你。"安德烈重复说。

　　"当天晚上她对我说，她永远忘不了我，"尼古拉说，"她要让我也永远忘不了那一夜，不过从那以后她再也没有和我谈过爱情。"

　　"她爱过你！"安德烈说。

　　那是一个黑沉沉的夜。他们坐在台阶上。他们喝着甜酒，一边谈论着这世上令人费解的事。甚至大海也没有喧响。

五

　　又过了十来年，安德烈的女儿玛丽亚二十岁了。她整个儿就是她母亲的翻版：像当年她母亲一样，皮肤晒得黝黑，全身被海盐腌了个透，叫海风吹了个遍，也像当年她母亲一样随心所欲、自由自在。安德烈·伊万诺维奇和尼古拉·叶夫格拉福维奇都已两鬓斑白，面色发暗，眼角布上了岁月煎熬出来的皱纹——身子发胖了，动作变得迟缓了：他们现在是脚上一双漆皮鞋，身上的商船制服敞开着，帽子上缝了金色绦带，他们成了远航船长，人生历程已跨入第五个十年了。

人类的时间是以出生、结婚、死亡交替进行的。尼古拉·叶夫格拉福维奇驾驶运粮食的货船去远东了，在海上走了六个月——正在这段时间他那个村子里流行过霍乱，他在远东收到了安德烈发来的电报，说他——尼古拉·叶夫格拉福维奇的妻子儿女都已故去。尼古拉·叶夫格拉福维奇开着轮船在太平洋澳洲群岛行驶了三个月，经过印度、非洲、阿拉伯半岛，为的是用三个月的时间使自己适应这样的想法：那就是家中迎接他的将是四面空墙、死气沉沉的冷清和孤单，而且当夜幕降临，他乘坐的扬帆小艇驶往村子码头时，儿子和女儿再也不会出来迎接他，妻子也不会在悬崖上向他招手，临睡前不会有人为他把浴室烧暖，床铺也将是空荡荡的。

关于人生永远应该说它是简单的，但又绝不能说简单。

小艇靠拢码头时天已擦黑，渔人们已收拾停当准备过夜。船长和水手们把小艇拖上了岸，系住了缆绳，收好了帆和桨。石子小路缓坡上去，通往一片幽暗。小路上从幽暗中出现一个女人身影，白色的衣裙，白色的头巾，她飞快地跑着。

"柯利亚叔叔，是你吗？"女人问道。

迎接尼古拉·叶夫格拉福维奇船长的是安德烈的女儿，酷似她母亲的那个玛丽亚。他们一起上了山。夜色深沉、寂静，连牧羊犬都悄无声息。他们走进尼古拉·叶夫格拉福维奇的家。老保姆在门口迎接他们，向主人深深鞠躬。水手把箱子放在过道里。玛丽亚领着尼古拉·叶夫格拉福维奇进了卧室，雪白的床上放着干净的内衣。老保姆说，浴室准备好了。玛丽亚在餐室里叮叮当当地摆弄杯盘碟碗。所有的房间都是灯火通明。尼古拉·叶夫格拉福维奇注视着玛丽亚，他觉得算盘上似乎减去了二十年，他面前站的是另一个玛丽亚。尼古拉·叶夫格拉福维奇站在房门口，手里拿着干净内衣准备去浴室，关切地问玛丽亚：

"怎么，是你父亲派你来的？"

"不是，我自己来的。我要住在你这里，柯利亚叔叔。"

尼古拉·叶夫格拉福维奇什么也没回答，转过身去在门口站了一会儿，又反转身来，笨拙地——因为手里拿着内衣——搂住玛利亚的肩，吻吻她的额头，然后走进浴室。浴室烧得很热，洗蒸浴很合适。家里餐室中的茶炊哧哧地冒着白气，小碟子和餐巾纸里都按尼古拉·叶夫格拉福维奇喜爱的口味，摆放着腌鲻鱼、油橄榄果、犹太熏肠、新烤的小圆面包，还有一小瓶清凉的伏特加。斟茶、摆油橄榄果都由玛丽亚操持，喝茶的时候她轻声细语地讲述了各种新闻，谁出海去哪儿了，谁死了，谁结婚了，谁交好运遇上了喜事，谁遭到什么苦难。尼古拉·叶夫格拉福维奇默默地坐着，顺从地吃喝，也不询问任何事。

　　喝完茶，尼古拉·叶夫格拉福维奇来到屋外台阶上，玛丽亚跟着他走出来，坐在他身旁，肩膀挨着他。夜是黑沉沉的，悄然无声，甚至大海也没有喧响。那些在生活中确实经历过艰难困苦的人们，在他们跨入第五个十年的岁月里，往往会显得有些过于严肃，爱教训人，他们的生活经验产生出守旧思想，他们总要将他们在以往生活中亲身遵循的规矩告诫大家，似乎就该靠这些规矩生活。尼古拉·叶夫格拉福维奇兴奋地说，围墙该修了，办这事得把傻子米佳·舍尔斯佳诺亚·诺加叫来，他带回来的油橄榄该加些奶油和柠檬作调料。又说双桅帆船不如三桅船，因为遇上九级风暴，装备齐全带横桁的桅杆不如单一的桅杆好操纵。玛丽亚一声不响地听着。

　　然后尼古拉·叶夫格拉福维奇站起身，准备去睡觉。

　　他躺在自己那张空荡荡的双人床上，玛丽亚躺在隔壁原先的儿童起居室里。船长磨蹭了很久，解开皮鞋的鞋带，呼哧呼哧地喘气，在床头桌上点一支蜡烛，然后拿起一本书——他不在家时收到的《田地》周刊的增刊。玛丽亚的房间里没有一点儿声响。船长吹灭了蜡烛，在暗处看见玛丽亚的房间门缝里透出一道光。

　　"玛尼亚，你没有睡？"尼古拉·叶夫格拉福维奇问道。

　　"柯利亚叔叔，可以到你身边去吗？"玛丽亚回答。

玛丽亚没等答话便吱的一声打开了房门，船长看见玛丽亚赤脚站在门口，身上穿着睡袍，肩上披着纱巾，手里拿一支蜡烛。蜡烛熄了，玛丽亚挨近船长坐在床上，她把双手和头都伏在船长胸前，接着玛丽亚悄声说道：

"柯利亚叔叔，爸爸，妈妈临终前对我说，你是我爸爸，她请求我原谅，还要我起誓，除了你，不跟任何人说这件事，她还让我发誓，要永远爱你，一生一世关心你。所以我一辈子爱你，爸爸。知道这事的时候我十岁，我一辈子一直都在准备把这件事告诉你。"

船长和所有的老人一样过分严肃，喜欢一板一眼，喜欢论证人人皆知的大道理。可是忽然间，就是今天这个晚上，当他回到自己这个所有亲人都被死神带走了的家里，即使他确切知道二十年来他和玛丽亚的母亲之间没有发生任何事——此刻他竟对二十年前那件事的真实性发生了怀疑，他怀疑事情的真实性，似乎真事可能不像真的，正如谎言——假话可能是事实一样。玛丽亚——这个浸透了海水的姑娘如此信赖而温柔地把头倚在他的胸前。

船长老人像父亲那样拥抱玛丽亚。船长老人，这个海上流浪汉，一只海狼，老迈疲惫地无声地哭泣起来，他把女儿紧紧搂在胸前。他因心中涌出的柔情而哭泣，因为感到孤独而哭泣，因为玛丽亚是今生今世留在他身边的唯一的人而哭泣，他为人生有时遇到不可理喻的事惊奇地哭泣，由于对女儿的爱，对她的关心，由于自己的老迈而哭泣，为逝去的一切而哭泣……

夜色深沉、寂静，连牧羊犬都悄无声息。

六

风儿从海面吹来，风儿向海面吹去。

关于人和人生永远可以说简单，但又绝不能说简单。

旋风、柔风、狂风、东风、强风、西北风（水手们叫作"特里蒙坦""格列戈""利万塔""普耐吉""密史脱拉"）从海面吹来，而西北风、强风、东风、狂风、南风又向海面吹去。在船长尼古拉·叶夫格拉福维奇出生、居住的那片土地上曾经生存过许许多多民族，谁也不知道是什么人的血统留在了这里，留在这个男人们只能投奔大海的砂石海岸上。这里有希腊人，古希腊人和现代希腊人，旅居近东的法国、意大利侨裔，土耳其人，斯拉夫人和摩尔达维亚人；他们的口音带点乌克兰腔，而在海上，在伊兹密尔、萨洛尼卡、雅法、亚历山大、马赛等城市，他们又有另一种语言，比如：

"杜－莫尔盖－巴拉耐——大海，圣礼米－特万吉——面包。"

有时海风刮来带着呼啸声，但是人不能打着口哨航海，再说严肃的人一般也不会打着口哨虚度光阴。

拉普兰人

[挪威]
约纳斯·李

焦洱 译

作者简介

约纳斯·李（1837—1908），挪威作家。生于挪威北部特罗姆瑟城。青年时代在克里斯蒂安尼亚大学学法律。1859年在南部孔斯温尔厄城当律师。1868年，因经济困难，不得不以写作增加收入，先后在巴黎等地侨居二十七年。1870年出版的小说《梦幻》使他一举成名。当时挪威工业革命改变了社会和经济结构，政治斗争加剧，在这种情况下，他站在进步的现实主义创作立场上，揭露和抨击了社会的弊端。他的小说大多以中产阶级家庭生活为题材，重要的作品还有：《引水员和他的妻子》《吉尔伊一家》《指挥官的女儿》。约纳斯·李在挪威文学史上占有重要地位，与基朗、易卜生和比昂逊并列为19世纪挪威文学界"四杰"。

译文原载于《世界文学》1998年第2期。

1925 年 11 月 3 日爱琴海

在森亚岛以北的斯瓦特峡湾，住着一个名叫艾莱特的男孩。邻村的人都是沿海的拉普兰人。在那些拉普兰人的孩子当中，有一个小姑娘十分引人注目，她有着白皙的肤色，长长的黑发和一双幽深的大眼睛。拉普兰人住在海峡的另一端，在圆锥般耸立的岩石后面靠近水的地方。同艾莱特的父母一样，他们以钓鱼为生。这里的人彼此并不亲近，因为离这儿最近的渔场太小了，而人们又都怀着独自享有它的念头。

艾莱特并不在乎父母的责骂和禁止，他仍然不断地溜到拉普兰人那边去，听他们讲神话故事。他从他们那里听到过各种神奇的事情，像古老的卑尔根、拉普兰人的故乡和他们的国王；还有关于海的故事，生活在大海里的海怪和海怪国王。有一次他们讲起危险而残暴的海怪，说他最喜欢在落潮时出现在月光下，出没于海藻丛生的海滩。他肩上没有脑袋而生出一团海藻，以这全无血色的形象吓坏每一个过路人。他们常常碰上他，甚至有一天早上还捉到了他，当时他正在船上倒换船桨。他们把他从一条船传到另一条船观看着。听这故事时，艾莱特全身的血液都凝结了。那以后，每当他在苍茫的暮色中穿过岬角回家，经过海藻丛生的滩地时，几乎不敢回顾，额头上常常冷汗淋漓。

成人间的敌意越来越深，不断地互相责骂。艾莱特常听到父母恶言恶语地咒骂拉普兰人，不是说这，就是责那。说他们划船时全不像规矩人，而是按自己的方式像女人一样短促而轻浅地划过水面；他们在船上大声吵闹、闲聊，从不保持"船上肃静"。艾莱特常常怀疑，他们也许在拉普兰女人家中乞求过神灵或施过法术吧。他还听说，而且几乎毫不怀疑地相信，拉普兰人的血液是肮脏的，他们简直就是一群下流坯，连当局也给他们在教堂庭院里辟出专门的墓地，指定他们做礼拜时的座位，这些都是他目睹的。

这一切使他感到很为难，因为他还不懂，他其实很喜爱那些拉普兰人。尤其是小契拉，他整天同她泡在一起，她知道许多有关海怪国王的故事。现在他有了这种偏见，因此每当他同她一起玩耍，或听她讲那些令人恐怖的故事，注视着她那双漆黑的眼睛时，总是不由自主地想到，她和她们那一族人都是下流坯，所以才知道这么多可怕的事情。这种念头使他很苦恼，特别是为了她的缘故，有时候她也觉得他的样子很古怪，不明白他怎么会这样，她大笑着嘲弄他，从他身旁跑开，躲起来让他寻找。

有一天他遇到她，她正在浅水中的一块岩石上伤心地哭泣。她的腿上放着一只已死去的绒鸭——显然才死去不久，它的身体还保留着余温。她啜泣着告诉他说，这是每年都在她那间小棚屋的屋檐下建巢的那些鸟儿之中的一只，她认得出它，因为它胸脯上有一丛红色的羽毛。如今它被一颗霰弹射中了，殷红的鲜血从伤口里淌出；它竭力想返回自己的巢中，终于死在了半路上。她伤心欲绝地哭着，一边按拉普兰人的习惯快速地用头发擦去泪水。艾莱特像个罪犯一样尴尬地笑着，他脸色一下子苍白极了，举止也慌乱起来。他不敢告诉她，正是他一早用父亲的猎枪碰巧射中了一只从深水处游向岸边的鸟儿。

接下来的整个秋天，艾莱特的父亲好像丢了魂一样。他在渔场上整天一无所获，眼睁睁地看着拉普兰人个个满载而归。他甚至在想象中看到了拉普兰人幸灾乐祸的样子，就变本加厉地在家里咒骂拉普兰人。有一天晚上他们终于想到，是拉普兰人在施魔法捣鬼，解除魔法的方法只有一个：把拉普兰人墓地上的土撒在渔线上；然而这种做法是犯禁的，不仅会得罪死人，遭到他们的报应，还会引起渔民间的冲突。

艾莱特陷入了一种深深的愧疚之中，他觉得自己差不多就是这罪恶的同谋，因为他与拉普兰人相知是那样深。

星期日到了，渔民们来到山上的教堂里。艾莱特偷偷从一座拉普兰人的坟墓上抓起一把土，放进自己的衣袋。晚上，他们回来后，他就悄悄地把土撒在父亲的渔线上。

当那渔线再一次从水中拉上来时，鱼又像以往那样咬钩了。然而艾莱特的恐惧也达到了极点，特别是到了晚上，夜色从屋后升起来，他注意到人们又开始干那事了。他那放在衣袋里的手紧紧握

着一把小刀，他请求死者宽恕他，这是唯一的补救办法，否则他
会被一只无形的手抓到墓地去——这是谁也帮不上忙的，即使用
缆绳把自己牢牢捆住也无济于事。

接下来的星期日，艾莱特来到教堂中。他抓紧时机走向那座坟
墓，去请求死者宽恕。

后来艾莱特长大了一些，他明白了，同自己家里人一样，拉
普兰人死后同样会升天堂的；然而他却无法摆脱拉普兰人很下贱、
全是些无耻的家伙的念头。他仍然经常跟小契拉来往，总是竭尽全
力显示出比小契拉优越的样子，直到两人都行过坚信礼。

艾莱特长大了，他越来越同本村人亲近起来，为了迎合新朋
友，他开始疏远老相识。由于所有的人都认为拉普兰人低贱，他便
避免在同村人面前同契拉相遇。

那姑娘很明显地觉察到了这一切，以后也就远远地避开艾莱
特。可是有一次，契拉像以往那样习惯性地来到艾莱特家，请求
他第二天同她一道划船去教堂。他家里恰巧有村里人来做客，他
怕村里人会传他们俩已订了婚，便冷嘲热讽地回答她说，这样一
来人们便会纷纷传说，"比起拉普兰人的魔法，教堂的祝福更灵
验"……他无法答应她的请求！

打那以后她不再跟他说话了，艾莱特表现出无所谓的样子。

有一年冬天，艾莱特独自出海，发生了意外。一条鲨鱼咬了

钩，这家伙太重了，小船却那么轻，而艾莱特又绝不让步，于是小船翻了。

整整一夜，艾莱特死死地抓住小船的龙骨，在浓雾和黑沉沉的海水中挣扎。

他在极度的疲劳之中昏昏欲睡，脑子里只有一个念头，小船随时会带着他一道沉入海底。有一会儿他看见在小船的另一端坐着一个穿着防水衣的家伙，正用一双充满倦意的红眼睛盯着他，这家伙太重了，小船正从他坐的地方缓缓沉下去。突然间他又消失了，艾莱特发现，雾似乎正淡下去，大海也一下子平静了，泛起轻柔的波浪，一座平坦而呈灰色的小岛在他眼前显现出来，小船正向它靠拢。

这个平坦的小岛像刚刚被海水冲洗过一样，表面湿漉漉的，他看见岛上有一个女孩子，她面色白皙，眼睛明亮而美丽。她穿着绿色的长裙，腰部束一条绣满各种形象的银带，完全是拉普兰人的样子。她的紧身胸衣是用海藻色的皮革制成的，在绿色海草编织成的衣带间，她的衬衫像海鸟的胸毛一般闪烁出粼粼点点的白色光芒。

小船靠岸了，她走向他，像老朋友一样对他说："你终于来了，艾莱特，我等了你这么久！"

当艾莱特为了登上岸而握住她的手时，一阵冰冷的感觉骤然掠过他全身，这感觉只停留了一刹那，他马上又将它忘记了。

岛正中有一个洞口，一条嵌着黄铜的阶梯通向它，宛如通向豪华舱的舱口。他正站在原地踌躇时，看见两头巨鲨——至少有十二至十四尺长——游过去。

他们沿着阶梯向下走着，那两头巨鲨同他们一道下沉，阶梯左右的一切都很奇特，整个海岛好似透明的一般。女孩子看见他迟疑的样子，告诉他说，那不过是她父亲的两个卫士，过一会儿它们就会消失的。现在她要带他去见她父亲，他正在下面等着。她补充说，即使老人的样子使他感到不舒服，也不要表现出惊惧，对他讲过的话更不能表示奇怪。

他终于明白了，他现在正在海底，然而他丝毫也不觉得潮湿。沙地变得开阔起来，地面上贝壳闪烁出白、红、蓝、银的光芒，四周有用各种海草铺成的草坪，披着厚厚的藻类植被的小山，鱼儿在山脚处游弋着，像山上的鸟儿一般自由自在。

他们继续向前走着，她一路上给他解释着各种奇妙的事物。在头顶上方，他看到一团好似镶着白边的浓云一样的东西，那下面游动着的一头鲨鱼，看上去正像他钓到的那头。

"那儿有一条小船，"她说，"大海在我们头顶上面翻腾着，在那下面游动的，就是今天夜里坐在你船上的那家伙。那条小船正沉下来，它属于我们了。可是这下你不能在今天同我父亲谈话了。"

她正说着，一道充满着野性的邪恶的光直刺入他们的眼睛，只一瞬的工夫，马上又消失了。

他们的目光几乎完全迷失了，时常沉入到深不可测的黑暗之中，偶尔，借着夜浪的光，只见海光在其中时隐时现；有时，海浪咆哮起来，放射出刺目的海绿色的光，竟如太阳深深沉入了海底一般。

他们从一条条半掩在沙土中的小船或大船旁走过，鱼儿在那些船只的舱口处怡然地游来游去。好似幽灵一般的人的形体在那些残骸四周游荡着。他的女伴告诉他说，这是些葬身海底的鬼魂，他们不能再返回宽广的陆地了；得小心提防这些家伙，他们都十分凶恶。每当有他们的家里人沉入海底，他们都会知道，于是就发出那种穿透冬夜的号叫，这种海怪的死亡号叫是十分有名的。

路向前延伸，穿过一条幽深的峡谷。他在峡谷的峭壁上看到一连串白色的方形门，一种像北极光一样的光芒从那些门中射出来，溅落到四下的黑暗之中。她告诉他说，这道峡谷一直向东北延伸开去，最后汇入芬马克[1]。在那些白门后面住着一代代拉普兰国王，他们都是落水死去的。她走向最后一道白门，推开它——里

---

1 挪威北部地名。——译者注

面住着最后一位萨尔登王，他施魔法唤来一阵狂风，后来却不能控制它，终于给掀入了大海。那边那个坐在岩石上的拉普兰人，皮肤干黄，眼睑溃烂，戴着一顶暗红色的闪闪发光的金冠。当他在波涛之中上下起伏时，他那大脑袋便在细长而精瘦的脖子上摇来晃去的。他身旁坐着一个更加干枯的小个子妇人，也戴着一顶王冠，衣服上坠满了五颜六色的石块；她正拿一根木棍在一口锅里搅拌着。"只有做这件事才使她高兴，"姑娘说道，"这样下去她就可以和他的男人继续统治萨尔登了，因为她在那口锅里搅动的是魔汁。"

路拐弯了，面前豁然出现了一片平坦的阔地，一幢幢房舍鳞次栉比地坐落在阔地上，俨然一个小村镇。又走过一段路，他看到在尽头处有一座没有尖顶的教堂，它那长而薄的塔楼看上去正像水中的倒影。姑娘对他说，她父亲就住在这所房子里，至于那座教堂，是她父亲的帝国里七大教堂之一，他的帝国地跨赫尔格兰特、萨尔登和芬马克。礼拜仪式早已废除了，但是每当那位溺死的主教大人坐在教堂门口冥思苦想有了结果，一下子记起那个必须供奉的人物的姓名时，礼拜便重又恢复——于是所有的海怪都会得到教堂的祝福。如今他已经坐在那里苦想了八百年，不久他一定会想起那个姓名。一百年前这位主教曾建议，将一个海怪送到岸上的罗朵教堂，打听出那个名字；可是每当人们念到这个名字时，他都无法听到。在昆南山上，奥拉夫国[1]王挂起了一口纯金制成的大钟，让第一个来自北部国家的神父穿起白色的长袍守护着它。到了他敲响大钟的那些天，昆南教堂便成了降福于整个北部地区所有陆上的人和海里的人的最大的石砌的教区教堂。然而这一段时间持续得太长了，那位主教因此而询问每一个回到海底的人，是否能告诉他那个名字。

听这故事时，艾莱特有一种非同寻常的感觉，而且更糟糕的是，他无论怎样苦思冥想，也同样想不起那个姓名了。

他心事重重地站在那儿，那姑娘被他的神情吓坏了，甚至要去帮助他，有一阵子她的脸色变得十分苍白。

他们前去的海怪国王的房子是由船体和破旧船骸的残片建成的，上面的凹凸不平之处长满了海草，油污的海藻像坪中的草一般起伏着。华丽的大门是由三根巨大的雕满贝壳的绿色柱子构成的，沉入海底的厚船板用来当门板，上面铆钉密布。门正中有一个用来作把手的旧铁环，上面挂着一段缆绳头。当他们站到大门口时，一条又黑又长的手臂伸出来，打开了门。

他们来到一间拱形的小屋里。地上铺满了美丽的贝壳，屋角里堆满了缆具、网和各种船上用具，一件件的工具散放在那些家

---

1 挪威古代（约公元 10 世纪）王室。——译者注

什之间。在一大堆罩着红帆的渔网上，艾莱特看见了海怪国王，一个肩宽背阔的家伙。他生着一头暗红色的蓬乱长发和同样蓬乱的胡子。一顶漆布帽推到脑后，嘴巴宽大，一双小鲨鱼眼珠闪烁着贪婪的光芒。这一刻他正竭力装出一副渔夫的善良的笑脸。他那头的形状只会使人联想起那种叫作"破便帽"的大海豹；他的帽子肮脏多褶，手指连在一起。他的水靴筒向下挽着，厚厚的灰色羊毛线袜长及大腿。他穿着本色的起绒粗呢内衣，马甲上的玻璃纽扣明亮有光，外面套一件宽大的皮外套，敞着衣扣，脖子上扎一条红色的羊毛围巾。

艾莱特进来时，他半抬起身子，和颜悦色地说："你好，艾莱特——昨天你可真是死里逃生啊！现在你该坐下来，吃点什么，这才是你需要的。"说着他一口吐出嘴里嚼烟的唾沫，那样子活像鲸鱼背上的喷水柱。他伸出一条腿来，尽管这条腿显得过分地长，按北部地区人的方式从屋角勾出一个鲸鱼脊椎骨给他当座凳，用一只手拉过一只上面摆满了各种食品的箱子，有加浓果汁的麦糊、一大堆松脆的面包片和各种各样的节日糕点。

海怪国王让他挑自己喜欢的吃，并叫女儿去取来最后一小桶家酿茴香烧酒。"这种酒是越陈越好。"他说道。她取来了烧酒，艾莱特一眼看出，那个酒桶上有自己父亲烧出的痕迹，而里面的酒正是他几天以前才从奎弗尔德的商人那里买来的；可现在落到了他的手里。喝酒之前，海怪国王有些不耐烦地把烟饼在嘴里嚼来嚼去，艾莱特觉得，他简直像是在嚼自己渔竿上的铅坠。这时海怪国王正琢磨着怎样把酒桶稳当地放好，因为桶上有一个十分特别的塞子；然而酒桶却怎么也不肯听话。

他们闷闷地坐着，一杯接一杯地喝酒，这样过了很久。艾莱特觉得自己喝得太多了，不想再同国王碰杯，海怪国王一把抓起酒桶举到嘴边，将酒一饮而尽。他站起来，摇摇晃晃地来到壁架旁，又取出一桶酒。他显出十分惬意的样子，海阔天空地闲扯起来。每当他放声大笑时，艾莱特都吓得脸色苍白；他的嘴巴大张着，将满嘴七上八下的牙齿暴露无遗，看上去就像两排船帮上的桨架。

海怪国王一桶又一桶地喝光烧酒，一边醉醺醺地唠叨着。他每说起一件特别有趣的事，就用一种怪异的目光看着艾莱特。艾莱特不喜欢他这副样子，觉得他这是在告诉他：年轻人，现在你也落到了被我们捞起来的地步！然而他却说出了完全不同的话："今天夜里是把你累坏了，可是如果你不曾把死人墓地上的土撒到渔线上，不曾拒绝过同我女儿一起去教堂，你就不会落到这一步……"他突然打住了，像是说得够多了，端起酒桶喝着酒，以堵住自己的嘴。这时艾莱特感到一股目光刺向他，充满敌视和仇恨，一阵冰冷的感觉从他后背升起。

一阵痛饮之后，海怪国王放下酒桶，他重又面带亲切的笑容了，而且一个接一个地讲起故事来。他无所顾忌地把身体摊开，放开喉咙大笑着讲自己的故事，他笑那些沉船落入海底的人。有的时候，当他放声大笑时，他的呼吸就像一阵冰冷的狂风直扑艾莱特。他说，只要人们不再死死抓住他们的小船，他对那些人才不那么刻薄呢；没办法，搜罗浮木和甲板厚木是他的营生呀。只要这些东西缺少了，他就得去弄小船或渔船，人们不能因为这而怪罪他。他抓起酒桶，发现桶里空了，神情马上忧郁起来，于是便谈起那些他和他的臣民倒霉的日子。有一会儿工夫他默默地出神，然后把身子向后倒去，将身子和腿长长地伸到地板上，大口地喘着气，上下颌骨活像两只相互翻转的船体。他的脖子靠在船帆上，睡着了。

那个姑娘又站到了艾莱特身边，她要他跟她一起离开。

他们沿着来时的路返回，最后依然站到岩石岛的高处。在那儿她告诉他说，她父亲曾十分注意地打量他，因为那次她请他一同去教堂时，他曾说过教堂祝福之类的话嘲笑她——那个有关的名字，艾莱特也许能记起来。刚才，他们在去她父亲那儿的路上交谈时，她发现他已将这名字忘记了。现在她所能做的，只是尽力保护他的生命。

她的父亲要过几天才会问起他。在这几天里，他得抓紧时间睡觉，好有足够的精力逃离这里——她会尽力守护着他。

她那飘飘黑发像披风一样垂落到他的脸上，他恍恍惚惚地觉得，那双眼睛他曾是那样的熟悉。他的脸颊在那长发的拂动下感到

温暖，甜美的睡意向他袭来，睡意蒙眬间，他感觉仿佛是在一只
鸟儿白色的胸脯上沉入了宁静之中——然而那白色胸脯上却又有
一束红羽在他沉沉的记忆底层唤醒着什么。他渐渐进入梦乡，仿佛
听到她哼起一支歌；那歌声恰似在一个阳光明媚的星期天水波轻
轻拍打海滩时发出的低吟浅唱。歌中唱到他们曾在一起玩耍，而后
来他却不再睬她。他只记起了那歌的最后几句：

> ……噢，告诉我，你不再
> 怀有那往昔的渴望
> 那同我一起钓鱼的辰光
> 我们曾追逐着落潮赛跑
> 那大海，它不会将我们遗忘。
> 我回忆着旧日，在梦中把你歌唱；
> 醒来时却只有大海翻起波浪。
> ——别让我为失去的幸福哭泣吧，
> 我的心已给了你，没有你
> 生命将暗淡无光。
> 我的心曾像鸟儿一般追随你，
> 你却藏在岸边，架起猎枪，
> 你射中了我的心，这儿的血

　　我亲爱的，那是你啊，是你的征象。

　　睡梦之中他仿佛觉得她伏在他的身上哭泣，泪水像雨星一般
溅落在他的脸上。他骤然觉出，他铭心刻骨般的爱着她。

　　艾莱特突然惊醒，发现一头鲸鱼正游向小岛，它告诉他，他
得赶快逃命；他站到它的脊背上，将一支船桨插入它背上的呼吸
孔，使它无法下潜。他发现，只要他向左或向右转动船桨，鲸鱼便
向左或向右游去。他们沿着整个芬马克岸游着，小岛像小小的岩石
礁一样呼啸着从他们面前掠过。他在身后看见海怪国王正驾着他那
半条破船以同样的速度追来，浪花溅起半截桅杆那么高。忽儿他又
站到了小岛上，渴望着见到那个微笑着的姑娘：她向他弯下身子，
对他说"我在这儿，艾莱特！"

　　他醒来了，阳光正投射到那个小岛上，身旁坐着那个小姑娘。
忽然一切都改变了，阳光正穿过窗子射进拉普兰人的小屋，落到
床上。坐在他身旁的是那个拉普兰姑娘，她靠着他的后背坐着；她
正在绝望之中，以为他快要死了。他发着高烧，昏睡了六个星期，
自从拉普兰人把他打捞上来，他这还是头一次睁开眼睛。

　　他终于明白了，生为拉普兰人既不可耻，也不下贱，更不像
他听说的那样，是什么疯子或者野人。同一年春天，他和拉普兰姑
娘契拉订了婚，秋天里两人终成眷属。

盲人的假日

[美国]

欧·亨利

黄源深 译

作者简介

　　欧·亨利（1862—1910），原名威廉·西德尼·波特，美国著名短篇小说家，出身贫寒，为谋生计，做过多种工作。他先后当过药剂师、牧场工、记者、制图员、会计师、出纳员等。后因涉嫌银行款短缺而被捕入狱。其间，他用笔名欧·亨利发表短篇小说，并一举成名。

　　欧·亨利一生共创作了三百多篇短篇小说，大多刻画平民百姓的艰辛、苦涩和无奈，笔调轻松，语言幽默，用的是一种含泪的微笑，却让人心情格外沉重。他小说的结构，以出人意料的结尾而闻名。这样的结尾，不但在审美上给了读者以"出其不意"的新鲜感，而且也起着深化主题的作用，常常令人反复回味，久久难忘。但使用过多，难免也会程式化。

　　《盲人的假日》（Blind Man's Holiday）选自《欧·亨利全集》，小说讲述了一对男女坠入爱河的故事，通过一波三折的情节和料想不到的结尾，赞美了高尚的道德情操，写出了处于社会底层的小人物的辛酸。

　　译文原载于《世界文学》2003年第4期。

拉普兰人也加入了婚礼的队伍，婚礼热闹非凡，超出了常规；参加婚宴的人们一致公认，那个表演节目的拉普兰人是所有在教堂里参加表演的人中最出色的一个——婚礼也是空前绝后的。

啊呀呀，真遗憾，那些爱转换视角的普通人和艺术家呀，这个的生活必定乱糟糟；而另一个呢，必定被眼前的景物弄得晕头转向。就说洛里森吧，有时候，他似乎觉得傻到了极点；有时候呢，却又自以为志向很高，世人都来不及呼应。在前一种心境里，他咒骂自己愚蠢；处于后一种心境时，他会不动声色地露出一种近乎崇高的伟大。在两种情形下，他都丧失了正确的视角。

几代之前，这个姓一直是拉森。他的家族把紧张忧郁的个性，勤劳俭朴互补的品格，遗赠给了他。

从他的角度看，他是社会的弃儿，永远躲躲闪闪、偷偷摸摸地徘徊在体面社会寒酸的边缘。他属于世界四分之三的居民，像一个可怜的棒球，滚动在上流社会和平民之间，那儿的居民嫉妒每一个邻居，却又受到上流社会和平民的蔑视。他对"社会弃儿"的观点表示自责，因为正是抱着这样的想法，他离开千里之遥的老家，自我放逐到了这个古怪的南方城市。在这儿，他住了一年多，相识的人很少，沉溺于影子似的主观世界。这个世界，有时还莫名其妙地受到不和谐的现实的侵扰。后来，他爱上了一个相逢于廉价饭馆的姑娘，于是他的故事就开始了。

新奥尔良的沙特尔街是一条鬼影幢幢的街道。街道所在之处，法国人曾在全盛时期确立了从故国带来的自豪和荣耀；高傲的西班牙绅士，曾大摇大摆走过，梦想着金子、权力和女人的青睐；每一块石板都留下了庄严地求爱和战斗所踏出的槽沟；每一幢房子都有着王子心碎的故事，每一扇门都隐含着殷勤承诺和逐渐败落的秘闻。

夜晚，如今的沙特尔街已成了一条黑乎乎的缝隙。摸索着赶路的旅人，从这里透过夜空，看得见摩尔人铸铁阳台缠绕的金饰。大亲王的老房子，在本世纪依然不屈不挠地屹立着，但其精华已荡然无存。对能看得见鬼的人来说，这已经成了一条鬼街。

在"金色卡宾枪饭馆"占据的角落，街道昔日的荣华仍依稀可见。过去，人们聚集在这里密谋反抗一代代君王，警告一个个总统。现在他们照做不误，但与过去的人不同，那些誓死抵抗军队的人，一个身着铜纽扣衣装的就足以把他们驱散。门上端挂着一块牌子，牌子上画着一头属于陌生物种的巨兽，一个不起眼的人，举着一支显眼的、一度金光闪闪的枪，瞄准那巨兽开火。如今，画上的传奇已经淡出想象，那枪已有名无实，成了一种信念。那头动物，对猎人长久的瞄准已感到厌倦，化成了一团没有形状的污迹。

这个地方叫作"安东尼奥饭店"，以其名字为佐证。那名字是镀金的，写在玻璃窗上，在透明的红光映照下显得很白。安东尼奥有一种承诺，让人有一种合理的企盼，对美味好酒，也许还有天使小声提醒的大蒜。不过，这名字的其余部分叫"奥里利"。安东尼奥·奥里利！

"金色卡宾枪饭馆"是沙特尔街一个声名狼藉的鬼魂。当年在这个小餐馆，比安维尔[1]和康蒂[2]吃过饭，一个王子掰过面包，现在它却成了"家庭饭馆"。

饭馆的顾客，几乎是清一色的男女劳动者。偶尔，你会看到从廉价剧院出来的合唱女演员，以及由于急剧变故不得不从事副业的男人。但在安东尼奥饭馆——从名字来看，放荡不羁的文人尽可以满怀指望，但实际上这里却沉闷得可怜——温文尔雅、轻松活泼的举止，降格成了"居家"的标准。假使你想点根烟，我们的店主会碰碰你的"肘子"，提醒你这有损礼节。"安东尼奥"用外部火一般的传奇把顾客勾引进来，而"奥里利"则在内部教以礼节。

正是在这家饭馆里，洛里森第一次看到了这位姑娘。那时，一个性情暴烈、眼睛色眯眯的家伙，跟着她进去。她落座的小桌还有另一个位置空着，那人上前要去占领，但洛里森抢先占据了那个座位。于是他们便开始相识，并渐渐密切起来。两个月来，两人每

1　比安维尔（1680—1768），法国探险家，北美洲亚拉巴马的莫比尔和路易斯安那的新奥尔良两城的建立者，曾任路易斯安那殖民地总督。——译者注

2　尼·康蒂（1395—1469），威尼斯商人。　——译者注

晚都坐同一张桌子，事先并没有约好，仿佛这是一连串愉快而偶然的巧合。吃完饭，他们会漫步在城市的一个小公园，或是林林总总的市场，那里无休止地上演着饱人眼福和耳福的闹剧。八点钟，他们的步履常常会迈向某个街角，她潇洒而坚决地向他道晚安，然后离去。"我住的地方离这儿不远，"她总是这么说，"余下的路，得让我一个人走。"

但现在，洛里森发现自己很想同她一起走完余下的路，不然幸福就会离去，把他撇在人生的一个孤独角落。与此同时，他被逐出上流社会的那层秘密，提醒了他，告诉他千万别这样。

男人是彻底的利己主义者，又极端自负。他要是爱谁，被爱者必定知道。活着时，他尽可以使用权术和名誉来掩饰，但临死前，秘密会从嘴里蹦出来，也顾不得会伤及邻里。然而众所周知，大多数男人不会等那么久才流露爱意。拿洛里森来说，他的道德观决不允许他公示情感，但他需要同这个对象调情，至少委婉地向她求爱。

这天晚上，他和伙伴照例在"金色卡宾枪饭馆"吃了饭，饭后沿着昏暗的老街，向河畔走去。

沙特尔街的尽头是古老的军队广场。街对面是古代市政厅，西班牙人曾在这里执法如山。大教堂俯瞰着沙特尔街，是本地的另一个鬼魂。市中心有一个小公园，用铁栏杆围着，里面是花圃和一尘不染的石子路，市民们在那儿呼吸夜晚的空气。一个将军的塑像，高踞于城市之上。他端坐在一匹奔马上，朝下眺望，目光毫无波澜地投向英国角，那里再也不会有英国人来轰击他的棉花包了。

两人常常坐在这个广场上。但今晚，洛里森领着她走过铺设着石阶的大门，一直朝河的方向走去。他一边走，一边暗自笑了起来，心想对她的全部了解——除了爱她——只不过是知道她的名字叫诺拉·格林韦，她和弟弟住在一起。洛里森和诺拉无所不谈，唯独不谈自己。也许她的沉默是他少言寡语引起的。

最后，他们到了河堤上，在一根倒卧的大梁上坐了下来。空气因为生意场里扬起的灰尘而刺鼻，大河泛着黄色奔流而过。阿尔及尔大桥横过河面，黑黑的一长条，衬在一团电流般振动着的烟雾中，烟雾周围点缀着稀稀落落的星星。

姑娘年轻可爱，一种颇具亮色的忧郁主宰着她的性格。她有着不加修饰的恬淡美，天生讨人喜欢。说话时，嗓音使话题相形见绌，而小小的话题却因为她的嗓音而大为增色。她很自在地坐着，富有女人味地轻轻触碰着裙子，十分安详，仿佛这肮脏的码头是一个夏日的公园。洛里森用手杖戳着腐烂的木头。

他开始说话，告诉她自己爱上了一个人，却又不敢启齿。"那为什么？"她问。他借用第三人称这个稻草人，做了虚幻的陈述，而她欣然接受了。"我在世上的地位，"他回答，"决不能要求一个女人来分担。我被赶出了诚实人群，被冤枉犯了一种罪；而我相信，自己确实还犯了另一种罪。"

从这里，他开始讲述自己退出社会的故事。这个故事，如略去他的道德观，似乎不值一提。不过是一个赌徒的堕落史，丝毫没有新意。一天晚上，他赌输了，殃及碰巧带在身边的一笔款，是他雇主的。他继续输钱，到最后一笔赌注才开始翻盘，歇手时赢了一大把。当晚，他雇主的保险箱被窃。经过一番搜查，在洛里森的房间里找到了那笔赢来的钱，数目与起诉被窃的钱相仿。他被带走并接受审讯，但由于证据不足而获释。意见分歧的陪审团，对他致以不怀好意的问候，但他从此留下了污点。

"我的心理负担，不在于冤枉的指控，"他对姑娘说，"而在于明白了，从拿公司的第一块钱下作赌注起，我就是一个罪犯了——不管是输还是赢。你明白了吧，为什么我不能告诉姑娘我爱她。"

"那很让人伤心，"诺拉踌躇了一下说，"想起世界上竟还有那么好的人。"

"好人？"洛里森问。

"我刚才想着你说你爱的那个大好人，她一定也是个可怜的家伙。"

"我不明白。"

"差不多，"她往下说，"同你一样可怜。"

"你不明白，"洛里森说，脱下帽子，把浅色的细发撸到脑后。

"设想她反过来也爱我，并且愿意嫁给我。你想想，接下来会发生什么。每打发一天日子，她都会想起她所做的牺牲。我会在她的笑容中看到优越感，在她的爱慕中看到怜悯，这会让我发疯。不行。这件事会永远把我们隔开。门当户对才好成亲，我决不会求她下嫁给我。"

一道弧光隐隐照着洛里森的脸。他的内心也出现了亮光，映现在脸上。姑娘看到了苦行主义的狂喜表情，这是一张纯洁高尚，或是受人愚弄的脸。

"这位难以接近的天使，"她说，"很像星星，实在高不可攀。"

"对我来说，是这样。"

她突然转向他："我亲爱的朋友，你想要你的星星掉下来吗？"

洛里森使劲做了个手势。"你逼得我说实话了，"他说，"你并不赞同我的看法。不过我会这么回答你：要是能得到某颗星星，把它硬拉下来，我是不会干的。但要是它自己掉下来了，我会捡起来，同时感谢上天的恩赐。"

他们沉默了一会儿。诺拉颤抖了一下，将手深深插进外衣口袋。洛里森懊悔地叫了一声。

"我不冷，"她说，"我不过在思考。我应当把有些事告诉你。你选择了一个奇怪的知己。但你不能期望一个在可疑饭馆相识的人成为天使。"

"诺拉！"洛里森叫道。

"让我说下去。你同我谈了你自己，我们又那么要好。有些事，本来我是永远不想让你知道的，现在我得告诉你。我呀……比你还糟糕。我是个演员……唱合唱……我很坏，我呀……偷了女主角的钻石……他们逮捕了我……我交出了大多数钻石，他们放了我……我每夜都喝酒……喝得很多很多，我坏透了，不过——"

洛里森立刻在她身边跪了下来，握住她双手。

"亲爱的诺拉！"他说，高兴极了，"我爱的是你，就是你！你从来没有想到过，是吗？我指的一直是你。现在我可以说了。让我来使你忘记过去吧。我们彼此都受过苦，让我们脱离世俗，相依为命吧。诺拉，你听见我说我爱你吗？"

"即使我——"

"不如说，正因为你这样，我才爱你。你从过去中走出来了，高尚而又纯正。你有一颗天使的心，把这颗心给我吧。"

"刚才你还那么为自己的未来担心呢，连说都不敢说。"

"可那是为你着想，而不是为我。你能爱我吗？"

她一下子投进他怀里，拼命抽噎着。

"我爱你胜过自己的生命——胜过真理——胜过一切。"

"而我的过去，"洛里森不无担忧地说，"你能原谅而——"

"我告诉你我爱你的时候，"她低声说，"就已经回答了你。"

她转过脸去，若有所思地看着他："要是我没有把自己的情况告诉你，你会不会——你会——"

"不会，"他打断她的话，"我决不会让你知道我爱你。我决不会向你这么提出来——诺拉，你愿意做我的妻子吗？"

她又哭了起来。

"啊，相信我吧，我现在变好了——再也不坏了！我会成为天底下最好的妻子。别再认为我坏了。要是你不这样，那我可别活了，还是死了好！"

他安慰她时，她面露笑容，急切而又冲动。"你愿意今天晚上娶我吗？"她问，"你愿意向我证明吗？我有理由希望就在今天晚上。你愿意吗？"

这种极度的坦率，是以下两者之一造成的结果：胡搅蛮缠的厚脸皮，或是极度的天真。情人的视角只有一个。

"办得越快我越幸福，"洛里森说。

"该怎么办呢？"她问，"你还需要什么呢？说吧，你应该知道。"

她的活力激发了这位梦想者，使他投入了行动。

"先得有一本城市指南，"他高兴得叫了起来，"找到给幸福发证书的人的住处。我们一起去，把他挖出来。出租马车、汽车、警察、电话和牧师，都会帮我们的忙。"

"罗根牧师会为我们证婚，"姑娘热切地说。"我可以带你到他那儿去。"

　　一小时以后，两人来到了一条孤寂窄小的街道，站在一幢阴暗的砖砌大楼敞开着的门口，"证书"紧紧地攥在诺拉手里。

　　"你在这儿等一下，"她说，"我去把罗根牧师找来。"

　　她一头扎进了黑乎乎的过道，撇下她的情人兀自在外面站着，可以说，他用的是一只脚。他并不觉得不耐烦。他好奇地盯着似乎通向阴曹地府的过道，一排灯光划破了过道尽头的黑暗，立刻让他放心了。随后他听见她叫了一声，并且像飞蛾一样向灯光扑去。她招呼他走过门厅，进了一间亮着灯光的房间。除了书籍，房间里几乎没有其他陈设，书籍占据了所有空间。零零落落的小块地方，书上又堆着书。一个谢了顶上了年纪的人站在桌旁，目光极度孤傲镇静，手里拿着一本书，手指仍按着书页。他的衣服是素色的，属于教会的服饰。他富有洞察力的目光，露出遇见了熟人的表情。

　　"罗根牧师，"诺拉说，"就是他。"

　　"你们俩，"罗根牧师说，"想结婚？"

　　他们没有否认。他替他们证了婚。仪式很快结束了。谁要是目睹这一情景，并感受其规模的话，准会不寒而栗，因为比起这桩事情没完没了的严重后果来，这样的仪式实在太过简单了。

　　后来，牧师像背书一样从公民和法律的角度做了某些简要的补充，以便也许（或者应该）在日后使仪式更臻完美。洛里森要付费，却被婉言谢绝了。这对夫妇离去后门还没有关上，罗根牧师的书，啪地在手指按着的那一页打开了。

在黑暗的门厅里，诺拉转起圈来，紧偎伙伴，泪流满面。

"你永远，永远不会后悔吗？"

终于，她得到了保证。

他们走到街上灯光下时，按每晚的惯例，她问了一下时间。洛里森看了看表，时间是八点半。

洛里森以为她出于习惯，把两人的脚步引向平常分手的角落。但到了那里她犹豫了一下，随后，松开了他的胳膊。街角上有一家药店，明亮柔和的灯光照着他们。

"像平常一样，今晚就在这儿撇下我吧，"诺拉娇滴滴说，"我得——我宁可你这样。你不会反对吧？明天晚上六点，我会在安东尼奥饭店同你见面，要和你再一次坐在那里。然后——我就跟你走。"她向他投去灿烂迷人的笑容，随即走掉了。

当然，这样的惊人之举，需要她使出浑身解数才能做到。洛里森开始头脑发晕，虽然这并不是对他脑力的怀疑。他双手插进口袋，茫茫然信步朝药店窗户走去，费力地琢磨起窗内成药的药名来。

他一回过神来便漫无目的地继续沿街走去，不经意过了两三个街区，不觉到了一条更加招摇的大街。平时他独自漫步，常来到这里。因为这儿开着一排排店铺，做着各类买卖，提供最多的品种供人选择——工艺精湛充满想象的手工艺品，来自不同地带的天然和人工的产品。

他在耀眼的橱窗前溜达了一会儿。窗内陈列着内地巧夺天工的珍品，映衬在密集的灯光下。路人很少，洛里森感到高兴。他不善交际，很久以来，接触自己的同胞，就像触碰坏了的齿轮，那齿轮所处的角度正确，却属于不同的轴心。洛里森已落入一条全新的轨道。厄运给他的打击，犹如某个精巧的玩具，譬如音乐陀螺，旋转时顶端被敲击了一下，结果，转速几乎没有减缓，音调却全变了。

他沿着平静的大街走去，内心不可思议地格外安宁，脑子却异常活跃，思忖着近来发生的事情。娶了朝思暮想的新娘，确信有一种幸福感，但也有些纳闷，自己怎么会缺乏激情。在做新娘的夜晚，她没有什么站得住脚的理由就把他撇下了，这种奇怪的举动，只不过使他隐隐然感到好奇。他再次陷入沉思，心里有一种殷切的宁静，想起了她轻松的职业的种种细节。很奇怪，他的视角似乎发生了变化。

他站在近街角的一个橱窗前，耳根响起了愈演愈烈的叫喊和骚动。他贴近橱窗，给喧闹的来源让出一条路来——一队人拐过角落，朝他这个方向过来。他看到了白晃晃银闪闪的中心人物，以及这人身上醒目的蓝色和闪光的铜饰，看到了跳动的黑色人影，喧嚷着紧随其后。

两个笨重的警察，夹着一个像是上了妆准备演出的女人，那女人穿着及膝的白色柔滑短裙，粉红色的长袜和无袖紧身胸衣，衣上饰有盔甲似的闪光鳞片。在她浅色的头发上，栖息着一顶发亮的铁皮头盔，角度令人发笑。人们立刻明白，这身衣着是豪华芭蕾的发明者迫于竞争而想出的怪招。其中一个警察，胳膊上挂着一个长长的大氅，无疑原是想替他们耀眼的囚犯，遮挡赤裸裸的吸引力。但不知怎的，没有派上用场，倒使闹闹嚷嚷尾随队伍的人高兴不已。

突然，那女人使劲挣扎了一下，迫使队伍在洛里森站着的橱窗前停了下来。只见她很年轻，乍一看，他还上了当，因为她脸蛋儿看似漂亮，但仔细一瞧，却要差得多。她的目光大胆而鲁莽，脸上，青春的轮廓依然可见，但留下了夜生活——老年迹象的忠实传递者——的印记。

年轻女子向洛里森投来毫不收敛的目光，用一种含冤的落难英雄的嗓子呼唤他：

"嗨，你看样子是个好人，来，把我保释出去，行吗？我没有犯什么罪，构不成逮捕。完全是误会。瞧他们怎么待我！帮我脱身你是不会后悔的。想想看，要是你的姐妹，或者你的姑娘，在大街上那么给拖着！我说，快过来吧，行行好。"

尽管她的苦苦哀求并没有说服力，但也许洛里森脸上露出了同情，因为其中一个警察离开女人身边，朝他走来。

"没有关系，先生，"他说，声音嘶哑，口气却很知心。"逮捕她没有错。我们是在接到芝加哥警长的电话后，她在绿光剧院首次作案时逮捕她的。绿光剧院离警署只不过一两个街区。她的装束很糟糕，但她拒绝换掉，或者还不如，"警察笑了笑补充道，"再穿上一些衣服。我想该把事情向你解释清楚，免得让你以为罪名是我们强加给她的。"

"她犯了什么罪？"洛里森问。

"巨额偷窃，钻石。她的丈夫是芝加哥的一个珠宝商。她席卷了钻石橱窗，跟着一个滑稽剧团溜走了。"

这个警察一见整群看热闹的人把注意力都集中到了他和洛里森身上——因为他们的谈论可能引出新的纠葛来——便很乐意增加一点哲理性的评论，算作小小的余兴，来延长这样的局面，以显出他的重要来。

"像你这样的先生嘛，"他和气地接着说，"是决不会注意到的。不过我们的本行，就是观察这种结合——我指的是舞台、钻石和对幸福家庭不满的轻浮女子的结合——会带来什么巨大的麻烦。告诉你吧，先生，自己的女人在干什么，男人白天黑夜都得知道。"

警察微笑着向他道了晚安，回到了在押犯人身边。他们交谈时，那女人密切注视着洛里森的面容，无疑是想看看，他有没有打算救助的表情。此刻，她没有见到这样的表情，却看到了有动向要继续这丢脸的游街。于是她放弃了希望，直截了当地对他说：

"该死的白脸懦夫！你本来是想帮忙的，被那个警察一说，缩了回去。你这个公子哥儿，倒可以结亲。哎呀，要是你还能找到一个姑娘的话，她可快活了。她不让你够得上皇后的格调才怪呢！哎呀呀！"说完，她发出了尖利奚落的笑声，那笑声像锯子一样锯着洛里森的神经。警察们催着那女人往前走，一群随行者殿后，高兴得合不拢嘴。在押的悍妇接受了命运的安排，扩大了咒骂的范围，让听众们都不受冷落。

随后，洛里森的观点来了个一百八十度大转弯。也许是时机已经成熟，长久以来思想的反常状态，将回归正常。不过有一点可以肯定，几分钟之前的事，如果不是刺激了这样的改变，就是为此提供了途径。

警察接近了他，而且态度又很客气。比起这样的事来，起初的决定性影响显得微不足道了。警察同他打招呼的神态，让这个游荡的汉子恢复了原先的社会地位。刹那间，他从一个徘徊于体面社会可疑的小街上，多少令人讨厌的家伙，变成了一个诚实的绅士。这样的人，连高傲的治安维护者，也要同他愉快地互致问候。

这先是驱走了迷住他的魔力，接着又激活了他的心愿：希望回归同类，希望善行得到报偿。他拷问自己，这种虚幻的自责、空洞的克制、道德的苛求，究竟出于什么目的？这一切已使他放弃人生的遗产，以及并非不该得的奖赏。严格说来，他并未被判罪，唯一的歉疚来自思想，而不是行动，更不为别人所知。他这么鬼鬼祟祟，像刺猬那样在自己的影子面前退缩，踯躅于陈腐乃至缺乏活力的荒唐文化人生活圈子，在道德上或者感情上有什么好处呢？

但击中痛处并让他愤怒的，是在押的悍妇所扮演的角色。不到三小时之前，他同一个女人结了婚，而那人跟这个出奇的好斗者竟是一路货色，至少在经历上很相似，据她自己供认，要更为堕落。在当时，这似乎很自然，她似乎值得拥有，而现在，却又显得多么可怕！钻石小偷第二句话在他耳边作响："要是你还能找到一个姑娘的话，她可快活了。"那女人除了凭本能知道，他是她们可以蒙骗的对象，还能有别的什么意思呢？而且警察那番睿智的话仍在回荡，增添了他的痛苦："自己的女人在干什么，男人白天黑夜都得知道。"呵，不错，他一直很傻，竟站在错误立场看问题了。

喧闹声中最嘈杂的音符，是痛苦之手嫉妒击打出来的。此刻，洛里森至少感到了尖利的刺痛——自己越来越热烈的爱，给了个不值得的人。不管她是干什么的，他都爱她。他把自身的命运装在心窝里。蓦地，他的窘境让他感到既烦恼又啼笑皆非。他嘻嘻笑着大摇大摆走去，街面上响起了回音。一种强烈的欲望攫住了他：

要行动！要与命运抗争！他蹲下身来，得意地拍着手掌。他的妻子——在哪儿呢？不过，具体的联系还在，还有一个可以通航的出口，他这条婚姻的弃船，也许还可以安全地拖出去。这个出口就是那位牧师！

像一切性格温顺充满想象力的人一样，洛里森要是惹急了，会非常暴躁。他怒火中烧，脚步折回刚才过来的交叉街道，匆匆地一路走到跟妻子分手的角落。对他来说，"妻子"是个苦涩的念头。

凭着刺激起来的回忆，他记起了那场荒唐的婚姻后走过来的路，继续朝前走，经过一个不大熟悉的地区。他好多次走错了路，再摸索着返回原地，心中怒不可遏。

最后，他终于到了那幢给他带来灾难的黑色大楼，在这里他曾经疯到了极点。他找到了黑色的过道，一路冲过去，却不见灯光和响动，便顿开喉咙大声喊起来。他什么都不在乎了，一心只想找到那个搬弄是非的老家伙。当时那人两眼出神，根本看不到自己所造成的灾难。门开了，罗根牧师站在一排灯光下，手捧着书，手指按着读到的地方。

"呵！"洛里森叫道，"我正要找你。几小时之前，我从你这儿娶了个妻子。我并不想打搅你，但是我一时疏忽，没有注意是怎么回事。能不能请你告诉我，这件事是不是无法挽回了？"

"快进屋来，"牧师说，"楼里还有其他住户呢，你想满足好奇心，他们可宁可睡觉。"

洛里森进了房间，在牧师示意的椅子上坐了下来。牧师的目光殷勤中带着质询。

"我得再次道歉，"年轻人说，"那么快就要为自己不幸的婚姻来打搅你。但我妻子忘了给我留下地址，使我丧失了解决家庭纠纷的合法手段。"

"我是一个很普通的人，"罗根牧师愉快地说，"不知道怎样才能问个明白。"

"请原谅我那么绕弯子，"洛里森说，"我来问一个问题。就在这个房间里，今天夜里你宣布我成了丈夫。后来你又谈到，有些仪式或者活动，也许可以举行。当时我没有注意你说的话，可是现在，我急于听你再说一遍。从现实情况看，是不是我已经成婚，无法挽回了？"

"你们俩合法而紧密地结合了，"牧师说，"就像当着成百上千人在教堂里办的一样。我提到的附加仪式，从严格的法律行为来看，并没有什么必要，推荐给你们是为了防备将来在涉及像遗嘱、遗产之类的偶发事件时产生的纠纷，便于提供证据。"

洛里森发出了刺耳的笑声。

"多谢了，"他说，"那就对了，我该是幸福的新婚男子了。我想我得站在新娘旁，我妻子上街卖淫的时候，会抬起头来看我。"

罗根牧师平静地打量着他。

"孩子,"他说,"一对男女上我这儿来结婚,我总是给他们证婚的。这样做是为了其他人,因为他们即使彼此不结合,也会跟别人结合的。你也明白,我并不想求得你的信任,不过对我来说,你的事似乎毫无兴趣可言。在我所经办的婚姻中,当事人很少有那么快就明确表示反悔的。我只想冒昧问一下:你是否觉得,结婚的时候你爱那个同你结合的女人?"

"爱她!"洛里森急切地说,"从来没有像现在这样爱过,尽管她告诉我骗过人,犯过罪,偷过东西。我从来没有像这会儿那么爱过,尽管她在讥笑上当的傻瓜,二话没说离开了他,回到天知道什么愚蠢的老本行去了。"

罗根牧师没有回答。在随后的沉默中,他坐在那里,平静地期待着,面带微笑,两眼射出柔和的光。

"如果你愿意听的话——"洛里森开腔了。牧师举起手打断了他。

"像我所希望的那样,"他说,"我想你会信赖我。不过等一下。"他取来了一根土褐色的长烟杆,装好烟,点上火。

"请吧,孩子。"他说。

洛里森凑近罗根牧师的耳朵,把积了一年的心里话统统倒了出来。他什么都说了,没有姑息自己,也没有隐去他的过去,那晚的事件，或者他不安的推测和担忧。

"关键，"他讲完后牧师说，"我似乎觉得在于这点——你同这个女人结了婚，你确实爱她吗？"

"为什么，"洛里森大声说，冲动地站了起来，"为什么我要否认呢？看看我吧——我是笨蛋，是色鬼，是禽兽吗？那才是关键，我可以向你担保。"

"我理解你，"牧师说着站了起来，放下烟杆，"你现在所处的情况，对年纪比你大得多的男人的忍耐力是一个考验——说实在的，尤其是年纪比你大得多的人。我会想办法让你解脱，就在今天晚上。你得亲眼看一看，自己到底陷入了怎样的困境，怎样才可能摆脱。亲眼所见胜过任何证据。"

罗根牧师在房间里走动起来，戴上一顶黑色软帽，把外套的纽扣一直扣到脖子，伸手按住了门把手。"我们走吧。"他说。

两人来到街上。牧师朝街道望去，洛里森跟着他穿过一个肮脏的街区，四周的房子高耸在他们头上，歪歪斜斜，一派凄凉景象。不久，他们转入了一条稍微有点活气的小街，那儿的房子要小些，尽管显得很缺乏舒适，却也不见人口更为稠密的偏僻处那种浓缩的悲凉。

在一幢单独的两层楼房前面，罗根牧师停了下来，带着一个熟客的自信，登上了楼梯。他领着洛里森进了一条狭小的过道，过

道上悬挂着一盏布满蛛网的灯，灯泡发出幽暗的光。右侧的一扇
门，几乎立刻就开了，一个衣衫褴褛的爱尔兰女人探出头来。

"晚安，吉亨太太，"牧师说，似乎不经意地转换成了风味独
特的爱尔兰土腔，"你呀，能告诉我吗，诺拉今天晚上是不是又出
去了？"

"呵，是你呀，赐福的牧师！当然我照样可以告诉你。这美
人出去了，跟往常一样，不过稍微迟了一点。而且她说，'吉亨妈
妈，'她是这么说的，'这是我最后一个晚上出去了，今天晚上是
去赞美圣人！'哎呀，尊敬的牧师，这回啊，她穿得像做梦一样可
爱和漂亮！白色的绸呀、缎呀、丝带呀，脖子和胳膊上都挂了饰
带——真是造孽呀，牧师大人，金钱就这么花掉了。"

牧师听见洛里森痛苦地吸了一口气，而他自己轮廓分明的嘴
角，却隐约浮起了笑容。

"行呀，那么吉亨太太，"他说，"我就上楼，看一眼这个痛苦
的孩子。我要带这位先生一起上去。"

"他醒着呢，瘦骨嶙峋的，"这女人说，"刚才我还同他坐着，
给他讲古老蒂龙郡那些有趣的故事，下来才一会儿。他这个小伙子
呀，牧师大人，特别迷故事。"

"毫无疑问，"罗根牧师说，"我想，摇他也不见得让他这么睡
得快。"

对他的回话，那女人尖声表示异议。这时，两个男人上了陡峭的楼梯，牧师推开靠楼顶的一处房间的那扇门。

"是你已经回来了吗，姐姐？"黑暗中一个甜甜的童声带着拖腔问。

"是丹尼老牧师看你来啦，宝贝，还带了一位体面的先生拜访你呢。你倒是迟迟不肯睡，你的表现真丢脸！"

"呵，是丹尼牧师吗？我很高兴。请你把灯点起来好吗？灯在门边的桌上。别像吉亨妈妈那么说话，丹尼牧师。"

牧师点起灯，洛里森看到了一个很小的男孩，剃了个雪橇头，长着一张瘦削稚嫩的面孔，坐在角落的小床上。同时，洛里森的目光很快扫视了一下房间和陈设。房间布置得极为舒适，四周的装饰分明显出一个女人高明的鉴赏力。另一头的一扇门开着，露出隔壁房内的一片漆黑。

孩子紧紧抓住罗根牧师的双手。"很高兴你来了，"他说，"可是为什么夜里来呢？是姐姐派你来的吗？"

"去你的！到了我这样年纪，就像巴利马洪的特伦斯·麦克沙恩[1]一样，还要人派吗？我是为尽职来的。"

----

[1] 英国小说家托比亚斯·斯摩莱特（1721—1771）的小说《罗德里克·兰顿》（1748）中的人物，舰上医生。——译者注

　　洛里森也到了孩子床边，他喜欢孩子。这样一个小不点儿，独自躺在黑洞洞的房间里睡觉，不觉打动了他的心。

　　"你怕吗，小伙子？"他问，在孩子旁边弯下身子。

　　"有时怕，"孩子回答，羞涩地微微一笑，"就是老鼠太闹的时候。不过，差不多每天晚上，只要姐姐出门，吉亨妈妈就来陪我一会儿，给我讲有趣的故事。我不是经常怕的，先生。"

　　"这位勇敢的小先生，"罗根牧师说，"是我这儿的学问家。每天晚上从六点半到八点半他姐姐来接之前，他留在我书房，一块儿探究书里的东西。他知道乘法、除法、分数，还拿爱尔兰大历史学家的编年史来考我，就是克朗麦克诺伊斯的西兰、科勒拉克·麦克兰农和丘恩·奥洛凯恩这些人。"孩子显然已习惯于牧师凯尔特式的打趣。牧师所暗示的学究气，他并不在意，只不过嫣然一笑，表示欣赏。

　　对洛里森来说，那些可能拯救自己的关键问题，紧紧萦绕在脑际，并没有得到回答，但他也无法问孩子。这小家伙很像诺拉，一样闪亮的头发，一样直率的眼睛。

　　"呵，丹尼牧师，"孩子突然叫道，"我忘了告诉你了！从今以后，姐姐晚上再也不走开了！她离开时吻我，祝我晚安时对我说的。她说很幸福，然后哭了起来。那不奇怪吗？不过我很高兴，你呢？"

　　"是呀，小伙子。好了，傻瓜！快睡，说声晚安，我们得走了。"

"哪一件先做呢？丹尼牧师？"

"他又难住我了，千真万确！等我把英格兰人写进塔格鲁奇的编年史再说，就是那个圣徒传记撰写者的编年史。我要教他好多爱尔兰谚语，让他更受尊敬。"

灯灭了。黑暗的房间里，传来了细微而勇敢的道晚安声。他们摸索着下了楼，甩开了喋喋不休的吉享妈妈。

牧师再次领着他穿过幽暗的路，不过这次是朝反方向走。引路者安详沉静，洛里森学着他的样子，很少说话。但他无法安详，心在胸腔里跳动，近乎窒息。他这么跟随着，走在这条又险又走不通的小路上，不知道意味着路的尽头会暴露出什么丢脸的东西。

他们来到一条更为耀眼的街道，可以推测，这里白天的生意很兴隆。牧师再次停了下来，这回是在一幢高楼前，底层的大门和窗户都小心地关着和闩着。高处的窗孔也是黑黑的，只有三楼的窗子里灯火通明。洛里森听见远远传来一阵叩击声，很有规律，也很动听，仿佛上面响着的是音乐。他们站在大楼的一个角上。在离得最近的地方，架着一座铁铸楼梯。楼梯顶端是一个直立的平行四边形，点得很亮。罗根牧师停下脚步，凝神站着。

"我不多说了，"他思索着说道，"我相信你比你自己想的要好，比我几小时之前想的要好。但不要以为，"他微笑着补充说，"我是在夸奖你。我曾答应你，可能让你从不愉快的困惑中解脱出来。

我得修正一下我的允诺。我只能消除增加困惑的秘密，至于解脱，那还得靠你自己。来吧！"

他领着这位同伴上了楼梯。走了一半，洛里森一把抓住他的袖子。"记着，"他喘息着说，"我爱那个女人。"

"你急于想知道。"

"我——往前走吧。"

牧师到了楼梯顶端的平台上。洛里森走在后面，看到亮着的房间有一扇门，那发光的四边形原来是门上半部的玻璃。他们走近门时，节奏很强的音乐更响了，圆润的声音震动着楼梯。

洛里森踏上最高一级楼梯，停步喘息起来。牧师站在一旁，示意他往玻璃门内瞧瞧。

他的目光已习惯于暗处，一时间他只觉得眼花缭乱，过了一会儿才看清很多人的脸和身影，周围是花团锦簇的衣物，奢华地展示着——浪涛般的花边呀、鲜艳华丽的服饰呀、缎带呀、丝织物呀、梦幻般的纺织物呀。这时他才明白刺耳的嗡嗡声是怎么回事，也看到了自己妻子疲惫、苍白、幸福的脸。她像其余二十多人一样，身子伏在缝纫机上——缝呀，缝呀。这就是她干的傻事，也是他追寻的目标。

那时他尽管感到懊悔，却并没有解脱。他羞愧的灵魂，在消停下来，被另一个更好的灵魂替代之前再次颤动了。缎子的闪耀，饰品的微光，让他想起那个珠光宝气、令人不安的泼妇；脚灯的闪光和失窃的钻石，照亮了一样卑劣的历史。这一切都很使他扫兴。他的智慧不足以使自己解脱，他只是准备赞扬或是谴责男人。但这一回他的爱战胜了疑虑。他快步走向前，伸手去按门把手。但罗根牧师动作更快，抓住他的手，把他拖住回来。

"你利用了我对你的信任，你的行为很值得怀疑，"牧师严厉地说，"你打算干什么？"

"我要到妻子那儿去，"洛里森说，"让我过去。"

"听着，"牧师说，紧紧抓住他的胳膊，"我为你提供了这些情况，可是你没有证明你值得我这么做。我想你本来就不打算这样。这，我就不说了。你看到了，在那个房间里，你娶的那个女人在做工，为了给自己挣得一份简朴的生活，给她所宠爱的弟弟提供舒适的享受。这幢楼属于城里头号制衣商。几个月来，这里已经日夜开工，赶着完成狂欢节的服装订单。我亲自为诺拉找到了这份工作。每天晚上，她在这儿苦干，从九点一直忙到天亮。另外，她还把比较精致、离不开细活的服装带回家，白天再干些时候。不知什么缘故，很奇怪的是你们俩对各自的生活都一无所知。现在你相信了吗，你的妻子并不是一个妓女？"

"让我到妻子那儿去，"洛里森叫道，又一次挣扎着，"请求她原谅。"

"先生，"牧师说，"你还欠我什么吗？别说话。上天似乎往往让最好的礼物落在那些学会怎么拿的人手里。听我说下去。你忘了，悔罪者只能企求赎罪，而决不能和最纯粹、最好的人混为一谈。你接近她，用的是编织巧妙的诡辩：双方都有罪，彼此就可以心安理得。她生怕失去心里渴望的东西，便不得不搬出十足的美丽谎言，认为付出这样的代价是值得的。从她出生的那天起，我就认识她了。无论在生活上，还是行为上，她都像圣人那样纯洁和清白。她居住的那条贫贱街道上，她是第一个看见早晨阳光的。她一直在那里住着，过着日子，为他人做出慷慨的牺牲。啊呀呀，你这个无赖！"罗根牧师往下说，愤怒地指着洛里森，"我有些纳闷儿，她为你这样的人甘做傻事，说谎话使自己美丽的灵魂蒙羞，究竟图的是什么？"

"先生，"洛里森颤抖着说，"随你怎么说我都行。尽管你必定怀疑我，我还是一定要证实我对你的感激，对她的忠诚。可是现在，让我同她说句话，让我跪在她脚边，还有——"

"啧！啧！"牧师说，"你想想，像我这样的老书虫能目睹多少幕爱情戏？此外，我们深更半夜偷看女子衣帽的秘密，像什么样子？按你妻子的吩咐，明天同她去见面吧，从今往后，听她的话。也许某一天我会得到宽恕，宽恕我今晚扮演的角色。现在，走吧，下楼去！时候不早了，像我这样的老头也该歇息了。"

怜悯

[爱尔兰]
弗兰克·奥康纳

吴燕泉 译

**作者
简介**

　　弗兰克·奥康纳（1903—1966），爱尔兰的短篇小说家，
主要作品有《弗兰克·奥康纳短篇小说集》和《独生子》（自
传体小说）等。奥康纳以爱尔兰中下层人民为描写对象，把
欧洲现实主义与本土口头传统相融合，创作出现代爱尔兰短
篇小说。他一生出版了多部作品，他的短篇小说被誉为"20
世纪中叶爱尔兰的文化史"。

　　《怜悯》讲述了孩子眼中的怜悯与尊严。

　　译文原载于《世界文学》1987 年第 1 期。

　　丹尼斯的学校坐落在乡村的中心，无论离哪儿都有好几英里[1]。这对教师起码有个好处，因为要是有学生想跑，还没等他到火车站，级长们就已经跟上来了。一次，丹尼斯认识的两个家伙都跑到梅林了。梅林是一个离学校十英里远的小镇。他们想去参加英国军队，可是二人一到梅林就像傻瓜似的住进了旅馆，结果半夜睡在床上就让级长们给抓了回去。据说，回来后，二人跪在大厅的耶稣受难像前被狠狠打了一顿。不过，这事谁也没搞清楚真相。丹尼斯想他们俩一定是受到传闻的启发才那么干的，那传闻说有两个学生真上了一条去英格兰的船，后来再没有消息。不过这是他来之前的事了。那时候逃跑也许比现在容易。他刚到这个学校就听人讲那座塔楼上安有一架望远镜，级长们轮流值班监视想逃跑的学生。

　　当然，这些都是可以理解的，因为这儿的学生都是些农民的孩子，非常粗野。只要有机会，他们就吸烟、赌钱、喝酒。正像妈妈所说，这不是个好学校，可光靠他爸爸给的那点补贴，他又有什么法子呢？他妈妈与他爸爸已经不在一起过了。

　　一天，一个新生走过来和他说起话来。新生叫弗朗西斯·康敏斯，是从邓莫尔来的，丹尼斯的妈妈现在就住在那个镇上。他跟别的学生完全不一样。他显得非常古怪，表情总是那么严肃，大脑

---

11 英里 ≈ 1.609 公里。——编者注

袋和他的身子比起来显得有点不相称，小嘴巴非常能说。看样子，
他家里人是想让他成为一名牧师。可以看得出，他会成为一个很好
的牧师。他从来都不做错事，无论是逃跑、吸烟，还是打牌都没有
他的份儿。他挺有音乐天赋，你只要用口哨给他吹个曲子，他就能
在钢琴上弹出来。

　　连学校里那些粗野的孩子也不去惹他，因为不管你怎么惹他，
他都不会急。对于别人的无礼，他只报以一笑，好像他不相信别
人会是存心的。所以，想让他生起气来结果只会自讨没趣。而且
从第一天起，他就爱和丹尼斯在一起。丹尼斯的伙伴们可不喜欢
他这样，因为无论他们做什么，只要他见了，总要教训他们几句，
完全像个级长。可不知为什么，丹尼斯总觉得难以跟他吵起来。在
这样一个与世隔绝的学校里，一个从自己家乡来的同学在你眼里
总会觉得有点与众不同。伙伴们并不知道丹尼斯想起邓莫尔镇，想
起家，想起玛莎——尽管他以前总跟她吵架——时的感受。他有时
夜里做梦也梦见家，醒了继续想家；那一整天，脑子里没有别的，
全是家。最后他真想倒在床上大哭一场，可那又是不可能的，四十
个学生住一间屋子，床密密麻麻地摆了四排。

　　他能容下康敏斯这样一个懦弱的朋友还有另外一个原因：康
敏斯每个星期都收到家里寄来的一个包裹，里面有罐头肉、罐头
水果、沙丁鱼等各种食品。丹尼斯总是饿，学校的饭最好的时候

量也不够。由于他妈妈没有闲钱，所以他从来不能像其他学生一样早餐加点咸肉片。他爸爸定期来看他，而且总关心地问他过得怎么样。可是丹尼斯受过警告不许向爸爸诉苦。爸爸给他的一两镑钱用不了两天就花光了。他不想家时就想吃的。康敏斯总是和他一起分着吃包裹里的东西。后来，丹尼斯总跟康敏斯要东西吃，自己也觉得害羞了，可是看到康敏斯对于分吃东西跟自己一样高兴，心中又感到某种安慰。康敏斯教训起他来就像个上了年纪的女教师，可在分包裹里的东西时连一块糖也要分给他半块。

"现在我给你一片蛋糕。"他总是用这种令人愉快的、商讨式的口吻对丹尼斯说。

"嗨！得了！"丹尼斯则总是这样吼着，眼睛贪婪地盯着包裹，"你别老把它拿在手里好不好？"

"可如果我现在把包裹给你，你会一下子吃光的。"康敏斯喊道，"瞧，要是我现在给你一片，明天再给你一片，星期日再一片，那你三天都会有蛋糕吃，而不是一天。"

"要是我还饿，那一片顶什么用！"丹尼斯大声说。

"可是你明天夜里又会饿的，"对于他的贪婪，康敏斯绝望地说，"丹尼斯，你这个家伙真怪，总是这个样子：不是撑死就是饿死。若你不改，将会什么也吃不着的。我这么说都是为了你好，知道吗？"

丹尼斯只要跟平常一样得到了蛋糕，并不反对康敏斯为他好而训他的话。康敏斯总是想着为别人好，从这一点就可以看出他一定会成为一个好牧师。不过，有时丹尼斯觉得康敏斯又有点过分了。例如那天吧，他们两人正在牧师的果园外面走过，丹尼斯突然发现周围一个人也没有。而就在此刻，饥饿感像发烧感冒一样搅得他难以忍受。

"康敏斯，看着点！"他说着，爬上了墙头。

"你要干什么，丹尼斯？"康敏斯跟在后面惊恐不安地问。

"我只摘一两个苹果。"丹尼斯说完，从墙头跳下去，跑向前面的果树林。这时，他听到墙那边传来长长的尖叫声。

"丹尼斯！不要偷——苹果！不要偷！请千万不要偷！"

不过，此刻丹尼斯已经爬到长着最大最红的苹果的树杈上。他又听到康敏斯呼喊他的名字，并看到康敏斯也爬上墙头，两腿骑在墙上，眼里真的含了泪水。

"丹尼斯，"康敏斯高声对他喊道，"如果被人抓住，我怎么讲啊？"

"住嘴！你这个傻瓜！否则我们会让人抓住的。"丹尼斯反过来朝他吼起来。

"可是，丹尼斯，这是犯罪！"

"这是什么？"

"犯罪，丹尼斯。我知道这是小罪，可小罪会导致大罪的。丹尼斯，你如果离开这里的话，我把剩下的蛋糕都给你，真的，都给你。"

丹尼斯懒得再回答，不过他怒火中烧了。他把身上凡是能装的地方都装满了苹果，然后又慢慢地从墙上爬过来。

"康敏斯，"他凶狠地说，"你下次再这样，我就宰了你。"

"可这是真的，丹尼斯，"康敏斯使劲攥着自己的手说，"这真的是罪呀！而且你也知道这是罪，你在忏悔时一定要讲这件事。"

"忏悔时我不会讲这件事！若我听到你讲了，我就宰了你。我说话可当真。"

他当时讲的也确是当真的。他对自己的话感到很不安，苹果并没有给他带来什么欢乐。不过，他与康敏斯仍然是朋友，仍然与他分吃包裹里的东西。康敏斯的包裹对丹尼斯来说确实是个不解之谜。他所认识的别的学生最多一个月收到一个包裹，而他自己一学期也未必收到一个。当然，康敏斯的父母开一个小店，对他们来说寄个包裹可能算不得什么，不管怎么说，他们可以用批发价购买东西。不过，即便如此，这仍然是了不起的。可是，他们那么关心康敏斯，为什么又不把他留在家里呢？看起来，他并没有别的兄弟姐妹。丹尼斯自己是个整天跟妹妹吵架、妈妈总离家外出的野孩子，给送到这学校里来是可以理解的，可康敏斯凭什么也这样呢？

这确实是谜。他决定回家时做一番调查。

学期末，康敏斯的父母用车来学校接他，顺便把丹尼斯也带回去。丹尼斯第一次有了机会。老康敏斯是个矮个子、戴眼镜的人，脸上还留了一点灰白的胡须。他的妻子很胖，是个爱说的女人。丹尼斯发现康敏斯非常喜欢他的父母，在父母面前无拘无束。他坐在椅子上，常把一只腿垫在屁股下面，转过身来，一边拉着他妈妈的手，一边回答她所提出的有关学校牧师们的问题。

一个星期之后，玛莎和丹尼斯到康敏斯家喝茶。康敏斯先生头上戴着帽子，站在店铺柜台后面，看到丹尼斯兄妹，便走到楼梯口喊康敏斯太太。她连说带喊地请他们上了楼，把他们领进一间临街的大房间里。丹尼斯和康敏斯拿着康敏斯在圣诞节得到的一把小手枪跑到外面后花园去玩了。那是一把好玩的气手枪，可丹尼斯知道它得花几镑钱。康敏斯的东西都那么好。他还得到了一架风琴。丹尼斯对风琴倒并不眼红，可那把小手枪让他心里感到怪痒痒的。

"把手枪借给咱们玩玩怎么样？开学就还给你。"他恳求说。

"那怎么行呢？我自己还想练习呐。"康敏斯用他特有的幼稚的口气提出抗议。

"你为什么还要练手枪？"丹尼斯问，"当牧师是不能打枪的。"

"你怎么知道？"康敏斯问。

"因为牧师是不许射击任何人的。"丹尼斯说。

"咱们这么办吧,"康敏斯用他通常使用的那种精打细算的方式说,"平时由我来保存,星期六、星期天可以让你玩。"

丹尼斯可不想星期六和星期天玩,他想永远占有这把枪。康敏斯这样一个女孩气的、连枪都不敢打的人竟抓着枪不放,实在让丹尼斯感到意外。

康敏斯太太和三个孩子在前厅喝茶。喝完茶,康敏斯和玛莎去弹钢琴,康敏斯太太和丹尼斯谈起学校的事。

"太好了,丹尼斯,"她说,"你们上这么漂亮的学校,多好啊!"丹尼斯以为她说着玩,便笑了。

"学校的校园,还有里面的楼房多好!你喜欢大厅的彩色玻璃窗吗?"丹尼斯可从未专门注意过彩色玻璃窗,不过现在提起了,他隐约有点印象,便点点头表示同意。

"是啊,肯定不错。学校里还有教堂,你什么时候喜欢都可以去。听弗朗西斯说你们那儿还有好看的电影。"

"噢,是的。"丹尼斯答道,可心里想,甭管什么时间,他宁愿花三便士到外头的电影院去看。

"另外,你们的老师都是牧师,这一点尤其好,不像这边的学校,多是些乡下老粗。啊,丹尼斯,我特别喜欢墨菲神父,他就是一位圣人,你知道吗?"

"是,他非常圣洁。"丹尼斯说,不过他心里在问:她要是见到他手里提着棍子，满脸通红地在教室里追逐学生，又吼又叫的样子，是否还会认为墨菲是一位圣人呢？

"嗯，当然非常圣洁了，"康敏斯太太继续叽叽喳喳地说，"还不仅这些，我的孩子。你们在学校里交的都是些有教养的懂规矩的朋友，不像这儿镇上的那些野小子。你看，我就不愿意让弗朗西斯出去跟街上的那些畜生鬼混。"

听到这话，丹尼斯哑巴了。在邓莫尔镇可难得碰上像从科克来的科贝特兄弟，或从克莱尔来的巴雷特那样的野小子。不过，他可以感到康敏斯太太是认真的。他回家后，把这次串门的所见所闻都告诉了妈妈。妈妈的取笑更使他相信自己的猜疑是对的——康敏斯太太确实无知。她和她丈夫都是小店主，只习惯待在那样一幢立在一排房屋中间的小房子里，看到学校有点气派的校园、池塘、网球场，就喜欢死了。他们以前见到铁道附近的那些有钱人住宅时的心情大概就是这样。难怪他们以为那是天堂，而这一点恰恰给丹尼斯心中的谜团做了解释。他们可并不像他自己的妈妈一样，想把小康敏斯打发走，他们送他走可能心疼得很，可为了让儿子去享受他们小时候没有享受到的这一切优越条件，只好送他走。可是，他们让这些表面的东西给欺骗了；不过，尽管妈妈对他们持嘲笑态度，但丹尼斯对康敏斯父母还是充满怜悯之心的。

但对于康敏斯本人，丹尼斯仍有不解之处。他知道如果自己也跟康敏斯一样是个独生子，而且父母都在身边，那他绝不会让他们这么久都蒙在鼓里的，他自己也会很快就离开那个肮脏的宿舍，离开那个鬼地方。起初他认为康敏斯可能也觉得那所学校不坏，这样，出自一种利他主义的热情，他感到有必要把情况如实地讲给康敏斯太太听，可后来一想又觉得康敏斯不可能跟他父母一样也是受蒙骗的。他虽说是个懦弱、呆板的孩子，但在他身上并不缺少乡村孩子特有的那种机灵劲儿，他还是能够看透人的。他并不糊涂，他很可能是在宽容这一切，把这种宽容看作自己的责任；或出于职业的考虑，他认为人生就是如此，是苦海。他想家时或有同学嘲弄他时，可能就去教堂向上帝祈祷。这对丹尼斯来说，似乎有点奇怪，因为他自己想家或生气时，总是在黑灯之后趴在床上哭一通，哭是完全不出声的，怕旁边的同学听到。

　　他竭力想让妈妈知道康敏斯父母的慷慨大方，便把风琴、手枪和每周寄给康敏斯一个包裹的事都告诉了她，心中抱着一线朦胧的希望：他妈妈会对他大方一点。可是他妈妈只说爱尔兰的小业主们有了钱就烧得难受，不知怎么花掉它们才好。她还说只要他爸爸如数给她理应得到的补贴，他就有可能去上爱尔兰最好的学院，在那种学院里，他只会与那些知识分子的孩子们交往。

　　尽管她这么说，可在他返回学校之后，还是出现了一个变化：他也收到了一个包裹。打开之后，他发现凡是他跟妈妈提到过的食品，里面全有。在此后很长一段时间里，他一直感到非常羞愧。爸爸没有把该给妈妈的钱都给她，这可能是真的。她现在给他寄包裹来，完全是靠她自己省吃俭用挤出来的钱。当然，他现在也能够在那些父母没有如此大方的同学面前炫耀一下了。这总是一种安慰。

当天晚上，他碰到了康敏斯，他那张胖胖的圆脸正在朝他微笑。

"你要什么东西吗，丹尼斯？"他问，"如果你需要的话，我这里有一个包裹。"

"今天我自己也有包裹了，"丹尼斯自豪地说，"你喜欢桃子吗？我这里有。"

"可别现在一下子都吃光，"康敏斯滑稽地尖声说道，"要不你明天就没有吃的了。"

"呵，那有什么关系？"丹尼斯耸耸肩膀说，然后像是乱扔似的把他包裹里的东西送给他的朋友们，以酬报他们的友情，也送给他素日的对头作为安抚。第二天晚上，他就又和平时一样一无所有了。

"喔，丹尼斯，"康敏斯关心地但又无可奈何地说，"你这家伙可真拿你没办法。我告诉过你会像现在这样的。你若什么也留不住，长大了怎么过日子？"

"呵，老兄，"丹尼斯窘迫间装出一副大人物的样子说，"你等我长大了瞧吧。"

"我现在就知道将来怎么样，"康敏斯说着，难过地摇了摇头，"比你再强的人到头来都是走投无路。我们将来成为什么人取决于我们现在的品行。你愿意学钢琴吗？我可以教你。"

康敏斯是个天生的牧师，不过尽管丹尼斯知道他的话有一定的道理，但说教对他不会起什么作用的，他就是这种人。时间一天天一周周地过去了——反正都一样：节俭惯了的康敏斯总是让他在收到新包裹之前天天都有吃的。

约一个月后，丹尼斯当着他那伙同学的面打开那个星期收到的包裹。安东尼·哈蒂也站在一旁，跟别人一起睁大眼睛看着。哈蒂来自克莱尔，是个又吝啬又讨厌的家伙。他因为从来都没有收到过任何东西，所以对每个收到包裹的人都非常妒忌。

"小子，你去年没收到一个包裹，可怎么现在你老是收到，真奇怪。"他猜疑地问道。

"这只是因为我妈妈从前不知道我这里伙食这么差。"丹尼斯充满信心地大声回答。

"奇怪的是她不自己写包裹上的地址，这……"哈蒂冷笑着说。

"哈蒂，你这是什么意思？"丹尼斯攥紧拳头，向他凑过去说，"你是不是哪里痒痒了？"

"我是说包裹上的字与信封上的字不一样。"哈蒂指着包裹上的标签回答说。

"那有什么奇怪的？"丹尼斯大喊道，"我想那是店老板的字。"

"我看上面的字很像康敏斯包裹上的字。"哈蒂说。

"那又怎么了？"丹尼斯问，他心中不免有点惊恐，"我想可能是我妈在他家店里订购的，不行吗？"

"我没说不行，"哈蒂用一种低沉的语调轻蔑地说，"我只不过怎么想就怎么说罢了。"

丹尼斯不相信他的说法，不过此刻他对包裹已经失去了兴趣。他把它放回床头柜，然后一个人离开宿舍，一声不响地走进小树林。那天是星期二，天气阴沉沉的。他从兜里掏出钱包，里面有妈妈和玛莎的照片，还有妈妈寄来的两封信。他把信从头到尾看了一遍，里面一点也没提到包裹的事。他对哈蒂的说法仍不相信，他的解释是妈妈想让他感到意外。不过，一想到还存在另一种可能性，他的心都乱了。他不能跟任何人谈这件事。晚上熄灯之后，他躺在床上，心情烦躁不安，翻来覆去不停地叹着气。他越翻腾，越清楚地感到包裹是康敏斯家寄来的，而不是他妈妈寄来的。

他从未像现在这样感到羞辱。包裹自然给他以欢乐，但更为重要的是包裹表明了妈妈对他的深切关心。这种想法曾给他带来巨大的精神鼓舞，尽管这一点他以前并没意识到。他对妈妈从未有过这样深沉的爱，可现在所有这些爱都一下子化为乌有了。他意识到自己现在很恨她，但他更恨康敏斯一家。他知道自己以前很同情弗朗西斯·康敏斯，他懦弱、呆板，他的父母只不过是一对可怜的愚昧无知的乡下小店主，他们连学校好坏都分不清。可是他们却一直在可怜他丹尼斯，因为没有人像康敏斯父母关心康敏斯那样关心他。他可以清楚地想象出康敏斯一家三口在议论他，议论他爸爸妈妈时的样子，就像他妈妈和他在议论他们家时一样，唯一不同之处是不管他们多么无知，他们的看法是对的。是他，而不是康敏斯，应该受到怜悯。

"喂，你怎么啦？"旁边床上的同学问他——房子里的床排得那么挤，大家连谁小声抽泣都能听到。

"我怎么也没怎么。"丹尼斯从牙缝里挤出这几个字来。

第二天，他把包裹里剩下的东西都包起来，拿到康敏斯的宿舍。他本想放下东西就走，可康敏斯在那儿，坐在床上看书，丹尼斯只好说两句话：

"康敏斯，这是你的东西，你再这么做，我就宰了你！"

"我做什么啦，丹尼斯？"康敏斯从床上站起来，大喊说。

"你让你妈给我寄包裹。"

"我没让她寄，是她自己要寄的。"

"就是你让她寄的。谁要你这个卑鄙的奸细管我的闲事！"

"我不是奸细，"康敏斯说，越来越不安了，"你需要吃的东西，我并没——不过，那又有什么害处呢？"

"有害处！你以为我妈不如你妈好，是吗？一个臭老板娘！"

"我没这么想过，丹尼斯，"康敏斯激动地说，"真的，我没这么想过，我从来没有说过你妈妈一句坏话。"

"他对你干了什么啦，小子？"一个同学装作站在康敏斯一边，问丹尼斯。

"他让他家里人给我寄包裹，好像我自己需要吃的没人给寄似的。"丹尼斯无法控制自己了，大吼道，"我可不需要他那些破包裹。"

"可那也值得哭？"

"谁哭啦？"丹尼斯喊起来，"我没哭，我要揍他，揍你，揍这宿舍里最有劲儿的！"

他停了一会儿，等待着应战者，可是别人只是好奇地望着他。他一个箭步冲出房子，因为他知道尽管他自己想忍住，实际上还是哭了。他径直跑到厕所，坐在便桶上大哭起来。学校里谁要哭的话，那里是唯一可以哭的地方，唯一可以不受人干扰的地方。他哭了，因为他觉得自己的秘密过去一直保守得很不错。除了他自己，谁也不知道他并不是个硬汉子。可是自从康敏斯来了，这秘密终于暴露了。

从那以后，他再也不跟康敏斯好了，当然这并非像康敏斯所想的是因为他对他怀有怨恨，这仅仅是因为对他说来，和康敏斯好就会活像他是一丝不挂地、赤条条地生活着似的。

经典作品的危险

[法国]
鲍里斯·维昂

徐家顺 译

作者简介

　　鲍里斯·维昂（1920—1959），法国小说家、剧作家、诗人。出生于法国的上塞纳省，1939年进入中央高等工艺制造学校，毕业后当过工程师，一边工作，一边从事文学创作和音乐活动。1959年，他因肺气肿英年早逝。在短短一生中，维昂创作了大量诗歌、长短篇小说、戏剧、歌剧、音乐剧；翻译了美国、德国、爱尔兰、瑞典作家的一些小说、戏剧，公演时受到广泛好评。代表作有：《岁月的泡沫》《我唾弃你们的坟墓》《北京的秋天》《蚂蚁》等，戏剧作品有《创建帝国的人们》《全部屠宰》和《将军们的点心》，去世后发表诗集《我不愿死》。维昂的诗歌、小说和戏剧有超现实主义、新小说派和荒诞派戏剧的影响。他的作品在他去世后才得到读者的赞赏和评论家的重视。

　　译文原载于《世界文学》2002年第6期。

电子钟敲了两下，我吓了一跳，我好不容易从脑子里旋风般闪过的一幕幕景象中摆脱出来。此外，我有些吃惊地发现我的心跳加速了。我脸红了，急忙合上书：这是一本第二次世界大战前、积满尘土的旧书：《你和我》。我了解这书中对主题的描写赤裸而大胆。到那时为止，我一直犹豫着要不要去读。我发现我的慌乱既来自书本，也来自钟点和日期。那一天是一九八二年四月二十七日星期五。我像往常一样，等着我的培训生弗萝兰丝·洛尔。

这一发现使我惊讶得说不出话来。我一向豁达大度；不过，不该由一个男人首先表示爱情，我们应该时时处处保持适合我们性别尺度的谨慎态度。然而，经受住精神上最初的震动后，我开始思考——终于我给自己找到了辩解的理由。

把科学家，尤其是把女人想象成权威且外形丑陋，是一种先入为主的偏见。当然，女人比男人更有从事研究工作的禀赋。在某些行业中，相貌起着决定性的作用，比方说演员，相对来说，美女的比例要高些。然而，如果我们把这问题往深里探究一下，就会很快发现，总的来说，漂亮的女数学家并不比聪明的女演员稀少。诚然，女数学家比女演员多。无论如何，在挑选培训生的抽签上面，我得天之助。虽然到这天为止，我心里丝毫不慌乱，可是我已经认识到——极客观地——我学生的某些魅力。这说明我现在的激动不是毫无道理的。

另外，她像往常一样很准时，两点零五分到达。

"你可真美呀！"我说，我对自己这么大胆感到惊奇。

她穿一件闪闪发亮的浅绿色紧身衣，朴素大方。这衣服肯定是一家高档服装厂的产品。

"你觉得漂亮吗，鲍勃？"

"很漂亮。"

我不是那种爱挑剔颜色的人，即使是对实验服这种惯常的女装也不挑剔。我不顾冒犯人的风险，我甚至承认穿裙子的女人并无什么唐突之处。

"我很高兴。"弗萝兰丝调皮地说。

我白白比她年长十岁，弗萝兰丝硬说我们看起来年龄相仿。因此，我们之间的关系与一般师生关系略有不同。她对我像对朋友。这使我有点尴尬。当然，我可以剃去胡子，剪掉头发，摆出一位一九四〇年生的老学者的模样，可是，她说，那样一来，我就带着女人腔，丝毫引不起她的敬意。

"你的仪器安装得怎样了？"她问。

她指的是总局委托我解决的一个相当棘手的电子问题，我很满意，当天上午刚刚解决。

"完成了。"我说。

"妙极了！运转正常吗？"

"明天再谈这事吧。"我说，"星期五下午是给你上课的时间。"

她略一犹豫低下了头。没有什么比一个腼腆女人更叫人为难的了。她知道这一点。

"鲍勃……我想求你一件事。"

我觉得很不自在。说真的，男人撒娇非常可爱，女人应该避免撒娇。

她接着说："你给我说说，你干的是什么工作？"

这回轮到我犹豫不决了。

"请听我说，弗萝兰丝……这工作极端机密……"

她把手放在我胳膊上。

"鲍勃……这些机密，实验室的任何一名清洁工并不比……嗯……天蝎座 a 星[1]最优秀的间谍知道得少。"

"这难以想象。"我沉重地说。

几星期以来，电台一直播放弗朗西斯·洛佩斯全球轻歌剧《天蝎座 a 星大公爵夫人》的歌曲，真腻味死人了。我，我讨厌小舞

---

1 这是一颗质量极大的恒星，直径为太阳的四万倍，距离地球二百五十光年。——译者注

厅的音乐。我只喜欢古典音乐，勋伯格[1]、埃林顿公爵[2]或樊尚·斯科托[3]。

"鲍勃！请给我解释一下，我想知道你干的是什么活儿。"

又是一阵沉默。

"得了，怎么啦，弗萝兰丝？"我说。

"鲍勃，我爱你……非常爱你。所以，你一定得告诉我你在干什么。我要帮助你。"

瞧，多年来，人们在小说中读到的感情激动的描写，在她初次表白爱情时，终于发生在我身上了。在我身上，这比我过去想象的情形令人更加慌乱，更加陶醉。我看着弗萝兰丝，看她明亮的眼睛，看她那一九八二年流行的发型——红棕色短发。说实在的，我以为她会把我搂在怀里，我不反抗。过去，我取笑过那些爱情故事。我心里有一头小鹿突突地乱撞，我觉得我的手发抖。我费劲地咽口水。

"弗萝兰丝……男人不应该让人对他说这种话。我们谈别的事吧。"

她走到我身边。我没来得及做任何表示，她搂抱住我，亲了我

---

1 勋伯格（1874—1951），美籍奥地利作曲家。——译者注

2 埃林顿公爵（1899—1974），美国爵士乐作曲家。——译者注

3 樊尚·斯科托（1876—1952），法国作曲家。——译者注

一下。我觉得天旋地转，我跌坐在椅子上。我感到既突然，又有说不出的愉快。我为我自己的反常举止脸红。我又一次吃惊地发现，弗萝兰丝坐在我腿上。这一下，我的舌头变得活跃起来。

"弗萝兰丝，这不文雅，站起来，要是有人进来……我多丢人。站起来！"

"那你给我看你的实验？"

"我……哎！……"

只得让步。

"一切。一切，我都给你解释，你先站起来。"

"我知道你是体贴人的。"她一面站起来一面说。

"不过，"我说，"你太过分了，你得承认。"

我嗓音发抖。她温情脉脉地拍我的肩膀。

"得了，亲爱的鲍勃，开放一点儿。"

我忙不迭谈起技术问题来。

"你记得最早的电脑吗？"我问。

"是一九五○年的电脑吗？"

"再早一点，"我校正说，"那是一些用来计算的机器，相当灵巧的计算机，你记得很快就给它们装上了专门的管子，准备用来储存各种概念的管子？静电记忆管？"

"这在小学就学过。"弗萝兰丝说。

"你记不记得一九六四年前后，勒斯勒尔发现，容量小得多的人脑适时地浸泡在营养液里，在一定的条件下能实现同样的功能吗？"

"我还知道一九六八年，这方法又被布伦和勒诺的超级自动闭合器所取代。"弗萝兰丝说。

"好，"我回答道，"人们把这些不同的机器联结到所有的控制装置上，而'控制装置'本身，是人们在许多年制造叫作机器人的工具过程中衍生出来的。这些机器有一个共同点，你能告诉我是什么？"

我身上老师的成分占了上风。

"你眼睛真美，"弗萝兰丝答道，"像鸢尾草上的星星。"

我后退了。

"弗萝兰丝，你在听我说吗？"

"我在好好地听。这些机器的共同点，就是它们只能根据用户提供给内部装置的指令进行运算。人们不向它提确定问题的机器，是没有首创性的机器。"

"为什么不试着给它们输入意识和推理能力？因为人们发现，只要给它们输入最基本的发射功能，它们就染上比科学家更坏的怪癖。你到市场上买一个小乌龟电动玩具，就会看出来最早的电发射机器的毛病：易怒，古怪……总之，有了脾气。因此，人们很快对这一类仅仅为了阐明某些脑功能、很难存活的自动装置失去了兴趣。"

"亲爱的老鲍勃,"弗萝兰丝说,"我乐意听你说教。你知道你多么令人厌烦。我在低年级就学过这些。"

"你呢,你令人难以忍受。"我严肃地说。

她看我。我发誓,她在取笑我。我羞于承认,可是我真想她吻我。我接着讲下去,好掩饰我的慌乱。

"渐渐地,现在人们努力把有可能对各种控制装置起作用的、可资利用的反射线路引进到机器里面,不过人们还没有试着给机器输入一种普遍的文化,说实在的,我还没有感觉有这种必要。不过,碰巧总局要我设计的线路使得机器记忆构件能储存大量相当高级的概念。事实上,你现在看到的这种模型,要用于获取一九七八年十六卷拉鲁斯百科全书的全部知识。这机器几乎纯粹是知识型的,具有简易的控制装置,可以依靠它本身的功能移位,获取物品,加以辨认。必要时,可以提供解释。"

"可以让它干什么呢?"

"这是一台行政管理机器,弗萝兰丝,它可以为弗洛尔菲纳[1]大使做礼仪顾问。根据《墨西哥公约》,这位大使下个月将派驻巴黎。只要大使向它求教,它可以就法国文化方面的广泛问题

---

1 弗洛尔菲纳是作者虚构的一个国家。——译者注

给出标准答案。在任何情况下，不管是参加泊利梅加德隆[1]的洗礼，还是欧亚帝国皇帝的某个宴会，它都能给他指出下一步要采取的方案，为他解释是什么问题，应如何应对。自从世界法令颁布法语作为奢侈的外交语言以来，人人都想有机会炫耀渊博的学识。因此，对于没有足够时间学习的大使来说，这种机器弥足珍贵。"

"如此说来，"弗萝兰丝说，"你要给这么可怜的小机器灌输十六大本拉鲁斯！你是个可怕的行刑者。"

"这是不得已而为之，"我说，"它应该吸收一切。如果给它灌输一些片面的知识，它可能会具有一只有足够意识的老乌龟那样的性格。那么，是什么样的性格呢？无法预见。只能在它什么都了解的情况下，它的行为才能沉着、镇静。只有在这个条件下，它才是客观的、不偏不倚的。"

"不过，它不可能什么都了解呀。"弗萝兰丝说。

"按照适当的比例，它什么都掌握一些就够了。"我解释说，"拉鲁斯使我们有近似的客观性。这是一部冷静地写出令人满意的作品的范例。照我的计算，我们应该能制造出一台完全正确、合理、相当有教养的机器。"

---

1 泊利梅加德隆是作者创造的词，意思是"数百万吨"。——译者注

"太好了！"弗萝兰丝说。

她像在嘲笑我。显然，我的同事中有些人解决了更为复杂的问题。不过我也对一些不完善的体系进行推论。总不至于就这么干巴巴的一句："太好了。"女人往往想不到，这种吃力不讨好的驯化工作多么使人扫兴。

"这机器怎么运转？"她问。

"啊，这是一个普通的体系，"我有点伤心地说，"一架普通的阅读器。只要把书推进入口孔，机器就能阅读、记住一切。这是极其普通的。知识吸收进去后，自然可以拆除阅读器。"

"鲍勃，请你开动这机器，行吗？"

"我很想为你开动，"我说，"但是我没有拉鲁斯百科全书。明天晚上我才能拿到这套书。这之前，我什么也不能让它学，那会使它出现差错的。"

我走到机器旁边接通电路，红色、绿色、蓝色的控制灯断断续续地亮起来。供电电路发出轻微的嗡嗡声，不管怎么说，我觉得有些飘飘然。

"把书放在这儿，"我说，"推动这手柄，机器就开动了。弗萝兰丝，你干什么呀？……"

我要拉闸，可是弗萝兰丝拦住我。

"只试一试，鲍勃，过一会儿可以洗掉。"

"弗萝兰丝，真拿你没办法！这是洗不掉的！"

她把我那本《你和我》扔进孔里。推动手柄。现在，随着书一页一页地翻过去，我听见阅读器急促的嘀嗒声。十五秒钟内就读完了。书出来了，经过吸收、消化，毫发无损。

弗萝兰丝饶有兴味地看着。突然，她吓了一跳。扬声器几乎是情意绵绵地窃窃私语起来：我需要表白，解释，传达，人们完全感觉得到人们会说的……

"鲍勃，这是怎么回事？"

"嗨，"我生气地说，"它什么也不懂……现在，它要不停地背诵保尔·热拉尔迪[1]的《你和我》。"

"鲍勃，那它为什么自言自语？"

"谈情说爱不都是这样吗？"

"我要是问它点事呢？"

"咳，不行！"我说，"别问，让它安静会儿，你已经把它折腾得够呛了。"

"哼，你真够啰唆的！"

机器发出催眠般的嗡嗡声，极其温柔，它好像在清嗓子。

---

1 保尔·热拉尔迪(1885—1983)，法国诗人、剧作家，《你和我》是他1913年的诗集。——
   译者注

"机器，"弗萝兰丝说，"你感觉如何？"

这次，机器发出的是热烈的爱情表白：

> *啊，我爱你！我爱你！*
>
> *你可听见了！我发疯似的爱你……我如醉如痴地……*

"嘿！"弗萝兰丝说，"够大胆的！"

"那个时代，就这么说的，"我说，"男人先向女人表白爱情，亲爱的弗萝兰丝，我向你发誓，他们是够大胆的……"

"弗萝兰丝！"机器若有所思地说，"她叫弗萝兰丝！"

"这不是热拉尔迪书里的话！"弗萝兰丝争辩说。

"那么说，你压根没听明白我的解释？"我有点生气地指出来，"我造的不是一台鹦鹉学舌的机器。我对你说，它里面有一大堆新的来复电路和一个全频语音存储器。这样它就能运用存储器里的资料创造出合适的答案……困难的是使它保持平衡，你刚才给它输入的爱情玩意儿把它搞垮了，就好比你给一个两岁的孩子吃牛排。这机器还是一个孩子……你刚给它吃了熊肉……"

"我已经不小了，知道怎么对待弗萝兰丝。"机器干脆提出来。

"它能听懂话。"弗萝兰丝说。

"不错，它能听懂话。"

我越来越生气了。

"它能听见，它能看见，它能说话……"

"我还能走路！"机器说，"不过，接吻？我知道是怎么回事，可是我不知道用什么接吻。"它沉思地接着说。

"你什么也别用，"我说，"我要切断你的电路，明天我给你换几根管子，叫你好看。"

"你这讨厌的大胡子，"机器说，"我对你毫不感兴趣。你让我的接触点安静一会儿。"

"他的胡子漂亮极了。"弗萝兰丝说，"你真没教养。"

"也许是吧，"机器猥亵地笑着说，使我毛发倒竖，"可是，关于谈情说爱，我可是略知一二……我的弗萝兰丝，你过来一点……"

　　　　因为，我每天要对你说的事情，

　　　　你明白，是无法表达的，

　　　　若不用声音、眼神、姿势、微笑……

"你试着微笑一下。"我讥讽地说。

"我能笑！"机器说。

它又发出淫荡的笑声。

"不管怎么说，"我生气地说，"你别鹦鹉学舌地背诵热拉尔迪了。"

"我一点也不鹦鹉学舌，"机器说，"证明就是，我可以骂你是蠢货、笨伯、笨蛋、呆子、蠢材、傻瓜、坏蛋、阿木林、糊涂虫、白痴……"

"咳！够了吧！"我抗议说。

"我之所以照搬热拉尔迪，"机器接着说，"那是因为谈情说爱谁也比不上他，还因为我喜欢。等你学会像那家伙一样向女人求爱时，你也学给我看看。你让我安静一会儿。我在和弗萝兰丝说话呢。"

"你放文明些，"弗萝兰丝对机器说，"我可是喜欢有教养的人。"

"你可以对我说'放文明些'，"机器提出来说，"我倒觉得我有男子气概。噢，你住嘴。"

> 让我给你脱掉胸衣
> 亲爱的，你想告诉我的事情
> 我已经预先知道。嗯，你过来！
> 脱掉衣服，快过来。
> 我们交颈而眠。
> 表达爱情而不受骗的最好办法
> 是赤身裸体、互相搂抱。

别赌气，宽衣解带吧。

我们的身体会不胜欣喜。

"喂！你住不住口。"我气愤地抗议。

"鲍勃！"弗萝兰丝说，"你看，这些莫名其妙的东西？唉……"

"我去切断它的电路，"我说，"我不能忍受它跟你胡说八道。有些话可以在书中读到，但是不好说出口的。"

机器不响了，接着，它喉咙里发出呜呜的声音。

"别碰我的电路！"

我毫不迟疑地走过去。机器没有说一句挑衅的话，径直向我扑过来。我向旁边一闪，可钢架狠狠碰到我的肩膀，它又发出那下流的声音：

"那么，你是爱上弗萝兰丝了吧？"

我躲在钢制办公桌后面揉肩膀。

"快跑，弗萝兰丝，"我说，"快跑，别等在这儿。"

"鲍勃，我不愿意让你一个人留在这儿……它会伤害你的。"

"不要紧的，不要紧的，"我说，"你快出去。"

"如果我愿意的话，她可以出去。"机器说。

它作势要向弗萝兰丝扑过去。

"快跑，弗萝兰丝，"我又说，"赶快跑。"

"我害怕，鲍勃。"弗萝兰丝说。

她飞快地跑到办公桌后面，来到我跟前。

"我要和你在一起。"

"我不会伤害你的，"机器说，"大胡子要倒霉。啊，你吃醋了！啊，你想切断我的电路。"

"我不要你！"弗萝兰丝说，"我讨厌你。"

机器慢慢地后退，积蓄力量。突然间，它用它马达的全部力量向我扑来。弗萝兰丝狂叫起来。

"鲍勃！鲍勃！我害怕！……"

我敏捷地坐在办公桌上，同时把她拉到我跟前。机器撞在桌子侧面。桌子滑到墙边，猛地撞到墙上。房子震动起来。天花板上的砾料掉下来一块。如果我们仍旧留在桌子和墙壁之间的空地上，我们早已被砸成两段了。

"幸亏，"我喃喃地自言自语说，"我没有安装更强的控制装置。你就在这儿等着。"

我把弗萝兰丝抱到办公桌上。她刚刚差点被机器碰到。我站着。

"鲍勃，你要干什么？"

"我不必大声说出来。"我回答道。

"行。"机器说，"你再试试，切断我的接触点吧。"

我看着它后退。我窥视着。

"你气馁了！"我讥笑说。

机器发出愤怒的吼叫声："是吗？我叫你尝尝我的厉害！"

它向办公桌冲过来。这正是我所希望的。它正要撞上办公桌，把它压垮，好来攻击我时，我跳起来抓住它头顶部。我用左手拔掉它露在顶端的供电缆，另一只手使劲儿够手柄。我头上挨了一下。机器用阅读器的摇臂反击我，企图置我于死地。我痛得呻吟，使劲儿拉手柄。机器狂叫起来。我还没来得及弄清楚是不是抓住了，机器像一匹疯马似的抖动起来。我像一粒子弹似的从它顶部抛出来跌倒在地上。我感到腿部一阵剧痛。我于朦胧之中看见它向后退，要结果我的性命。然后，天旋地转，一片黑暗。

我苏醒过来时，发现自己正躺在地上，头枕在弗萝兰丝腿上。我感觉复杂：腿疼痛难当，可是嘴唇上无比温柔。我感到异常激动。我睁开眼睛，看见弗萝兰丝的眼睛在我眼前。她在吻我。我又一次晕过去。这次，她打我耳光，我立刻醒来了。

"弗萝兰丝，你救了我的性命……"

"鲍勃，"她对我说，"你愿意娶我吗？"

"亲爱的弗萝兰丝，不是我向你求婚，"我红着脸回答说，"是我高兴地接受。"

"我切断了接触点，"她说，"没有谁听我们说话了。鲍勃……现在，你愿意不愿意……我不敢向你要求……"

她失去镇定，实验室房顶上的灯光照得我眼睛刺痛。

"弗萝兰丝，我的宝贝，你说话吧……"

"鲍勃……给我念热拉尔迪的诗……，"

我觉得我的血流得更快了。我两手搂住她美丽的秃脑袋，鼓起勇气吻她的嘴唇。

"把灯罩压低一点……"我喃喃地念道。

在中途换飞机的时候

[法国]

安德烈·莫洛亚

罗新璋 译

作者简介

安德烈·莫洛亚（1885—1967）是法国著名传记文学作家，法国近代文化名人，法兰西学院院士，他的大量作品属于法兰西优秀文化之列，并被翻译成多种语言，在世界各地广为传布。莫洛亚早年曾师从哲学家阿兰，毕业后曾作为工厂主管理工厂，一战后进入文坛，写下大量脍炙人口的传记文学作品。

《在中途换飞机的时候》，循名考实，题目本身就不无浪漫意味。果然，我们看到一位俏丽的法国少妇，飞赴美国成婚途中，飞机因技术故障推迟起飞，便和一位在候机时邂逅的英国男子，跑了半个伦敦城，相与作了竟夕谈，使她的人生道路为之一变。"明日隔山岳，世事两茫茫。"而这良辰难再的夜晚，便成了她终生难忘的美好回忆。正如罗新璋先生他的作品中所写："一切伟大的爱，像机场偶遇这类难得而又难忘的爱，终归带点传奇色彩。真正美好的情感可使人超乎日常生活的凡俗。莫洛亚借另一主人公之口说'爱情能予人某些美妙的瞬间，唯其短暂，需要期待，人生才有价值。'"

译文原载于《世界文学》1978年第2期。

"我一生中最离奇的事？"她反问道，"真叫人难以回答。早先我生活里倒是有过些故事的。"

"难保现在就没有吧。"

"噢，哪里。韶华已逝，人放明白多啦……也就是说，感到需要安静地休息休息了……现在，晚上一个人，翻翻过去的信件，听听唱片，就很心满意足了。"

"还不至于没人追求你吧……你还很媚，说不出是人生阅历，还是饱经忧患，在你容貌之间，增添着凄艳动人的情致……不由人不着迷……"

"看你多会说……不错，爱慕我的人现在还有。可悲的是，无论如何也不信了。男人我也算看透了。噢，没有得手的时候，是一片热忱，过后，就是冷淡，或是嫉妒。我心里想，何必再看一出戏呢，结局不是可以料到的吗？但是，年轻的时候，就不这样。每次都像遇上卓绝的人物，不容我有半点游移。真是一心一意……喏，就说五年前，认识我现在的丈夫郝诺时，还有一切重新开始之感。他个性很强，几乎带点粗暴。优柔寡断的我，着实给震撼了一下。我的担忧、焦虑，他都觉得不值一提。我真以为找到了什么救星。倒不是说他已经十全十美，修养、风度，都还有不足之处。但人非常厚实，这正是我所欠缺的。好比抓着个救生圈……至少，当时是这样想的。"

"后来就不这样想了？"

"你很清楚。郝诺后来大倒其运，反要我去安慰他，稳定他的情绪，坚定他的意志，要我去保护他这个保护人……真正坚强的男子，太少了。"

"你总认识个把这样的吧？"

"嗯，见过一个。噢，时间不长，而且是在非同寻常的境况下……嗒，刚才你问我生平最离奇的事，这算得一桩！"

"那你说说看。"

"我的天！看你提的什么要求？这可得在记忆深处搜索一番……而且说来话长，可阁下又老是这样匆忙。你有工夫听吗？"

"当然有，现在就洗耳恭听。"

"好吧……说来有二十年了……那时，我是新寡。我的第一门婚事，你还记得吧？为了讨父母高兴才嫁的人，他年纪比我大多了。是的，我对他也不无感情，但是，是一种近乎子女对长辈的感情……性爱，跟他，只是尽尽义务，以示感激，谈不上什么情趣。过了三年，他就去世了，给我留下了颇为优裕的生活条件。突然之间，家庭的羁绊、丈夫的保护，都没有了，一下子自由自在了。自己的行为、未来，都归自己做主。可以说，不算虚夸，我那时还相当俏丽……"

"何止俏丽。"

"随你怎么说就怎么说吧……总之，我颇能取悦于人。不久，追着我脚后跟求婚的，都可以编班成排了。我看中一个美国年轻男子，叫贾克·帕格。法国人中，颇有几个可以算得是他的情敌，跟我有同样的情趣，更能博得我的欢心，奉承话也说得悦耳动听。相比之下，贾克书看得很少，音乐只听听布鲁斯与爵士之类，美术方面完全是趋附时尚，天真地以为这样不会错到哪里去。至于谈情说爱，他很不高明。确切说来，是压根儿不会谈。他的所谓追求，就是在看戏看电影时，或月夜在公园里散步时，握着我的手说'你太美好了'。

"他或许会使人感到沉闷……然而不，我宁愿跟他一起出去。觉得他稳当、坦率，给人一种安全感，后来，跟我现在的丈夫结识之初也有这种感受。至于其他几位朋友，他们对自己的意向都捉摸不定。愿意做我的情人，还是丈夫？从无明确的表示。而跟贾克，就不这样。明来暗往，连这种念头他都感到厌恶。他要明媒正娶，带我到美国去，给他生几个漂漂亮亮的孩子，像他一样卷曲的头发，笔挺的鼻梁，说起话来慢条斯理、带点鼻音，最后也像他一样纯朴。他在家族的银行里当副行长，或许有一天会当上行长的。总之，生活上不会短缺什么，还会有辆挺好的汽车。这就是他对人生的看法。

"应当承认，我当时很受迷惑。想不到吧？其实，很合我的习性。因为我自己很复杂，实实在在的人反倒觉得亲近。我跟家里人总处不好。到美国去，就可以远走高飞，一走了事。贾克是到巴黎分行了解业务来的，待了几个月就要回纽约。临行前，我答应去美国跟他结婚。请注意，我当时并不是他的情妇。这不是我的过错。倘若他有所要求，我会让步的……但他始终不逾规矩。贾克是美国天主教徒，品行端正，要在第五大道，圣派特力克大教堂，堂堂正正地结婚。男傧相身穿燕尾服，纽扣上系着白色康乃馨，女傧相长裙曳地……这套排场，我还会不喜欢吗？

　　"当初说定，我四月份去，由贾克代订机票。我本能地以为，乘法航飞渡大西洋是顺理成章，无须叮嘱的。临了，却收到一张巴黎—伦敦、伦敦—纽约的机票，是美国航线的。当时美航还不能在我们这里中途降落。不免感到小小的失意。但你知道，我生活上并不挑剔，与其重新奔波，不如随遇而安。按规定是傍晚七时飞抵伦敦，在机场用晚餐，九点钟再启程赴纽约。

　　"你喜欢机场吗？我有种说不上来的感触。比火车站要干净、时新得多，格调颇像医院的手术室。陌生的噪音，通过广播，声音有点异样，不大容易听明白，召唤着一批又一批的旅客奔赴奇方异域。透过落地长窗，看着庞大的飞机升降起落，好像舞台上的布景，不像是现实生活，然而不无美感。我用毕晚餐，安安生生坐在英国那种苔青色皮椅里。这时，喇叭里广播了长长一句通知，我没听清，只听出纽约两字和班机的号次。我不安起来，朝四下里张望一下，只见旅客纷纷起身走了。

"我旁边坐着一个四十上下的男子，长相很耐人寻味。清瘦的神态，散乱的头发，敞开的领子，使人想起英国浪漫派诗人，尤其是雪莱。看着他，我心里想：'是文学家，还是音乐家？'我很愿意飞机上有这样一位邻座。他看到我突然惊惶起来，便用英文对我说：

"'对不起，太太，你乘632号航班走吧？'

"'不错……刚才广播里说什么？'

"'说是由于技术故障，飞机要到明天早晨六点才飞。愿意去旅馆过夜的旅客，航空公司负责接送，大轿车过一会儿就到。'

"'真讨厌！现在去旅馆，明天五点再起来！多烦人……你打算怎么办？'

"'噢，我么，太太，幸亏有位朋友在这里做事，就住在机场。我的车子存在他车房里，这就去取了开回家。'

"他略一沉吟，又说：

"'或者不如这样……趁这段时间去转一圈……我是制作大风琴的，不时要到伦敦几个大教堂给乐器校音……想不到有这么个机会，还可以跑两三个教堂。'

"'深更半夜，教堂你进得去吗？'

"他笑了一笑，从口袋里掏出一大串钥匙。

"'当然！而且主要靠夜里，这样试琴键和风箱，才不至于打搅别人。'

"'你会弹吗？'

"'尽量弹好吧！'

"'那一定很优美，大风琴的和声飘荡在寂静的夜空里……'

"'优美？那说不好。我虽然喜欢宗教音乐，弹大风琴算不得高手。只是深感兴味，倒是真的。'

"说到这里，他迟疑了一下。

"'是这样，太太，我有个想法，或许很冒昧……彼此素不相识，我也没有值得你信任的理由……倘愿奉陪，我带你一起去，然后再送你回来……想必你是音乐家吧？'

"'是的，何以见得？'

"'你像艺术家的梦一样美。这不会看错。'

"说真的，他的恭维，颇有动人心弦的力量。此人有种不可思议的威仪。和陌生男人夜游伦敦，并非谨慎之举，这我知道，也隐隐感到可能要冒点什么危险。但我压根儿没想到要拒绝。

"'行吧，'我说，'这旅行包怎么办？'

"'跟我的一起搁在车子的后备厢里吧。'

"那晚去的三个教堂是什么样子，我那位神秘的同伴弹的是什么乐曲，我都说不上来。只记得他搀着我顺着转梯盘旋而上，从彩色玻璃里射进来的月光，以及超凡入圣的音乐。我听出来，其中有巴赫、莫扎特、亨德尔，但我相信，更多的时候是我那位向导在即兴演奏。那才动人心魄！像是痛苦的灵魂在滔滔不绝地倾诉，接着是上天的劝解，抚慰着一切生灵。我都感到有点陶醉。我向这位大艺术家请教名姓，他自称彼得·邓纳。

"'你该很有名气吧，'我说，'你很有天分。'

"'别这样想。这样的辰光，这样的夜晚，时机使然，你才生出这样的幻觉。说到演奏，我平平而已。但是，信念给我以灵感，而今晚，更由于你在我身旁。'

"这样的表白，我既不觉得惊讶，也不感到唐突。跟彼得·邓纳这样的人在一起，不用多久，就会油然而生一种相亲相近之感……他不像是这个世界的人。跑完三个教堂，他口气挺平常地说：

"'现在刚半夜，还得等三四个钟点。愿不愿意到我寓所去坐坐？我给你做炒鸡蛋。我那里还有点水果。明天早晨，管家妇一来，就什么都带走了。'

"我蓦地感到很幸福。既然对你毫无隐讳，那就坦白说吧，我当时心里迷迷惘惘的，希望这个夜晚，成为新的爱情的开始。在感情方面，我们女人比男人更容易受仰慕之情的支配。出神入化的音乐，歌声荡漾的夜晚，黑暗中给我引路的那温暖而紧握的手，所有这一切，都在我情绪上酝酿着一种朦胧的欲求。只要我这同伴有愿望，我就会听任他摆布的……我这人就是这样。

　　"他的寓所不大，到处是书。墙壁是一色蛋青白，上面加了一圈淡灰色的边。让人很惬意。我马上有宾至如归之感，摘下帽子，脱下大衣，要帮他到小厨房准备夜宵。

　　"他回绝道：'啊，不用，我弄惯了。你自己找本书看看。过几分钟，我就回来。'

　　"我找出一本莎士比亚《十四行诗集》，念了三首，与我当时亢奋的心情十分贴切。过一会儿，彼得走进房里，在我面前放张茶几，端来吃食。

　　"'很可口，'我称赞道，'我很高兴……刚才真的饿了。你真了不起！什么都做得很好。跟你一起生活的女子，一定很幸福！'

　　"'可惜没有什么女子跟我一起生活……我倒很愿意听你谈谈你自己。你是法国人，没错吧？要到美国去？'

　　"'嗯，跟一个美国人结婚去。'

　　"他既不觉得惊讶，也没有不高兴。

　　"'你爱他吗？'

　　"'我想应当爱他，既然把他当成终身伴侣，

　　"'这可不成其为理由，'他接口说，'有些婚姻是听之任之，不知不觉中慢慢进行的，虽则并不十分情愿。一旦发觉终身已定，就

无法急流勇退了。于是一生就此断送……我不该说这些丧气话，何况对你为什么做这样的抉择还一无所知。像你这样品性的女性，眼光当然错不了……不过，使我惊奇的是……

"他顿住不说了。

"'只管说……别怕触犯我。我头脑一直很清醒……就是说，对自己的行为，最善于从局外来观察，来判断了。'

"'好吧，'他接着说，'最使我惊奇的，倒不是那美国人能讨你喜欢——美国人中不乏出类拔萃的人，有的甚至极令人佩服——而是你愿意跟他出国过一辈子……到了那里，你真会发现一个新大陆，价值观念很不一样……或许这是英国人的偏见……或许你未来的丈夫很完美，你们夫妻可以自成天地，对周围社会无须多介意。

"我凝神想了片刻。不知什么缘故，觉得跟彼得·邓纳的这番交谈至关重要，应当把自己最微妙的想法确确凿凿地说出来。

"'别这样想，'我说，'贾克并不是完人。离开亲切熟悉的环境，心灵上留下的空乏，我相信他也是弥补不了的……这是无疑的……贾克是个可爱的男子，为人诚恳，可以做个好丈夫，就是说不会欺骗我，他叫我生几个壮实的孩子。但是，除了孩子、工作、政治，和朋友的逸闻，我们之间就很少有共同感兴趣的话题了……这意思，你一定懂得。不是说贾克不聪明，作为金融家，算得机敏的了。对于美，他有某种天生的直觉，趣味也可以……只是诗歌、

绘画、音乐，在他看来没什么要紧，从来不去想的……难道真的那么重要？说到底，艺术只不过是人类活动的一个方面。'

"'当然，'彼得·邓纳说，'一个人完全可以善于感受而不喜欢艺术，或者说不懂得艺术……而且，比起扰扰攘攘的附庸风雅，我倒反而喜欢老老实实的漠然态度。但是，像你这样的女性，自己的丈夫……不是至少应当具有那种细腻的心理，对生活在他身边的人，能够体会到她隐秘的情绪？'

"'他不会想得那么远……他就是喜欢我，也说不出所以然来，更不会去推究一个底蕴。他自信能使我幸福……有个勤勉的丈夫，住在豪华的公园街，出入有一流的汽车，有精悍的黑奴供使唤，这她母亲会挑选，她是弗吉尼亚州人。作为一个女人，除此之外，还有什么可企求的？'

"'不要这样挖苦自己，'他说，'自我解嘲，总意味着心有不甘。拿来对待应该相爱的人，就会伤害感情……是的……那就严重了。解救的办法，在于对男人真的非常温存，非常宽厚。几乎所有人都那么不幸……'

"'贾克难道也是不幸的？我可不信。他是美国人，跟社会很合拍，而且当真认为他那个社会是世界上最好的社会。他有什么可忧虑的呢？'

"'不用多久，就得为你忧虑了。因为你，他会感知什么叫痛苦。'

"不知这么讲你能否领会，那天晚上，处于我那种心境，一切都会言听计从的。说来有点异乎寻常，半夜一点，我在一个英国人家里对坐晤谈，而这英国人是几小时前刚在机场认识的。更奇怪的，是我把关于我个人的生活、未来的计划，都推心置腹地告诉了他。而他居然给我不少劝告，我也都毕恭毕敬地听取，真是令人诧异。

"而事情就是这样。彼得心地善良，望之俨然，彼此虽然陌生，心里却很泰然。他并没拿出先知或传道的架势，不，完全不是这样。他平易近人，毫不做作。我出语滑稽，他就哈哈大笑。我能感到他直截了当、有种严肃的生活态度，这是世界上最难能可贵的……是的，正是这样……直截了当、严肃的生活态度……这意思，你明白吧？大多数人，是所说非所想，说话都带弦外之音。表露出来的想法，往往遮掩着另一种想法，那是讳莫如深，不愿别人知道的……要不然，就是不假思索，信口开河。彼得的为人，颇像托尔斯泰作品中的某个人物，说话能鞭辟入里。这点给我印象很深，不禁问道：

"'你身上有俄国血统吗？'

"'这是什么意思？你问得很奇怪。不错，我母亲是俄国人，父亲是英国人。'

"我对这个小小的发现，颇感得意，接着又问：

"'你还没结婚？从来没结过婚？'

"'从来没有……因为……说来你会觉得高傲……那是想留以有待，为了某种更伟大的……'

"'伟大的爱？'

"'是的，伟大的爱，但不是对某个女人的爱。我觉得，在人世可悲的一面之外，还存在着某种非常美的事物，值得我们为之而活着。'

"'这事物，你已找到了，在宗教音乐里，是不是？'

"'是的，也在诗里。正像在《福音书》里一样。我愿自己的一生，像宝石一样晶莹纯净。请原谅我这样说，这样夸大其词……这样不符合英国人的谈吐习惯……但我感到，你都能很好……很快理解……'

"我立起身来，走去坐在他脚边。何以如此呢？我也说不上来，只觉得当时不可能有别样的做法。

"'是的，我很理解，'我说，'跟你一样，我觉得把我们唯一宝贵的财富，把我们的生命，过得庸庸碌碌，浪费在无聊的事情和无谓的争吵上，简直愚蠢之至。我愿一生所有时刻，都像现在这样在你身旁度过……这当然是不可能的……我也无能为力……我会随波逐流，因为那样最省力……我将是贾克·帕格夫人，学会打牌，把高尔夫球打得更好，得分更多，冷天到佛罗里达州去过冬，就

这样，年与时驰，直到老死……你或许会感慨系之，多么可惜……话也有道理……但又有什么办法呢？'

"我把头靠着他膝盖。此时此刻，我是属于他的……是的，占有并不说明什么，倾心相许才是一切。

"'有什么办法？'他诘问道，'你要能左右自己，干吗要随波逐流？要善于游泳。我的意思是，你有决断，有魄力……不，不，是这样的……再者，也不需要作长期奋斗，你就能掌握自己命运。人生中不时有些难得的时刻，凡事一经决定，就能影响久远。在这种关键时刻，应该有勇气表示赞成——或反对。'

"'照你意思，我现在就处在这种关键时刻，应该有勇气说不？'

"他轻轻抚摸着我的头发，很快又把手挪开，仿佛陷入了沉思。

"'你给我出了个难题，'他终于开口说，'我刚认识你，对你，对你的家庭、你未来的丈夫，还一无所知，有什么资格给你劝告呢？很可能大错特错……不应当是我，应该由你，自己做出回答。因为只有你自己才最清楚对这门亲事寄予什么希望，知道会带来什么结果……我能做的，就是提醒你，照我看来，想必也是你的看法，要关注事由的根本，向你提问：你是否有把握，这样做不至于扼杀你身上最美好的东西？'

"这回，轮到我深长思之了。

"'唉！正好相反，我拿不准。我身上最美好的东西，就是对崇高的向往，就是献身的渴望……小时候，我曾想做圣女或巾帼英雄……现在呢，我愿为值得钦佩的男子献身，如果力所能及，就帮他实现他的事业，完成他的使命……如此而已……我这些话，从来没有对别人说过……为什么对你说呢？我也不知道。你身上有点什么，使人愿意吐露衷曲——感到放心。'

"'你说的"有点什么"'，他解释道，'就是不存私心。一个人只有不再为自己谋求通常所说的幸福，或许才能恰如其分地去爱别人，才能获得另一种方式的幸福。'

"这时，我做了个大胆的、近乎疯狂的动作。我一把抓住他的手说：

"'那么，为什么你，彼得·邓纳，没有得到你那真正的幸福呢？我也刚认识你，但我觉得，你正是我冥冥之中一直在寻找的那个人。'

"'别这么想……你此刻看到的我，与现实生活中的我，不是一回事。无论对哪个女人，我既不是理想的丈夫，也不是如愿以偿的情人。我过分生活在内心世界。倘若有什么女性生活在我身旁，从早到晚，从晚到早，每时每刻要我照应，而且也有权利要我照应，那我会受不了的……'

"'你照应她，她也照应你呀！'

"'话是不错的，我不需要别人照应。'

　　"'你觉得自己是强者，可以单枪匹马，闯荡人生……是吗？'

　　"'更确切地说，我这强者，只是可以和所有善良人一起去闯荡人生……跟他们一道去创建一个更明智、更幸福的世界……或者退一步说，是朝这方面去做。'

　　"'有个伴侣，就会愉快得多。当然，彼此应当志同道合。但是，只要她爱你……'

　　"'光凭这点还不够……我看到的女人不止一个啦，钟情的时候，梦游似的跟着所爱亦步亦趋。一旦醒来，吓了一跳，看到自己原来站在屋顶上，危险之至！于是，只有一个念头，就是赶紧下来，回到日常生活的平地上……男人出于怜爱，也就跟着下来。于是，像通常所说，他们建立一个家园……人生的斗士，就这样给解除了武装！'

　　"'那你愿意孤军奋斗喽？'

　　"他不无温柔地搀我起来，说道：'真不好意思说出口来，实际的确如此……我愿意孤军奋斗。'

　　"我叹息道：'太遗憾了！为了你，我都打算抛弃贾克了。'

　　"'还是把贾克和我都抛弃了吧！'

　　"'为谁？'

　　"'为你自己！'

　　"我走去拿起帽子，对镜戴上，彼得帮我穿大衣。

　　"'是的，该走了，'他说，'机场很远，宁可比乘大轿车的先到。'

　　"他走进厨房，把灯关上。出门之前，似乎出于克制不住的冲动，突如其来地把我搂在怀里，不胜友爱地紧紧抱着。我毫无抗拒的意思：遇到什么能主宰我的力量，我会乐意顺从的。但他很快松开手，开门让我出来。在街上找到他的小汽车，我上去坐在他旁边，默无一言。

　　"天在下雨。夜的伦敦，街面凄清。过了好一会儿，彼得才开口。沿路是一排排低矮的屋舍，他跟我描述里面住户的景况，他们单调的生活，可怜的乐趣和希冀。他说得绘声绘色，倒很可以成个大作家呢。

　　"之后，车子开进郊外工厂区。我那同伴不言不语，我也在一旁想心事。想明天到达纽约该是怎样的情景。经过这样激动人心的夜晚，贾克无疑会显得可笑起来。突然，我喊了一声：

　　"'彼得，停车！'

　　"他马上刹住车，问道：'什么事？不舒服吗……还是有东西忘在我家里了？'

　　"'噢，不是。我不想去纽约……不想去结婚了。'

　　"'你说什么？'

　　"'我考虑好了。你使我睁开了眼。你说，人生有些时刻，凡事一经决定，就会影响久远……现在正是这样的时刻，我打定主意，

决计不嫁贾克·帕格了。'

"'这个责任，我可担当不起。我自以为给了你一个忠告，但很可能说错。'

"'错不了。更主要的，是我不至于弄错。现在看明白了，我几乎要铸下大错，所以不打算走了。'

"'谢天谢地！'他情不自禁地喊了出来，'总算有救。原来那样下去，真会不堪设想。但是，你不怕吗，回巴黎做何解释呢？'

"'怕什么？我父母，朋友，对我这次远行都很惋惜。说我去结婚是头脑发昏……我翩然归去，才叫他们喜出望外呢！'

"'那么帕格先生呢？'

"'噢，他会难过几天，或几小时。觉得自尊心受了伤害，但他会宽慰自己：跟这样任性的女人在一起，或许烦恼正多着呢。反倒会庆幸破裂发生在结婚之前，而不是在结婚之后……不过得立即发份电报，免得他明天去接我，白跑一趟。'

"汽车又开动了。

"'现在怎么办？'他问。

"'照样去机场，飞机在等你呢。我么，乘别的飞机回国。梦做完了。'

"'一场美梦。'他接口说。

"'一场白日梦。'

"到了机场，我直奔发报处，拟了一份给贾克的电文：'考虑再三，婚事欠妥，甚憾。很爱你，但无法适应国外生活，坦率望能见谅，票款另邮奉还，不胜缱绻，玛姗尔'。完了又看一遍，把'无法适应国外生活'改为'无法生活国外'，意思一样清楚，却省了两个字。

"我发电报时，彼得去打听飞机起飞的时刻。他回来说：

"'一切顺利，或者说，很不顺心：机件修好了。二十分钟里，我就得动身。你要等到七点钟。很过意不去，要把你一个人留下来。要不要给你买本书消遣消遣？'

"'噢，大可不必，'我说，'这些事够我想半天的了。'

"'你准保不后悔吗？现在还是时候，电报一发，就为时已晚了。'

"我不理会，径自把电报递给邮局职员。

"'飞机起飞后再发吗？'职员问。

"'不用，立即就发。'

"说毕，我伸手挽着彼得。

"'亲爱的彼得，我感觉就好像是送老朋友上飞机。'

"这二十分钟里，他说的话，我都转述不了。总之，是为人处世的至理名言。你有一次说，我具有男子的美德，堪称忠诚无欺的朋友；这些溢美之词，如有对的地方，那是得之于彼得。临了，扩音器响了：'去纽约的旅客，第632号航班……'我把彼得一直送到上飞机的入口处。我踮起脚尖，嘴对着嘴，像夫妻一般跟他吻别。自此一别，就再也没有见到他。"

"一直没见面！什么缘故，你没有留地址给他？"

"留是留了，但他从未来信。想必他就愿意这样闯入别人的生活，指点迷津后，就飘然他去。"

"而你，后来去伦敦，也没想到要去看看他？"

"何苦呢？如他所说，已把自己最好的奉献给了我。那天晚上这种妙境，说什么也不会再现的了……不是吗？这样已经很好……良辰难再，人生中太好的时刻，不要再去旧梦重圆……说这段奇缘，是我生平最离奇的事，不无道理吧！使我人生道路改弦易辙，留在法国而没去美国，对我一生影响至大的人，竟是个素昧平生、在机场相遇的英国人，你说妙不妙？"

"这倒有点像古代传奇，"我说，"神仙扮作叫花子或外方人，来到人间……但说穿了，玛姗尔，那陌生人并没使你有多大改变，你后来还不是嫁了郝诺，而郝诺，只不过是异名异姓的贾克罢了。"

她出神想了一会儿，说道：

"可不是！人真是禀性难移，但总可以变好一点吧。"

地下有蛇

[韩国]
金重赫

薛舟 译

作者简介

　　金重赫（1971—　）是韩国20世纪70年代出生的作家当中比较有代表性的作家，2000年在《文学与社会》发表作品，登上文坛；2006年出版的小说集《企鹅新闻》就显示出他的鲜明特点。他关注身边微不足道的微小事物，致力于寻找隐藏于城市表面之下的神秘世界。他语调多变，富有幽默感，善于在小说中挥洒过剩的想象力。他赋予寻常事物和日常生活以神奇和新鲜感，克制而又张力十足的叙述令人忍俊不禁。如果说他的第一部小说集《企鹅新闻》关注事物，第二部小说集《乐器的图书馆》则关注声音，第三部小说集《1F/B1》致力于空间，金重赫稳步走来，视角越发扩张，视野日趋开阔。除上述作品外，金重赫还著有长篇小说《MR.单轨列车》《僵尸》，散文集《说什么都行》《被迫快乐到底》《一切都是歌》等。

　　译文原载于《世界文学》2014年第6期。

地震造成的死伤者超过 200 人。死亡名单无法确认。电视新闻以沉痛的语调重复着"超过 200 名市民……"这只是推测和预想。播音员的声音和画面播出的哀号相互重叠，有时被掩盖。女人和孩子们尖利的哭声听起来格外真切。声音低沉的男记者反复强调，地震强度 6.8 级，震源深度为 25 公里，这是有史以来强度最大的地震。没有更多的话语，只是重复同样的信息。每次追加新信息，重复内容也随之增加。死者至少超过 50 人，啊，预计达到 70 人，受伤人数更多。谈话中加入了明确的信息。

郑敏哲一边看电视一边吃饭，刚用筷子夹起泡菜，身体却僵住了。画面上出现了熟悉的村庄。虽然是熟悉的村庄，可是已经有些认不出了。像因不满意而撕掉的照片，曾经熟悉的村庄四分五裂。碎片无法全部呈现于画面，显得很不连贯。如果电视画面有村庄那么大，也许就能看到连续的风景了。画面继续摇晃，画面中的风景也在不停摇晃。灾害本部说还会有几次余震。画面摇晃是否因为余震则不得而知。郑敏哲想，也许那里的人们都在摇晃吧。米肠汤馆的客人们叹息着继续吃饭。坐在柜台前的老板紧握遥控器，张大了嘴，目不转睛地盯着电视。

郑敏哲走出饭馆，坐在公园椅子上。他想给金佑宰打电话，同时必须考虑到他不接电话的情况。可能因为其他事情而不接电话，也可能不愿意接电话；可能看到液晶屏上显示出他的名字而不接，

也可能受伤了，不是金佑宰受伤，而是周围有人受伤；可能周围
有人受伤了，必须要用电话，也可能手机在地震中摔坏了，还有
可能是通话量太大而无法接通。无论理由如何，反正金佑宰不接电
话的瞬间，郑敏哲的担忧开始了。郑敏哲设想了太多太多的情况，
以至于想不起最早想到的是什么情况了。

郑敏哲注视着抓在手里的电话。他从通讯录里找出金佑宰的号
码，看着发呆。手机屏上映出蔚蓝的天空。蓝天之中突然跳出父亲
的名字。郑敏哲接起电话。父亲很吃惊，看来他也看了地震新闻。
电话接通了，却又很长时间不说话。

有朋友受伤吗？

爸爸的朋友当中有受伤的吗？

我呀，我是跟女人私奔的人，哪里还有朋友啊。

故乡嘛。

是啊，故乡这东西，跑出来就回不去了。

您还是跟朋友们联系联系吧。

店里有客人吗？

嗯，凑合吧。

什么凑合？必须忙起来才能活下去。你啊，什么事都这么马马
虎虎，这样能经商吗？

知道了。

你不能光嘴上说知道。

我先挂了。

郑敏哲挂断电话，用大拇指擦拭手机屏上的灰尘，手指的油垢反倒留下了滑腻的污渍。他继续擦拭，试图消除油垢，然而污渍却变得更复杂了。他只好用衬衫衣角擦干净手机。

"小子，你可不能忘了老朋友。"

仿佛听见了金佑宰的声音。金佑宰每次打电话都会这么说。既多情，又让人腻烦。听起来像是为朋友着想，更多时候却是教训的语气。

五年前，也就是郑敏哲二十五岁的时候，他们家搬到了首尔。搬家前几天，村里的朋友们为他办了欢送会。金佑宰与平时判若两人，话格外多。他屡屡提议干杯，喝了很多酒。他忧郁地说朋友们好像都远走高飞了，等到晚年大家都回到故乡，组成个小村庄怎么样。别的朋友也都喝醉了，纷纷应和。"经常联系啊，再忙也不能忘了朋友。"金佑宰酩酊大醉，反复说着同样的话。

郑敏哲犹豫良久，终于给金佑宰打了电话。电话没通。郑敏哲想，白打了。他想象着自己从早到晚抓着手机，直到电话接通，直到听见金佑宰声音的样子。也许是通话量太大才会这样，也许这会儿正有很多人都在拨打电话。尽管这样想，心里的焦虑却没有消失。

自从搬到首尔后，五年来郑敏哲从没回过故乡。有时是不想回，有时的确没时间。为了生存，只能努力工作。郑敏哲先是进了生产计算机硬盘的公司，两年后辞职出来，到某公寓区商街开了家很小的电脑店，销售鼠标、键盘等耗材，有时也上门维修电脑，还能处理扫描、复印、传真等业务。每天早晨 7 点开门，直到午夜12 点都要守在店铺。早晨为中学生复印学习笔记，11 点左右完成需要上门修理的电脑。下午有顾客提着笔记本电脑来维修，晚上会有很多前来购买 USB、内存条等耗材的顾客。

趁着顾客稀少的夜晚，郑敏哲开展了梦想已久的游戏开发。尽管他也曾梦想开发出震惊世界的角色扮演类游戏，然而现在，他的梦想已经缩小到简单的手机游戏。梦变小了，实现起来还是不容易。确定游戏规则，设置游戏角色，同时学习制作应用游戏的方法，每天晚上都孜孜不倦地创造着崭新的世界。正是因为规律的白昼世界和充满变数的黑夜世界的不规则，郑敏哲才没有时间感到无聊。

回到店里，郑敏哲浏览着网上的地震新闻。网站也好，论坛也好，到处都是与地震有关的报道。专业科学记者关于地震发生原因的报道和地震专家关于地震带移动的专栏，以及"我们也不处于地震安全地带"的采访报道，充塞了人们等待伤亡快讯的焦躁时间。郑敏哲同样焦急。读了几行内容，然而大部分都不知所云，难以理解。什么板块构造论，什么古登堡不连续面，看过几个艰涩的术语，渴望了解地震的心情也消失了。

"地底下生活着比山还大的蛇。"

很早以前听奶奶讲过的故事突然冒出来，覆盖了电脑屏幕。

"哎，怎么可能那么大啊，奶奶真能吹牛。"

原本躺着的小敏哲抬起头来，倔强地回答。奶奶用手心轻轻地按着孩子的额头，让他重新躺下。

"小鬼，你听说过地震吗？"

"嗯，学校里学过。地震的时候大地摇晃，房屋倒塌。"

"如果地底下的蛇扭动身体，全世界都跟着摇晃。哐，哐，哐，蛇要是跳起来，谁也拦不住。"

"蛇为什么要扭身体啊？"

"生气呗。"

"为什么生气啊？"

"嗯，听着，那是很久很久以前的事了。像山那么高的地底下住着很多蛇。有一天，那些蛇……"

听着奶奶的声音，郑敏哲进入了梦乡。每个假期都是这样。每天晚上奶奶都会给他讲奇妙的老故事，然而留在郑敏哲记忆里的却不多。他只是清晰地记住了那种氛围。灯火熄灭的乡下老屋黑暗而沉寂，奶奶的声音仿佛从地下冒出来，完全不像地上的声音。正是因为奶奶，只要想到地震他就会联想到地下的蛇，想到妖怪就会联想起胶鞋，看见盘子就会想到玻璃，看见老虎就会想到豆糕。

　　随着网络快讯的增加，这场重大灾难的真实面貌也慢慢浮出水面。准确的事故地点是哪里、多少人遇难、当前情况如何等等，迅速飞来的消息渐渐拂去掩盖真相的尘埃，地震造成的大量尘土也被逐渐清扫。直到夜晚，郑敏哲都在浏览网页。发生地震的分明是自己生活过的地方，现在还有他的朋友们，然而恐惧感却不真切。

　　地震发生于郑敏哲的故乡正中央。那只是有着十五万人口的小城，可是市区的重要设施很密集，因而地震造成的损失更大。电影院所在的五层商厦受灾最为严重，银行、超市等场所都出现了很多受伤者。金佑宰的服装店就在五层商厦的隔壁。虽然没有亲自去过，只用手机问过位置，却已经很清楚了，可见市区有多大了。金佑宰曾经打电话说："你不是问店在哪儿吗？我们常去的烤肉店和昌范水饺店之间有个胡同，还记得吗？进了胡同，左手边第一栋楼的一层就是了。明白了吗？"只是听说，却像并肩站在那儿似的了。郑敏哲继续给金佑宰打电话，还是不通。

　　四年前，金佑宰在电话里说自己要开服装店的时候，郑敏哲心情复杂。他本想先道贺，然而最先涌上心头的却是嫉妒。他把嫉妒压向内心深处，勉强表示祝贺。打电话的整个过程当中，嫉妒情绪很不安分，总是冷不丁地向外冒。每当听到金佑宰兴致勃勃的声音，他真想甩掉手里的话筒。郑敏哲不想暴露自己的嫉妒，当然也不能暴露。刚刚打完电话，嫉妒之情便爆发了。郑敏哲仔细审视自己的嫉妒情绪。嫉妒的理由显而易见，因为柳英善。只要想到金佑宰和柳英善并肩而立的场面，郑敏哲就如芒刺在背。心里想着两个人往衣架上挂衣服或者装饰店铺的样子，额头热辣辣的。他真想抓起什么摔个粉碎，于是扔掉了放在桌子上的键盘。他都想好了，如果有突然上门的客人问他为什么发火，他就回答说，"啊，键盘里有灰尘，甩一甩"。没有客人。

郑敏哲曾经目睹过金佑宰和柳英善接吻的场面。那天三个人喝酒，郑敏哲刚从卫生间回来，正准备走进酒馆。他只好到外面抽支烟打发时间。他妈的！脏话情不自禁地蹦了出来。他往地上吐了口唾沫。几分钟后郑敏哲进入酒馆，借口家里有事就走了。回家的时候，他依然骂不绝口，恶狠狠地踢着路边的垃圾。两人接吻的场面在郑敏哲的脑海深处定格为背景画面，很长时间都无法消除，直到现在还是栩栩如生。

郑敏哲离开故乡那年，金佑宰和柳英善结婚了。他认为自己能离开故乡是幸运，因为这样就看不见两人肩并肩手拉手的样子了。谢天谢地，这不是逃跑，而是迫于无奈地摆脱故乡。他们三个人毕业于同一所高中，升入家乡的大学，柳英善专攻服装设计，郑敏哲和金佑宰学习计算机专业。很多朋友都去了首尔的大学，留在家乡的朋友自然就更亲近。大一快结束的时候，原来只是知道名

字的金佑宰和柳英善迅速走近。郑敏哲也很喜欢柳英善，却无法阻
止两颗迅速走近的心灵，更无力改变两颗心的方向。柳英善的心已
经严重偏向金佑宰了。若想挽回走远的心，必然会失去更多。郑敏
哲逐一盘算着有可能失去的东西，最后还是彻底抛弃了柳英善。他
认为自己必须抛弃。他觉得抛弃是正确的选择，而且也只能抛弃。
事实上，郑敏哲认真想过"抛弃"这个词，甚至大声念过这个词。
当他高喊"抛弃"的时候，随之涌出的叹息却让他的内心更为凄楚。

郑敏哲渴望挽回柳英善的心，却也知道这是不可能的事。三个
人做过那么多事，然而柳英善的眼里只有金佑宰。谁看了都会觉得
金佑宰比郑敏哲更有魅力。金佑宰在高中时代就是田径选手，身材
颀长，漫不经心的样子很有男人味儿，当然更招女人喜欢。相比之
下，郑敏哲却没什么过人之处。奶奶管他叫"小鬼"，村里熟悉的
大人称他为"小机灵"，大部分人都想不起谁是郑敏哲。曾经的小鬼
长成了平凡、矮小而毫不起眼的男人。郑敏哲以为自己会这样老去。

郑敏哲和金佑宰偶尔也去打打网球。柳英善当然给金佑宰加
油。郑敏哲面带微笑，不动声色，暗中却使出吃奶的劲儿。他当然
想赢得比赛，遗憾的是心有余力不足。每当网球落在自己这边的时
候，郑敏哲就感觉特别沮丧。他这才知道，即使努力追逐也还是有
根本打不到的球，即使伸长手臂和球拍也还是有够不着的球。郑敏
哲只能让自己笑；如果不笑，那么失败的自己反倒显得更加狼狈。

　　听到两人结婚的消息，郑敏哲想，现在终于可以平静了。脑袋这样想，心却不这样。想到他们两个会同床共枕，共进早餐，郑敏哲的心就近乎疯狂地怦怦直跳。如果站在柳英善身边的人是自己该多好啊，如果和柳英善接吻的人是自己该多好啊。这样的想象挥之不去。想象又往心里火上浇油，现在内心已经控制了大脑。脑海里再也容不下别的想法，每个手指尖都火辣辣地疼。究竟是喜欢柳英善的心思在先，还是消除柳英善对金佑宰的爱情的想法在先，郑敏哲无从知晓。尽管那本来就不是自己的东西，然而被抢夺的丧失感还是非常强烈。郑敏哲很想当着金佑宰的面，用力扔掉网球拍。他想展示球拍粉碎的场面。哪怕只是想象球拍粉碎的样子，愤怒也已经消解了许多。

　　郑敏哲在店里坐到深夜。熄灭广告牌的灯光，打开两台显示器。左边的画面上跳出网络新闻快报，右边则是编写游戏的程序。继续给金佑宰打电话，还是打不通。他害怕自己会打电话，或者越来越想打电话，所以很早以前就删除了柳英善的电话号码。删得好，现在他还这么想。再次给金佑宰拨打电话，提示说通话量太大，无法连接。他也给朋友吴圭镐打了电话。除了金佑宰，这是他唯一保留电话号码的老家朋友。吴圭镐的电话同样打不通。郑敏哲输入密码，打开了电脑屏幕上的"柳英善"文件夹。文件夹里包含着七个按年份整理好的文件夹。七个文件夹里又有更多文件夹，那么多的文件夹里包含着大量的文档，有文本文档，有照片文档，有短信压缩文档，还有扫描文档。郑敏哲想要打开文件夹，却又停了下来。最好还是埋头工作。无论是修理电脑、接待客人也好，还是埋头编写游戏也好，只要全神贯注，都能减轻不安。郑敏哲从来没有认真审视过自己的不安。即使不关注视着自己，他也会躲避。最好别跟不安对视，小心翼翼，尽量别和不安狭路相逢，他认为这才是上策。

郑敏哲耗时两年编写了用智能手机就能简单操作的游戏，从十个角色中挑选喜欢的角色，按开始键，画面进入占卜店，红色大门开启，一位长相怪异的老婆婆做自我介绍。

你知道我是谁吗？我是浑身充满宇宙阴气的魔女。从现在开始，我要用珠子占卜，好好看着，我往盘子里扔100颗珠子，跳出来的点数决定你今天的运势。

怪婆婆把珠子扔进盘子，珠子散落开来，四处碰撞却没有相互纠缠。婆婆读出点数，同时说出今天的运势。得到点数之后，角色进入运势村，经历各种工作，每次开始新工作，他必须决定是顺势而动，还是逆势而为。

几个月前，郑敏哲开始详细记录运势村里有可能发生的事件。

拜见贵人应该走东边还是走西边，该不该借钱给朋友，遇见40岁以下的女性该不该提建议，产生纠纷的时候该不该争吵。他设置了无数条岔路。走过岔路又是新岔路，更多的岔路绵延不绝。尽管事件没完没了，然而郑敏哲却觉得记录各种情况下的数值非常有趣，仿佛记录的是世界上所有的事情。他想创造的是谁也无法预料的奇妙世界，完全不同于现实。有时暴力会成为拯救，有时失误恰恰是正解，有时偶然反倒是捷径。

新事件如何根据角色的选择加以连接、选择造成的结果带来何种程度的波及、婆婆的占卜对运势村的影响应该有多大，必须解决的课题堆积如山，不过挨个解决起来也别有趣味。

郑敏哲将运势村里发生的事件标记为"地震"。想到地震两个字，他又觉得有点儿不安。再次拨打金佑宰的电话，还是无法接通。

他也考虑过地震发生时的岔路问题，却又始终觉得不妥，于是标记为"地震—死/活"，同时还记下了"地震—被困建筑物内/死"和"地震—落坑/活"。

网络新闻继续推送快讯，灾情严重，确认伤亡名单很费时间。受伤者已经得到确认，仍然不能确定的是死亡者。事故现场在不确定的失踪和确定的死亡之间列举了大量姓名。不久之后，有人会从失踪回到生存，有人会留在死亡状态而无法归来。郑敏哲继续查看名单上有没有自己朋友的名字。

　　直到晚上八点钟，电话响了。郑敏哲大吃一惊，连忙抓起电话。原来是吴圭镐。郑敏哲不假思索地按下了通话键。

　　"打电话了？看新闻了吧？"

　　"是啊，灾情是不是很严重？"

　　"佑宰失踪了。"

　　"真的？"

　　"这会儿济秀去了受害者家属等候室，还没有联系。唉，这里彻底变成地狱了，地狱啊！跟电视里看到的完全不一样。地陷下去了，房子都倒塌了，这样的地狱我还是第一次看见。我担心的是济秀受刺激太大了，总是发出奇怪的声音。"

　　"奇怪的声音？"

　　"嗯。也不知道说什么，反正不停地自言自语。哎哟，佑宰怎么总是这么倒霉啊。有新消息我再告诉你吧，都晕头转向了。"

　　"好吧，谢谢。"

　　挂断电话，郑敏哲注视着不停跳动的网络。快讯和广告充满画面。他没有活动鼠标，随后快讯和广告消失，屏幕保护程序启动，随机播放着从天空俯拍的宁静的大地。溪流、大海和山脉因为遥远而显得安静。郑敏哲真切地感觉到安静的风景是多么容易破碎，而风景又是多么脆弱的静寂。郑敏哲决定让运势村不定期发生地震。

大量建筑物遭到破坏，无数的场地沦为废墟，而游戏用户必须在废墟中重新开始。这个让村庄瞬间变成废墟的想法让郑敏哲很兴奋。

时间从屏保照片上闪烁着消失了。闪烁的时间，仿佛在耀武扬威地炫耀我才是此刻的时间。出现，闪烁，过去，消失。郑敏哲认真观察着此刻的时间。那是不可更改的时间。他感觉，此时此刻的时间正在嘲笑活在另外时间中的自己。郑敏哲晃了晃鼠标，关闭了屏保程序。网络快讯的画面又出现了。

看着此刻的时间，郑敏哲想起了大学时代的某位教授。那位教授在讲台上摆放着巨大的电子表，随时告诉自己现在的时间。每当下课的时候，教授总是说："喂，地方大学生们，你们会成为比尔·盖茨吗？你们会成为史蒂夫·乔布斯吗？不要无所事事，东张西望，还是编个像样的游戏吧，那才是生存之道。"教授这样说是为了赋予学生们动力，然而每次听到这句话，郑敏哲却只想挥拳打向教授的脸。他讨厌别人嘲笑自己。郑敏哲想，如果必须有人在地震中受伤，那个人肯定是教授。也不知道教授是不是还在原来的学校。那些家伙反而活得更长久，郑敏哲看着画面自言自语。

看了会儿电脑屏幕上的照片，郑敏哲觉得自己应该回趟家乡。他想亲眼看看折断的树木、裂开的大地和受伤的人们。同情心和奇妙的期待心理在他脑海里纠结。郑敏哲想，如果能由我来确定谁应

该受伤和谁不该受伤，那该多好啊。他想亲自回去，确认究竟谁
受了伤，谁没有受伤，同时亲眼看看熟悉的村庄毁坏到什么程度，
凋残到何种地步。怀着奇妙的期待心理，郑敏哲查看了末班列车的
时间表。只要抓紧时间，还来得及。收拾好店铺，郑敏哲直奔火车站。

　　金佑宰和柳英善生了个孩子。三年前，金佑宰兴奋地给郑敏哲
打电话，告诉他自己有儿子了。他又问郑敏哲，取什么名字好呢？
还说现在当爸爸了，责任感更强了，正在重新考虑干点儿什么。

　　接到周岁宴邀请的时候，郑敏哲找了各种借口，只是说很遗
憾，去不了。当时的确很忙。后来告诉他金佑宰的孩子死于事故的
也是圭镐。郑敏哲没打电话安慰金佑宰。他不知道应该如何安慰。
别说一句安慰的话，连个安慰的词汇都找不出来。他安慰自己说，
我从来没得到过别人的安慰，当然也不会安慰别人。直到几个月后
他才恍然醒悟，当时不是找不到安慰佑宰的话语，而是压根儿就
没想去找。他害怕电话打通之后，反而暴露出自己没有同情心的事
实。翻看记录在柳英善文件夹里的日记，当时的心情似乎苏醒了。
憎恨的句子寒光闪闪，因为没能刺向别人而焦灼。

　　换乘火车和巴士，三个小时就能回到故乡，然而路况如何却
不得而知。反正也只能回去了。在火车上，郑敏哲不停地用手机浏
览网络快讯。夜越来越深，快讯也放慢了速度，新信息明显地少
了。这时，"倒塌建筑物下的搜救工作进展迟缓"的报道映入眼帘。

郑敏哲还记得奶奶讲过火车的故事。很难相信奶奶会给每次放假都乘火车回家的孙子讲这样的故事，然而事实的确如此。

"火车过隧道的时候，千万不要看窗外。"

"为什么？"

"小鬼啊，你过隧道的时候看过窗外吧？"

"嗯。"

"看见什么了？"

"我的脸啊。"

"真是你自己的脸？你看仔细了吗？"

"不知道。"

"那不是你的脸，而是鬼脸。黑得伸手不见五指，忽然间变得很明亮，有没有这样的时候？隧道鬼魂就在那个短暂瞬间出现，紧贴着车窗向里窥望。"

"哎呀，奶奶吹牛。"

"这可不是吹牛。鬼就等着有人往外看呢，要是对上眼，他就夺走你的魂魄。明白了吧？所以啊，千万不要往外看。"

奶奶的故事还没讲完，郑敏哲已经号啕大哭了。奶奶拍着年幼的郑敏哲的后背，却还是无法为他消除突如其来的恐惧感。后来每次乘坐火车都会想起奶奶的话，每次经过隧道的时候都会转过头去，努力不看窗外。很多时候他也会闭上眼睛。

　　郑敏哲的奶奶被村里人称为蹩脚巫婆。她给村里人算卦，也会点儿半吊子的渡厄巫术。奶奶算卦没有人相信。尽管如此，还是经常有人来找奶奶，为的是取乐。奶奶的珠子卦是否准确暂且不论，至少还有观赏的趣味。唉，奶奶真搞笑。想到奶奶的样子，郑敏哲总是忍不住笑，然而火车经过隧道的时候他还是不敢看窗外。

　　运势村里的怪婆婆便是以郑敏哲奶奶为原型设计的角色。怪婆婆的珠子卦和占卜大部分都是郑敏哲小时候听奶奶说过的东西。郑敏哲编写游戏的时候常常想起奶奶，想起和奶奶一起度过的时光和奶奶讲过的故事。他想把奶奶特有的玩笑语气加进游戏。

　　很多地方都实行交通管制。郑敏哲换乘巴士和出租车，终于在凌晨两点左右赶回了故乡。受害者家属等候室设置在郑敏哲曾就读的小学礼堂。他很想先去地震受灾区看看，无奈那边禁止通行，而且夜深了，也看不到什么。郑敏哲注视着礼堂，回想起自己的童年，忽然感觉后背阵阵发凉。哭声包围着礼堂，阻挡住郑敏哲的脚步。哭声仿佛在质问郑敏哲，你有信心走进去吗？郑敏哲没有犹豫，径直步入哭声中了。

　　柳英善以奇妙的姿势趴在礼堂角落。双手聚拢伸向前，额头紧贴地面，双膝跪地。像祈祷，又像瑜伽动作。郑敏哲不敢靠近，远远地看着柳英善。

　　郑敏哲经常梦见柳英善。柳英善一直爱着郑敏哲。看见郑敏哲，她也笑得很灿烂。只是笑得有些夸张，反而看不真切。尽管是愉快的梦境，然而起床后还是浑身湿透。湿漉漉的被子拿到太阳下晾晒，仿佛是罪恶的证据。晒被子的时候，郑敏哲总是想起柳英善不变的面容。

来首尔后，郑敏哲也约会过两个女人。一个是父亲牵的线，另一个来自店铺老主顾的介绍。他甚至跟其中一个睡过觉，就是老主顾介绍的女人。每次和那个女人约会回来，郑敏哲总是毫无例外地感到心在沸腾。饭吃了，茶也喝了，电影看了，手也牵了，奇怪的是好像什么也没做。如果女人主动，他会觉得讨厌；女人不主动他也讨厌，因为不能随心所欲地支配女人。约会回来，心情就像没有完成作业去上学，又有点儿穿着袜子睡觉的感觉。郑敏哲朦朦胧胧地猜测，这也许是因为柳英善。柳英善的声音越来越近，郑敏哲的心开始狂跳。

"好啊，通通夺走吧，降下闪电，使劲抽打，还剩下什么？继续摇吧，你看我会不会动，看吧，我会为这一切报仇。嗯，好吧，继续推吧，继续……哦，上帝啊，你随心所欲，请用鞭子抽打我的身体吧……哦，上帝啊！"

听到柳英善的声音，郑敏哲不由得后退了一步。这不是他记忆中的声音，更不是他刻骨铭心、念念不忘的声音。虽说很久都没听到柳英善的声音了，可是变化这么大却让他始料未及。那是站在悬崖峭壁边的人的声音。为了不再听到变化巨大的声音，也为了不再听到更可怕的内容，郑敏哲用力摇晃柳英善的肩膀。

柳英善抬起头，眼神中包含着另外的世界，仿佛从远方归来的旅行者。柳英善默默地看着郑敏哲。郑敏哲也不躲闪，径直与她对视。柳英善努力从郑敏哲的眼神中寻找什么，看得很仔细。也许那里有金佑宰的形象，也许她是在努力打捞最后的残像。端详着郑敏哲的脸，柳英善突然放声痛哭。她终于醒悟，那里什么也没有。尽管早就知道了，理解却姗姗来迟。看着郑敏哲的脸、眼睛和表情的瞬间，她理解了什么事情正在发生。柳英善继续痛哭。

受害者家属等候室里充满了哭喊声。有人蒙着被子哭，有人抱着面前的人哭，有人不管不顾地伸着腿哭，有人抱着孩子哭。孩子却没哭。尽管他们是为不同的人哭泣，然而在郑敏哲看来，所有的哭声都差不多。摆放在礼堂中央的电视机正在转播连夜营救的情况。无数的灯光照亮了地震中被掩埋的事故现场。哭喊声中，人们的视线仍然紧盯着电视画面。大家围坐在电视机前，不想错过任何微小的声音。只有柳英善独自趴在远离电视机的地方。郑敏哲抓住正在哭泣的柳英善的肩膀。

"你怎么来了？"柳英善已经哭了很长时间，这才打起精神，问郑敏哲。

"怎么来的啊……坐火车来的。"郑敏哲回答道。

"无聊，你还是那样。"柳英善垂下眼皮，说道。

"还好吧？"郑敏哲说。

"嗯？不知道。我也不知道这都是怎么了。"

"佑宰在店里吗？"

"那个，敏哲啊，我也感觉到了。当时我正在超市买东西，建筑物开始上下左右地摇晃。番茄酱瓶子在摇晃，那么大的草莓酱直接掉在我身边了。我吓坏了，吓得两腿发软。天花板好像都要落下来，我赶紧去收银台结账。我什么想法都没有了，也没想到佑宰。"

"是啊，的确很可怕。"

"出了超市，我拔腿就跑，前面什么也看不见。啊不，看得见前面，可是真的分不清哪是前，哪是后。别人也都在跑，我感觉自己好像原地不动。我好害怕，我想继续跑，可是脚落不下来。我什么也想不起来了，我真像个傻瓜啊，竟然朝着跟商店相反的方向跑。是不是很像傻瓜？啊？像傻瓜吧，我？"

"不，那是因为慌张才会这样，而且要是去了商店那边，你会更危险。"

"这是上帝考验我们吗？"

"怎么能这么说呢。"

超大电视机正在展示地震的痕迹。裂开的大地、扭曲的墙垣、杂乱的草坪，近距离拍摄的画面反复播放。某个看似专家的人用手指着裂开的大地，正在解说什么，只是听不见声音。

"你看，谁都不会那么做。"柳英善指着电视说道。

"谁都不会那么做。"郑敏哲附和着说道。

"因为我才会这样。对，都是因为我。"

"什么意思，怎么会因为你呢？"

"佑宰说一起出来吃午饭，我说买回来吃吧。要是一块儿出来吃午饭，那就不会这样了。"

"不是的，这只是偶然。"

"不是偶然，都是因为我。"

"你别这么想。"

"都是因为我，肯定是！"

"那不是你的错。"

"你知道什么？你不知道。"

"我怎么不知道。"

"你不知道。你当时又不在这儿。"

"不在这儿，我也不是不知道。"

"你知道什么？嗯？我问你知道什么？"

郑敏哲无言以对。他担心是不是自己的眼神暴露了什么。难道她已经看出来了？促使自己来到这里的并不是对朋友的担心和对故乡的思念，而是奇怪的好奇心和难以启齿的快感。

"对不起。"柳英善的语气变得温和了。

"没什么，对了，我什么也不知道。"郑敏哲说道。

"佑宰还好吗？应该没事吧？"

柳英善不等郑敏哲回答，重新埋下脸颊，俯下了身体。郑敏哲脱下夹克，坐在柳英善身旁。初秋时节，外面的天气已经很凉爽了，礼堂内却很温暖，甚至能感觉到微微的热气。郑敏哲想，也许是眼泪的温度吧。郑敏哲悄悄地看了看礼堂里的人们。相比人们的感情，他更留心观察的似乎是外貌。发现这个事实之后，他都有点儿讨厌自己了。郑敏哲不太善于体会别人的悲伤。他经常反问自己："体会他人的悲伤，这可能吗？"他只是在观察，无法产生共鸣。

早晨快到了，哭声渐趋稀疏。静寂充满了礼堂。大家都有气无力地注视着电视画面。郑敏哲也靠着墙壁看电视。电视里继续播放着营救场景，却没有正在进行的真切感，倒像是重播很久以前的事故现场。

郑敏哲想起很久以前看过的网络新闻，据说被埋地下的人在很长时间之后才被救出。他想了想被掩埋者的心情，虽然不能感同身受地体会别人的悲伤，不过那种恐怖还是很容易想象。人被埋在土里，单是想到这样的句子就足够窒息了。金佑宰被埋在泥土之中，也许现在正呼吸艰难。想到这些事，他就不由得感到窒息。因为感受到金佑宰的痛苦，还是因为自己也有可能遭遇这样的痛苦，他说不清窒息的缘由。

"是不是感觉很遥远？"

柳英善仿佛看透了郑敏哲的心事。她已经坐起身来，睁着红肿的眼睛看电视。她无力地扭头向左，像是全部力气耗尽之后的空壳。

"是啊，就在身边。"

郑敏哲无精打采地答道。郑敏哲瞥了一眼柳英善的脸。眼睛又红又肿，嘴唇干裂，不过对郑敏哲来说依然很有魅力。郑敏哲喜欢看柳英善厚实的额头和圆鼓鼓的脸颊，从初次见面的时候就这样。虽说这张脸孔略显平坦，不过额头和脸颊平添了几分立体感，看起来显得很有生气。

"说真的，你怎么来了？"柳英善紧盯着郑敏哲的眼睛问道。

"为什么来？因为担心嘛。"郑敏哲避开了柳英善的眼睛。

"肯定有别的事。我做梦都没想到你会来。"

"我回来有那么奇怪吗？"

"是啊，很奇怪。你知道佑宰经常说什么吗？他说敏哲好像彻底变成首尔人了，他好像很讨厌我打电话。"

"真的？"

"嗯，好几次他左思右想，最后还是没给你打电话。"

"我没讨厌他啊……"

"那真是万幸。"

"你们两个也聊起我？"

"佑宰跟我说过很多你的故事。"

"什么故事？"

"你最近还算珠子卦吗？"

"珠子卦？"

"不就是这样吗？往盘子里放 100 颗珠子，看命运。"

"我还表演过这个呢？"

"想不起来了？"

郑敏哲认真地搜索着记忆。记忆看不见，只能靠摸。他把手伸进口袋抚摸记忆，仿佛抚摸着命运的珠子。柳英善说的没错，的确有类似触感的记忆，只是不能确定。也许是喝酒的时候，也许是三个人玩棋盘游戏的时候，要不就是路过文具店发现珠子的时候。

"好像有过吧。"郑敏哲说得很不自信。

"听说你还给佑宰算过。他的命运是沉迷于花的美丽，跑到山野里追逐海市蜃楼，越来越孤独。应该多跟人相处。"

"我？"

"是啊。这话难道不奇怪吗？他觉得好像很合理，就抄在笔记本上了。"

"可能是从奶奶那儿听来的故事，我随口乱说。"

"还记得吗，我也让你算过呢？那些珠子真漂亮啊……我觉得用珠子算卦的方式很好玩儿。起先放 100 颗，第二次放 70 颗，再放 50 颗，再 30 颗，最后放 10 颗。这有什么意义啊？"

"我想不起来了。"

"我能想起来，意思是说能用剩下的珠子重新开始。"

"也许吧……"

"那该多好啊。开始的时候，那 100 颗小珠子在盘子里随便乱跳，我看着它们跳舞，心里忐忑不安。我害怕珠子碰碎，又害怕蹦出盘子，心里非常非常不安。"

"你担心自己也像珠子？"

"不知道，反正它们闪闪发光，哗哗地响，相互碰撞的场面很美，也让我很不安。"

不知不觉间，柳英善已经不看郑敏哲，眼睛盯着远处的篮球架。她的眼神似乎并没有接触确定的物体，而是遥望着更远的地方。郑敏哲注视着柳英善的眼珠。

"没事的。"

说完这句话，郑敏哲自己也很惊讶。究竟是什么没事呢？

"什么？什么没事的？"

柳英善看着郑敏哲问道。

"佑宰。"

郑敏哲答道。

"是吗？"

"是的。"

"你这么说很好笑。"

"怎么好笑了，以后我再给你和佑宰算珠子卦。"

"你不是说想不起来了吗？"

"跟奶奶学学就行了。"

郑敏哲也没想到自己竟然会撒谎。奶奶早在两年前就已去世，再也没有人能教他珠子卦了。明明是撒谎，郑敏哲却没感觉有什么不好。世界上肯定有像奶奶那样用100颗小珠子算卦的人，或者也可以用自己编写的游戏算珠子卦。郑敏哲很想知道佑宰和英善会怎样评价自己的游戏。

"我害怕算卦之类，不敢再看了。"柳英善叹了口气，说道。

"为什么？"

"难道不可怕吗？什么事都提前知道。"

"算着玩儿嘛。"

"提前知道了，还有什么好玩儿。"

人们吵吵嚷嚷着涌到电视机前。郑敏哲看了看手表，六点了。转播营救场面的电视画面飞快地移动。大家注视着电视屏幕，殷切盼望获救者是自己的亲人。仅仅看屏幕，根本不可能知道发生了什么。

郑敏哲正要撑着胳膊站起来，突然清清楚楚地感觉到大地在摇晃。肯定是地在摇晃啊，郑敏哲自言自语。郑敏哲当场跌坐在地。礼堂里的人们也都转移视线，纷纷环顾四周。吊在天花板上的电灯朝着不同的方向同时晃动，地下深处仿佛传来什么东西蠕动的声音。灯光闪烁，明暗交织。黑暗之中闪现着依稀的火苗。郑敏哲想起遗忘已久的，曾在睡梦中听过的奶奶的故事。奶奶，蛇为什么生气啊？很久很久以前，一个走山路的人抓到一条小蛇，剥掉蛇皮，吃光了肉。随后跟来的母蛇看到扔在地上的蛇皮，当时就哭了。母蛇难过极了，使劲扭动身体，痛苦就传给了地下所有的蛇。地底下，那些比泰山还大的蛇同时活动身体。于是山摇地动，河水翻涌，树木都被连根拔起。那个吃小蛇的人被吸进了裂开的大地，成了蛇群的美餐，直到世界安静下来，那人的骨头才被送回地面。小鬼啊，睡着了吗？地震时听到的声音就是蛇的哭声啊。

柳英善抓住了郑敏哲的手。几个女人跌倒在地，大声尖叫。篮球架的阴影左右摇晃。郑敏哲的另一只手情不自禁地按住了地面，手掌剧烈颤抖。啊，啊，到处都是低低的叹息。什么东西跌倒了，四处乱滚。没有人在意滚来滚去的是什么。郑敏哲松开柳英善的手，抱住了肩膀。堆放在礼堂角落的木椅相互碰撞，发出奇怪的响声。

灯泡继续闪烁。叹息声更响亮了，到处都是"妈呀，妈呀"的哀号。闪烁在黑暗之中的灯光吞噬了声音。郑敏哲窒息了。好像有人揪住他的领口使劲摇晃。好像抓住领口的手将他猛然提起又摔落。好像又抓住他的脚腕儿往地下猛拽。郑敏哲什么也说不出来。郑敏哲产生了幻觉，礼堂对面的白色书写板似乎正朝自己飞来，世界蠕动着似乎要将自己紧紧缠绕。柳英善握紧双手，把头深埋在双膝之间。她没有睁眼。郑敏哲却闭不上眼睛。世界疯狂摇晃。揪住郑敏哲领口的手依然没有放松。郑敏哲抬起那只撑着地面的手，摸了摸脖子。无法呼吸。全部力气都集中于抱住柳英善的左手。这个时候已经分不清谁在保护谁，谁在依赖谁了。面对巨大的力量，微不足道的力量失去了意义，也失去了方向。相互依靠的力量无处可去，只能彷徨不前。嗡嗡嗡，奇怪的声音响彻四周，随后消失在地下。

第二次地震过去了，摇晃停止，人们开始尽情地呼吸。仿佛有生以来第一次呼吸，急迫而恳切。柳英善紧握拳头，依然不肯放松。过去了，郑敏哲低声对柳英善说道。

"抱抱我好吗？"

柳英善依旧闭着眼睛。郑敏哲抱住柳英善，感觉就像小小的生命在怀里蹦跳。郑敏哲下定决心，不能再发抖了，必须抱紧柳英善让她安心。没事的，过去了。郑敏哲又说。他像是自言自语。过去

了，过去了。郑敏哲轻抚着柳英善的后背，继续说道。还会再来的，
柳英善哽咽着说。还会再来的，柳英善重复说。郑敏哲也知道她
说得没错。想要躲避，却又无处可躲。过去了。过去了，没事的。
这些话他再也说不出口了。

理想的婚姻

［意大利］
路伊吉·皮兰德娄
吴正仪 译

作者简介

　　路伊吉·皮兰德娄（1867—1936），意大利小说家、戏剧家。1934年获诺贝尔文学奖。获奖理由是："他果敢而灵巧地复兴了戏剧艺术和舞台艺术"。

　　20世纪初，皮兰德娄开始发表小说，从长篇小说《被抛弃的女人》（1901）中，明显地看出真实主义的影响。此后的作品逐渐形成了自己的风格，其中自传性长篇小说《已故的帕斯加尔》（1904）被评论界誉为意大利20世纪叙事体文学作品的典范。

　　译文原载于《世界文学》1993年第6期。

在去罗马尼亚之前，我不知道他为了什么生意而去，波尔多·卡雷伽，承包工程师，或者，像他在名片上自称的那样，"公共设施承包商"，经常将两只毛茸茸的大手按在宽阔的胸膛上说："我是大陆！"

然后，伸出双臂搂住妻子和女儿的脖子说："这是我的岛屿！"

因为他的妻子出生在西西里岛，女儿诞生于撒丁岛。

他不曾预料，大约四年后，当他回到意大利时，看见两座小岛之一的撒丁岛（也就是女儿马格丽达）变成了……俄罗斯，俄罗斯呀，我亲爱的读者们！我们说是欧洲吧！还是太小，简直就是整个地球。

可怜的卡雷伽，他觉得太失望了！起初他大吃一惊，从下至上地打量她："上帝呀，马格丽达，你怎么啦？"

然后他转而责备妻子，好像由于她的过错女儿才长了这么许多；他怒火中烧，像是气得发疯了。

他的妻子，痛苦至极，哭着诉说："我可是给你写信又写信的呀，我的波尔多，多少次呀！几乎每封信里我都说过了！"

她在信上写了又写，确实告诉他了；可是，波尔多·卡雷伽如何能想到会是这样呢？远在他乡，他认为说女儿发育异常是妻子一贯言过其实的表现之一。

"言过其实，是呀！因为，我在你看来，总是小题大做嘛！"

　　这是罗珊娜太太的一根肉中刺：不单是丈夫，大家对她都形成了一种偏见，认为她说话夸大其词。

　　而她认为，这种看法是由于全家人共同的不幸——身材过高造成的。

　　罗珊娜太太很为自己的身高而苦恼，感到又伤心又着急，因为这使她不能成为像她想要是并且衷心地自以为就是的一只多愁善感的猫咪。生得如此颀长，软绵绵而弱不禁风，她很痛苦，痛苦万分；可是没有人愿意相信她自虑，她的苦恼；而所有的人，微笑着，回答她："算了，算了，罗珊娜太太，你说得夸张了！"

　　"好吧，她就在这儿；现在，你看看她，这个被我夸大的事实！"罗珊娜太太愤愤然把果真长得过分高大的女儿指给丈夫看。

　　马格丽达这时望着父亲就哭了起来。父亲走近她，竟然比她还矮，他要量量她超过自己多少。

　　至少，高出一拃半。但看起来像是这高度的两倍。因为她不仅仅有高度；更确切地说，如果没有极度的肥胖，没有肥厚的腮帮、双重下巴、硕大的胸脯和宽厚的臀部，使得高高的身躯蔚为壮观的话，仅仅是个头高也许不会那么刺眼。

　　可是，仿佛受了惊吓，在那令人窒息的肉堆里睁开两只小女孩的清澈明亮的眼睛，流露出痛苦和恐惧的神色。那种痛苦，那种恐惧，也许足以证明她对自己长得如此庞大的身体的心情。身体长成那副怪模样，她当然吓怕了，胆子变得很小很小。她想触摸一些漂亮娇气的小玩意儿时，心惊胆战而又踌躇不安，最终还是不敢碰它们，唯恐它们在自己沉重的手下消失。

她像一只小鸟般进食，可以说几乎不再吃什么。可是毫不生效！她两年多不出家门，因为在街上所有的行人都转过身、停住脚来看她。在家里，她尽可能地坐着，不让自己站起来看见屋内的物品低矮下去而更觉出自己的高大。自然，缺乏运动使她越来越肥胖；但是她已经向不幸屈服了；什么都不愿再想了；有些天她连头也不梳，总是躺着，懒洋洋地，读书或打量自己的指甲。就这样……

波尔多·卡雷伽，在去罗马尼亚之前快快活活，吵吵嚷嚷，热情似火，回来后立即变成一个愁眉苦脸的人。几天后，我去找他谈一笔生意，他根本不想听。

"你要我关心做生意吗！"他高声喊着，浑身发抖，"我什么都不感兴趣了，我亲爱的！"

他辛辛苦苦地工作了许多许多个年头，为了这个独生女儿，为了她的前途；他的父爱一年比一年地增多。可是事情竟是这样，女儿，同母亲（没有人能打消波尔多·卡雷伽脑子里关于妻子与这事情有牵连的想法）串通一气，趁他长期不在家，好像暗地里同他打赌。

"哦,"他说,"你对我的爱心一年一年地增多吗?那你等着吧,我也要让你看看我在几年里长大了多少!我将变得很大,使你的爱心拥抱不下我。"

实际上,当他与她重逢时,他伸出的手臂垂落了,可怜的波尔多·卡雷伽!而且不只是手臂下降,他的情绪下降,力量下降,他对她的一切梦想、一切希望全都落空了。

说实话,我没有勇气安慰他。我知道,他,倒退四年,在去罗马尼亚之前,根本不曾想过回来时会遇上什么不好的事情,也就是说女儿一旦长大成人,就将举行她同我的婚礼。我一想起这件事,就夹起尾巴慌忙逃走;当我走得相当远之后,开始痛苦地思考:

"这真是一场无法挽救的灾难呀,可怜的卡雷伽!他会理解:一个像我这样身材的男人,就是比我还略高一些的,同那根圆柱子结婚是不合适的,她简直就是一座方尖碑呀!我们是正常的人:当我们和她相比显得低矮时,男性的自尊心就要反抗了。她当然要找一个像她那样很高的男人才行;这样的人不多,屈指可数,但也能找到一个;可是众所周知,大个子的男人偏爱娇小的女人。他们由于自己的身材而趾高气扬,总是气恼地,甚至几乎是仇恨地打量那些少数可以同他们相匹敌的人,并且很快就在这些人身上发现一些据说他们自己所没有的缺点:腿太长,头太小,等等。总之，他们不能容忍竞争对手；他们愿意一枝独秀。倘若让他们娶一个同等身高的女子，我们想象得出会怎么样。那么，为什么要他们这么做呢？为了让他们像从市场上的烂摊子前一样跑掉吗？"

这番思考，如我当时所想的一样，无疑地，可怜的马格丽达也应当早想过了，为了避免最终加剧不幸的结果，她永远不会找一个丈夫了。找一棵杨树，可以，一棵枫树、一棵苦栎树，都行。但是任何一个小伙子，看见她，就会对她说："先降低一点儿，我的美人，矮一点！矮一点！"

可怜的马格丽达，如何能变矮呢？

波尔多·卡雷伽回到切塞纳还不足三个月，就无法强打精神待下去了，在这里发生的灾祸令他猝不及防。他举家迁移，走时脸上阴霾密布，如同暴风雨来临的天空。此后十多年，音讯全无。

终于，有一天，一封信从西西里岛南海岸，与非洲隔海相望的一个小城寄给我父亲，波尔多·卡雷伽在那里修建港口。他要我父亲派一个儿子去协助他的事业。

我去了，出于好奇心，想看看久违了的马格丽达。

我估计会看到郁郁寡欢的她是一副冷漠的样子，那座超凡出众的高山永远被愁云惨雾锁住了，因为她年近30岁——已经是个老处女啦。

"想象得出，至少，这姑娘是Jungfrau[1]了。"我一路寻思。

可这是怎么啦？我几乎不敢相信自己的眼睛，我看见她乐呵呵的，喜笑颜开，过去我可从来没有看见她是这样的！她比从前更胖了，却活得美滋滋的！但是我很快就发现了使她兴高采烈的原因。

那里有一个管理工程师，负责监督港口的工程，是一个身高略过一米的小男人，秃头，近视，腆肚，但是一身机灵劲，一脸幽默感，他总是带头拿自己的矮小身材开心，马格丽达呢，如今，跟着取笑自己的高大；他就是柯西莫·托迪工程师。几乎每天晚上这位工程师都同其他的朋友一起到波尔多·卡雷伽家朝海的露台上来吃晚饭。

简直就是非洲夜会！当刮西洛可风[2]时，海水汹涌至露台下，浪花飞溅，这时白色露台上的篷布飘动，宛如船的甲板。隐约可见古老防波堤上的一行路灯、灯塔上的绿色航标灯、停泊船只桅杆上的挂灯；从海滩上飘来那种热烘烘的浓烈刺鼻的臭气、咸味、霉味、死海藻和活海藻的腥气，同焦油和沥青的气味混合在一起。

他们在这个白色的露台上饮酒作乐，闲聊到很晚，凉爽可爱

---

1 德语，意为老处女。——译者注

2 从撒哈拉吹向地中海的热风。——译者注

的黑夜补偿了白昼令人窒息的酷热。马格丽达和柯西莫·托迪工程师比大家笑得更多，你们明白吗？取笑他们共同而又相反的不幸。

托迪工程师找不到妻子，出于同样的原因，马格丽达找不到丈夫。

是真的，托迪工程师从未当真寻求过一位妻子，他非常肯定，如果娶那些看中他的职业赚钱的女人，不是一个，而是一百个都唾手可得。算了吧！还有什么呢？

没有，没有；头脑聪明，举止优雅，性格开朗（他毫无愧色地自诩这些优点）并不足以（正如许多可爱的女朋友曾经想让他明白的那样）弥补他的身材所缺少的高度。

没有，没有：他身上的这些优点被看重只是因为他每年挣四万至五万里拉。假如他肯上钩的话，不用怀疑，三个月之后，他就会听到妻子说，工程师应当明白，如有一位像他这样的丈夫，就不能没有一个情人，他必须对此装聋作哑，无论她背叛一次或多次，还要继续爱她。优雅的举止、开朗的性格，他以此来打开大门，彬彬有礼地欢迎令他不胜荣幸的那一位或那一些来追求他太太的先生。

柯西莫·托迪工程师用滑稽的语言和动作描述和表演这些情景，逗引大家发笑，马格丽达笑得比谁都厉害。她仰天大笑，身体向后倾倒，好让高高耸起的胸脯和胖鼓鼓的肚子自由自在地随笑声颤簸起伏。

直至一天夜晚，托迪看她笑得如此放浪形骸而心生怜爱，情不自禁地说出，他理想的妻子就是她，马格丽达·卡雷伽。

"她！她，对！就是她！"

真是奇迹，餐桌的四条桌腿还在，我看见桌子像遇上地震般晃晃荡荡，杯子和酒瓶倾倒。

"正经话，正经话……"托迪只管重复地说着，短小的胳膊扬起来，对无休止的哄笑做出弹压姿态，"我同你们说正经话！好好想想，我的先生们。那将是理想的婚姻！将对造化施行一次绝妙的报复！是的！是的！反击那把她造得那么大、把我造得这么小的自然力！请你们想一想，想一想：这并不可笑或惊人，我不可能娶一个女侏儒，她也不可能嫁一个男巨人呀！而我们两个人可以结婚，我们结婚是很好的呀！你们想想这事情，我们将是完美的匹配，完全对等；因为她多余的正是我缺少的；我们相互补充！"

我们简直受不了啦：个个笑得眼里流出泪花，肋骨发痛。"可是她有这个胆量吗？"托迪大声喊道，跳上椅子，用手指着马格丽达，做出挑战姿态。

这时，她站起身，胖乎乎的脸笑得绯红。我向你们保证，她比那已经站在椅子上的他还高出整整一头。

"我，敢不敢吗？"她对他说，"对不起，倒是您应当鼓起勇气，才敢娶我哩!"

　　大家对这个漂亮的回答报以长时间的、雷鸣般的掌声。"我敢!"托迪立刻高声应道,"您不敢!我们打赌吧?"

　　"同意,同意打赌,马格丽达小姐!"我们大家呼喊,怂恿她。"抓住他的话不放!""好吧,对,我同意!"她回答,"我们看看谁会后悔!"

　　"我吗?嗨,我不会,肯定不会!"托迪惊叫,并且跳下椅子,神色极其严肃庄重,走到波尔多·卡雷伽身边,鞠躬施礼,对他说:"卡雷伽工程师,我很荣幸地向您的女儿马格丽达小姐求婚。"

　　接着发生的事情,我不一一描述了。我们大家都像发了疯。这是开个玩笑吗?还是当真的?谁知道哩!玩笑话,当正经事来办呗。香槟酒端上来了,托迪工程师被带到巨人般的未婚妻身边,得意扬扬地坐下。为了这可喜可贺的联姻,大家频频祝酒,闹个一醉方休。

　　于是,男侏儒娶女巨人的理想婚姻,弄假成真了。

　　他们彼此需要的勇气,并不比他们应付外人需要的勇气更多,也就是说,她可以接纳一个像他那样的丈夫,而他可以容忍一个像她那样的妻子,但是他们需要硬着头皮去顶住往后人们看见他们作为夫妇在一起时免不了的嬉戏嘲弄。然而托迪工程师和马格丽达·卡雷伽具有相当的幽默感,可以应付这些戏弄,而且非常开心地表演得像狂欢节里的婚姻闹剧。

　　我向你们保证，全城的人，当然啦，一开始爆发一场震天撼地的笑声，但是后来人们理解了，我是说人们也极为通情达理地欣赏起他们的结合，这种匹配在自然力造就的两个错误之间建立起某种平衡，不管看起来如何滑稽，也算是一种公平的修正。

　　六个月之后，他们举行了婚礼。那个雄赳赳的小男人，其时已经相当成熟，而且是那样的大腹便便，变成了登山运动员，我是说他往上攀登，在大家的面前和上帝面前，那座高山并且……你们觉得好笑吗？可是你们知道吗，我亲爱的读者，马格丽达·托迪·卡雷伽如今有两个一次分娩出生的——大山生儿子——"两只小老鼠"，你们这样想吗？

　　什么小老鼠！12岁时，他们就同妈妈一样高了。马格丽达·托迪·卡雷伽喜形于色，得意非凡地站在两个与她相称的小巨人之间；而他呢，相反，小男人已经变成了小老头。"你们要干什么哟？"他很苦恼，真的，但并不是因为她，我们可要搞清楚！她爱他，敬他，感激并照顾他；对他真是尊重、爱护备至。他苦恼，可怜的托迪工程师，因为很自然地，随着年龄的增长，人们的玩笑、捉弄开始使他厌烦并觉得有些不胜其烦了；他害怕人们当着儿子们的面使他蒙受羞辱，他希望得到儿子们的尊重，做一位庄重的父亲。

　　儿子们尊敬他；可要说起来，他们的处境也不光彩，把一位生得这么矮小的父亲摊派在他们的头上，简直就像开玩笑。

　　这种烦恼是存在的，无法否认。因为他不知道人生从始至终完全是一场滑稽戏。一个丈夫和一个妻子可以让人们随意嘲笑，可是当父亲不能不是一件严肃的事情。

成功之日

[美]
西尔维娅·普拉斯

孙仲旭 译

作者简介

　　西尔维娅·普拉斯（1932—1963）为我们所熟悉，首先是作为一位美国自白派诗歌的代表人物，于20世纪80年代被介绍进来，并对国内诗歌创作界产生了重要影响。她在世时只出版过两本著作：诗集《巨人及其他诗歌》以及自传体长篇小说《钟形罩》。去世后，特德·休斯编选了几部普拉斯诗集，影响很大，其中包括诗集《爱丽儿》《渡湖》《冬树》《普拉斯诗全集》，后者于1981年获得普利策诗歌奖。

　　普拉斯主要的创作成就是诗歌，因而她的诗歌成就多少遮盖了她小说和散文的精致。她的小说自传特色浓厚，几乎每一篇都能从作者本人的生活经历中找到影子。作为诗人的普拉斯曾经非常投入地学习过绘画，所以，她的小说感情细致入微，用词不俗而且准确，描摹景物富于色彩感，这些特点在本篇小说中便得到鲜明体现。

　　译文原载于《世界文学》2003年第6期。

爱伦抱了一满怀刚叠好的尿布正往卧室走，电话铃声打破了凉爽秋日上午的宁静。有一阵子，她在门口一动不动站着体会那幅安宁景象，似乎她永远不能再次看到——精致的玫瑰花图案墙纸，她怀孩子时亲手缝制的暗绿色灯芯绒窗帘，那张从一位慈爱但是没钱的姑妈那里继承的有四根帷柱的老式床，还有墙角那张浅粉红色童床，里面躺着六个月大的吉尔，她是一切的中心。

请别让它改变，她向不管哪尊正在倾听的命运之神恳求道，让我们三个人永远幸福。

这时，尖厉而催人的电话铃声唤醒了她，她把那堆干净尿布放到大床上，不情愿地拿起听筒，似乎那是种带来灭亡的黑色小器具。

"雅可布·罗斯在吗？"一个冷冰冰、吐字清晰的女性声音问道，"我是德尼丝·凯。"爱伦想象着电话那端的那个女人——一头红发，梳得雅致——她的心沉了下来。仅仅一个月前，她和雅可布才跟这位出色的电视制作人共进过午餐，讨论雅可布正在创作的那出戏剧的进度——那是他的第一部戏剧。甚至早在当时，爱伦就私下希望德尼丝会被闪电击中或被绑架到澳大利亚，而不是让她和雅可布在紧张而联系密切的排练期间扎到一堆——作者跟制作人合作，推出只属于他们的精彩作品。

"不在，雅可布这会儿不在。"爱伦不无内疚地想到为了这一

显然重要的消息，把雅可布从弗兰克福太太的公寓里叫下来听有
多容易。他完成的剧本至今已在德尼丝·凯的办公室里放了几乎两
星期，从他每天早上从三楼下来迎接邮差的样子，她知道他多么
迫切想听到判决。然而，她不是答应过要做得像个模范秘书，不
让他的写作时间受打扰吗？"我是他妻子，凯小姐。"她加了一句，
也许不必要地加上了强调的语气，"我可以留个口信吗，要么让雅
可布迟一点打过去给您？"

"好消息，"德尼丝话说得连珠炮般，"我的老板对这出戏很感
兴趣。他认为写得有点儿怪，不过很好，而且有原创性，所以我们
会买下，我很兴奋能当它的制作人。"

来了，爱伦痛苦地想，除了看到那颗梳得平滑光亮的红头发
脑袋和雅可布那颗黑头发脑袋凑一起看誊印的厚剧本，别的全看
不到。那是结局之开始。

"太好了，凯小姐。我……我知道雅可布会高兴的。"

"好。我想今天跟他见面一起吃午餐，如果可以，跟他谈谈选
演员的事。我们要找几位名演员，我想。您可不可以叫他中午左右
开车来我的办公室接我？"

"当然……"

"好嘞，那就再见了。"说完话筒就被嗒的一声放下，不拖泥带水。

爱伦因为一种陌生而强烈的情绪感到困惑，她站在窗前，那

个自信、悦耳的声音在她耳边回响着，像奉上温室中长成的一挂
葡萄那样，随随便便带来了成功的消息。她目光游移地看下面那个
绿色小广场时，那里树皮斑驳的悬铃木刺向亮蓝的天空，下面是
破旧的房屋正面，一片三便士硬币那样无光泽的金色树叶掉下来，
舞动着缓缓落在人行道上。再晚一些，那个广场会因为摩托车和孩
子们的喊叫声而变得喧闹。某个夏天的下午，爱伦坐在那张悬铃木
下的长椅上就目光所及，数到过有二十五个小孩子：邋遢，喧闹，
欢笑着——是个小型联合国，他们在种着天竺葵的草地上和狭窄
而有很多猫的巷子里跑来跑去。

　　曾经，她和雅可布经常向自己承诺会住进一座得天独厚的海
边小屋，远离城市的汽油味和铁路调车场的烟雾——有让吉尔探
索的花园、山丘、小海湾，一种悠闲而令人沉醉的宁静，多好！

　　"只要能卖出去一部戏，亲爱的，"雅可布很认真地说过，"我
就知道我能干这行，我们就去冒冒险。"当然，所谓的冒险，就是
离开这个繁忙的工作中心——零工、兼工，那些让雅可布能在空
闲时间争分夺秒写作的相对轻松的工作——而完全依靠他创作短
篇小说、剧本和诗歌等多少收入不稳定的生活。诗歌！爱伦不禁微
笑起来，她想起以前沮丧的被账单烦扰的某一天，是在他们刚搬
到一处公寓后不久，吉尔出生前。

　　她当时跪在地上，用力拍打地板上铺的浅色油地毡，那地板

有上百年历史，已被蛀烂。邮差按了门铃。"我去开门。"雅可布
放下锯书架用木板的锯子说，"你该少下楼梯，亲爱的。"雅可布
开始向各家杂志投稿以来，身穿蓝制服的邮差就可以说成了可能
带来奇迹的教父。随时会有一天，送来的不是那种令人泄气的淡黄
色厚信封和缺少人情味的拒稿条，而会是封某位编辑写的鼓励信，
或者甚至……

"爱伦！爱伦！"雅可布一步两阶走上楼，手里挥舞着一封拆
开的航空信，"我成功了！太棒了！"他把那张黄边的淡蓝色支票
扔在她腿上，支票上填了一个可观的美元数额，黑字是元，红字
是分。她曾寄去一封信的那家美国通俗周刊满意雅可布的稿子，一
行诗付一镑，而雅可布的那首诗长度够买——什么？在吃吃笑着
提了看戏、在苏豪区吃饭、买粉红色香槟这些可能的花钱途径后，
又回归到现实。

"由你决定。"雅可布鞠了一躬把支票递给她，它单薄而颜色
悦目，如一只罕见的蝴蝶，"你心里想买什么？"

爱伦不需要多想。"一辆婴儿车，"她轻声说，"一辆漂亮的大
婴儿车，够坐一对双胞胎！"

爱伦想着先不急着给德尼丝捎信，直到雅可布慢腾腾下楼吃
午饭时再说——那样就晚得见不着那位漂亮的制作人了——但她又
马上深以自己为耻。换了不管哪个当妻子的，都会兴奋地喊丈夫下

来，为这个大好消息打破写作时间的所有规定，或者至少在她挂断后立即冲去找他，自豪地充当这一好消息的报信者。我吃醋了，爱伦沮丧地告诉自己。我是个二十世纪普通吃醋妻子的典型，心胸狭隘，满怀恶意，就像南希·里根。想到这儿，她马上收住思路，故意走进厨房，为自己煮了杯咖啡。

我只是在拖延，把水壶放到炉子上时，她厌恶地意识到。不过她有点儿迷信地觉得，只要雅可布仍然不知道德尼丝·凯的消息，她就是安全的——不会陷入南希的命运。

雅可布和基思·里根是同学，一起在非洲服过兵役，战后回到伦敦后，决心不干那种需要穿着得体的全职工作，那是难以觉察的陷阱，会让他们从唯一重要的事情上分心，也就是写作。这会儿在等水开时，爱伦回想起尽管穷困不堪，但是精神振奋的那几个月，她和南希·里根交流勤俭持家的心得和所有私下的悲伤及忧虑，所有当妻子的在丈夫是无薪可领的理想主义者时，都会有那些悲伤及忧虑。她们的丈夫通过干看更、园艺及这样那样碰巧找到的零工，才让全家勉强有口饭吃。

基思首先取得了成功。他的一出戏剧在一家偏远的剧院里上演，然后在如潮好评推动下，一举打入伦敦西区的剧院，并像某种漂亮的、有幸运星指引的导弹，一下砸到百老汇的中心。就那么简单。就像魔术棒一挥，喜气洋洋的里根夫妇很快从住一套无暖气、只供冷水的公寓和餐餐只有通心粉加土豆汤的生活，转换到肯辛顿区绿油油的草坪那里，背景是佳酿葡萄酒、跑车、漂亮的皮衣和最后出现的更为朴实无华的室内装饰——那是离婚法庭。比起为基思的戏剧西区首演添彩良多的那位娇媚的金发女主角，南希根本不是对手——在容貌、金钱、才能，噢，无论哪方面都不行。她从基思的寒酸阶段那个天真而心怀崇拜的妻子，渐渐变成一个心神不安、说话尖刻、冷嘲热讽的俗气女人，她得到了想要的赡养费，但别的很少。基思当然很快脱离了他们的圈子，然而要么出于同情，要么出于一种能经受考验的感情，爱伦跟南希一直保持联系，南希似乎从跟她的见面中得到了某种乐趣，似乎从罗斯夫妇育有一婴的快乐婚姻中，她能够多少重温自己过去最美好的时光。

爱伦往台子上放了一杯一碟，正要给自己倒一大杯滚烫的咖啡时惨然笑了起来，就又伸手去拿第二个杯子。我还不是个弃妇！她小心地在一个廉价的马口铁托盘上放好东西——桌布、糖碗、奶罐、热气腾腾的杯子，杯侧有片镀金的秋天树叶——开始走上陡陡的楼梯，向弗兰克福太太住的顶楼公寓走上去。

雅可布帮弗兰克福太太拖装煤的桶、倒垃圾，还有在她去看望她姐姐时，为她种的东西浇水。他的体贴感动了弗兰克福太太，这位中年寡妇提出她白天上班时间，他可以去她的公寓写作。"两间房盛不下一个作家、妻子还有一个活泼的小孩儿！让我为世界文学的未来做些力所能及的贡献吧。"这样，爱伦就可以让吉尔在楼下随便爬和大声啼哭，不用害怕打扰雅可布。

她指尖一推，弗兰克福太太家的房门就开了，现出雅可布的背影、他长着黑发的头和质地粗糙的渔夫式羊毛衫裹住的宽阔肩膀，那件羊毛衫的肘部她已经补了记不清多少次。他正伏在一张样子不结实的桌子前，上面杂乱放着潦草写了字的纸张。她一动不动屏息站在那里时，雅可布心不在焉地抓扯着头发，椅子坐得吱吱响。看到她时，他的脸上露出笑容，她微笑着走向前，告诉他那个好消息。

雅可布刮了脸，梳了头发，那件洗得干干净净的唯一一件套装让他显得英俊。把他送走后，爱伦奇怪地感到失落。吉尔从上午的小睡中醒来，在哼唧着，睁着明亮的眼睛，嘴里发出"嗒嗒嗒"的声音。爱伦熟练地给她换了尿湿的尿布，而忘了跟她玩平时常玩的躲躲猫游戏，她的心思在别的地方，就把吉尔放进小围栏让她自己玩。

不会马上发生的，爱伦沉思着，一边捣碎煮熟的红萝卜给吉尔当午饭。分手的情形很少马上发生，而会像某种可怕的、来自地狱般的花那样慢慢绽开，能说明问题的小迹象一个接一个出现。

把吉尔放到大床上用枕头拥着好喂她吃午饭时，爱伦看到梳妆台上放着一瓶法国香水，玻璃瓶上有刻花，一片狼藉的婴儿爽身粉、鱼肝油瓶和盛棉签的广口瓶之间，几乎看不到这瓶香水。里面仅剩的几滴昂贵的琥珀色液体似乎在向她嘲弄地眨眼——那首诗的稿费买了婴儿车后，剩下的钱给雅可布买了这件奢侈品。她为什么从来没有尽着性子爱用多少香水就用多少，而是如此小心翼翼一滴一滴省着用，就像那是易变质的长生不老药？像德尼丝·凯那种女人，她的工资中相当大一部分会有指定用途：沁人心脾的香水。

爱伦正在心事重重地用勺子舀捣碎的红萝卜喂吉尔时，门铃响了。该死！她把吉尔往童床上随便一放，然后向楼梯走去。次次如此。

一位穿得整整齐齐的陌生男人站在门口，旁边是一大堆未收的牛奶瓶。"雅可布·罗斯在家吗？我是卡尔·古德曼，《冲击》杂志的编辑。"

爱伦惊讶地想起这份著名月刊的名字，几天前，他们接受了雅可布的三首诗。爱伦难为情地意识到，自己穿的是溅上红萝卜的罩衫和破旧的围裙，她小声说雅可布不在家。"您要了他的几首诗！"接着她害羞地说，"我们很高兴。"

卡尔·古德曼面带微笑："也许我该告诉您我为什么来。我住在附近，刚好在家吃午饭，所以想亲自来……"

德尼丝·凯那天上午给《冲击》杂志社打过电话，看他们能否安排在雅可布的戏剧上演同时也在杂志上刊登。"我只想确认一下您丈夫没应承先给别的杂志。"卡尔·古德曼的话说完了。

"没有，我想他没有。"爱伦尽量让自己语气平静，"事实上我知道他没有。你们考虑登这出戏，我肯定他会高兴的。楼上有个副本。我给您取来？"

"那您就太客气了。"

爱伦急步走回公寓时，一进门就听见吉尔生气的号啕声。就一分钟，亲爱的，她保证道。她拿起那本厚得惊人的手稿走回楼下，那是在许多次满怀希望的茶点时间里雅可布口述，由她打出来的。

"谢谢您，罗斯太太。"爱伦难为情地感到卡尔·古德曼那双敏锐的眼睛在打量她，从盘着褐色辫子的冠状头饰到她那双虽然打了鞋油，但已经磨损的平底鞋尖。"如果我们接受它，因为我几乎肯定会，我会让人提前把支票寄来。"

爱伦的脸红了，她心里想：我们还没那么揭不开锅，没到那个程度。"好啊。"她说。

听到吉尔尖厉的哭叫，她脚步沉重地慢慢上楼。我已经不配了，上不了台面，像去年的裙子底边那样过时。如果我是南希，会在那张支票从投信口摔下来时，就马上抓住它，去搭一辆出租车缓缓开过摄政街，车上放满大肆采购来的东西，去一间收费昂贵

的美发店里做全套最高级的美容。可我不是南希，她不容置疑地提
醒自己，然后让自己堆上一脸母亲的微笑，走进房间给吉尔喂饱饭。

那天下午，爱伦等待吉尔接受例行体检时，翻看着诊所里漂
亮的时装杂志，她灰心地沉思着把她和那些以毛皮、羽饰及珍珠
打扮起来的模特分开的鸿沟，沉着的她们从纸上也盯着她，眼睛
极大，而且清澈。

她们一天开始时，有没有不开心的事？她想知道。有没有头
痛……要么心痛？她尽量想象那个童话世界中，这些女人醒来时
眼神天真，面颊粉红，像猫一样打呵欠，而她们的头发即使在黎
明，仍是高耸的发型，颜色有金黄、黄褐、深蓝或者也许是淡紫
的银色。她们灵巧如芭蕾舞女，起床为她们的心上人准备早餐——
比如说，蘑菇和奶油炒蛋，或是烤面包片上抹蟹肉——在一间到
处亮闪闪的美式厨房里来回走动，穿着衣料起泡的长睡衣，缎带
像凯旋的旗帜那样飘动……

不，爱伦调整了这幅景象。她们当然会像真正的公主那样，在
床上吃叫人送来的早餐，放在豪华托盘里：干脆的烤面包，易碎
的瓷器上泛着奶白色光泽，刚好开的水用来冲橙花茶……而潜入
这个精彩纷呈的纸型假景世界中心的，是德尼丝那副令人心烦意
乱的模样。确实，她在那里似乎完全自由自在，一头浓密的红铜色
头发，下方那双黑褐色、几乎是黑色的眼睛目光深邃。

　　如果她肤浅而且头脑空空该多好。爱伦马上被一系列猜测淹没，一个足智多谋的妻子才不会那样想。如果……

　　"罗斯太太吗？"接待员碰了碰她的肩膀，爱伦猛地从白日梦中醒来。要是我到家后雅可布在家该多好，她满怀希望地改变了思路，他把脚放在沙发上，准备喝茶，跟从前一样……她抱起吉尔，跟着那位身穿白制服的干练女人走进医生的诊室。

　　爱伦带着有意表现出的快活打开门。但是甚至当她跨过门口，吉尔还在她怀里打瞌睡时，一阵恐慌就掠过她的心头。他没在家……

　　她机械地把吉尔放下让她睡午觉，她心不在焉地为宝宝剪衣服，她计划那天晚上去用一个邻居的手动缝纫机做出来。她留意到那天早上的湛蓝天空所预示的好天气原来不准，正积聚起来的云朵像被弄污的降落伞绸，低垂在小广场上空，那些房屋和叶子稀疏的树木似乎比以前更缺乏生气。

　　我喜欢这儿，爱伦憋着气剪那块暖和的红色法兰绒布料。去他的梅费尔区，去他的国王桥区，去他的汉姆斯泰德区……她在脑子里抹去了那些奢侈的银色场景，就像吹散很多苍白的蒲公英绒花，就在那时电话响了。

　　她把红布、别针、纸样和剪子一股脑儿放到地毯上，慌张着站起来。雅可布要是有什么事耽误了，总会给她一个电话，好让她不用担心。而在这个特殊时候，他的体贴表示无论多么微不足道，都会比一个沙漠流浪者眼里凉爽的水更受欢迎。

"喂，亲爱的！"南希·里根那自以为是、拿腔作调的声音回荡在电话线上，"你怎么样？"

"还行。"爱伦撒谎道，"还行吧。"她坐在盖着印花棉布的大衣箱边上让自己稳稳神，那个衣箱既放衣服，又当台子放电话。掩盖消息是没用的。"雅可布的剧本第一次有人要了……"

"我知道，我知道。"

"可是怎么……"闲话怎么会一则不漏全给她听到了？像只职业喜鹊，一只不吉祥的小鸟[1]……

"这很容易，亲爱的。我刚好在彩虹屋餐厅看到雅可布和德尼丝·凯在面对面说话。你了解我，我忍不住想发现有什么好事。我原先不知道雅可布喜欢喝马提尼酒，亲爱的，更不用说红发女人……"

一种痛苦的刺疼感很像起鸡皮疙瘩那样传遍爱伦的全身，使她热了又冷。在南希启发性的语气诱导下，连她最担心的想法也算想得天真。"噢，雅可布一直工作得那么辛苦，需要换换环

---

1 在英美文化中，喜鹊被多数人视为不祥之鸟，预示凶兆，还可以用来比喻饶舌者。——
   译者注

境。"她尽量说得语气随便,"多数男人至少周末休息,可是雅可布……"

南希的尖笑声传了过来:"你可别说!在关于新发现的剧作家这件事上,我可是专家里头的专家哩。你们准备开派对吗?"

"派对?"爱伦此时想起里根夫妇为庆祝收到的第一份巨额支票时用来招待人的特别肥的小牛肉——朋友、邻居以及不认识的人全挤在那间烟雾缭绕的小房间里,唱歌、喝酒、跳舞,直至东方既明,那些歪歪斜斜的烟囱管帽上面,拂晓的天空像水洗绸那样苍白。如果说牌子吓人的酒、几十个福特纳姆和梅森公司出品的鸡肉饼、进口奶酪以及一盘鱼子酱算是成功的标准,那么里根夫妇已是大大发了家。"不,不开派对,我想不会开吧,南希。我们能稍微提前一点付煤气和电费就够开心的了,另外孩子长得快,衣服很快就穿不上……"

"爱伦!"南希痛心地说,"你的想象力哪儿去了?"

"我觉得,"爱伦承认道,"我只是根本就没有……"

"别怪我多管闲事,可是你听起来很消沉,爱伦!你干吗不请我过去喝杯茶?那我们就能像以前那样聊聊天,你很快就能振作……"

爱伦无精打采地一笑。南希是本性难移啊,不服不行,谁也不会说她会陷入或沉湎于自悲自怜。"那你就来呗。"

"等我二十分钟，亲爱的。"

"哎，你现在真正该做的，爱伦……"南希穿着漂亮的套装，戴着无边女帽，时髦然而有点儿富态，她把声音压低到一种搞阴谋似的悄悄话，一边伸手去拿第三块纸杯蛋糕。"嗯，"她小声说，"比里昂公司做的还好吃。你真正该做的，"她重复道，"原谅我实话实说，就是维护你自己。"她说完往后靠坐在那里，一脸得意。

"我不太明白你的意思。"爱伦向吉尔俯下身子，在吉尔吸橙汁时，欣赏她那双灰白清澈的眼睛。快五点了，可是还没有雅可布的消息。"我有什么可维护的？"

"当然是你内在的女人！"南希不耐烦地喊出声，"你需要在镜子里长时间好好看看你自己，我本来该那样做，在为时太晚之前。"她语气严厉地加上一句："男人不承认，可他们确实想要模样漂亮的女人，极其重要，漂亮的帽子，漂亮的头发颜色……现在你的机会到了，爱伦，别错过！"

"我从来用不起美发师。"爱伦找了个不算理由的理由。雅可布喜欢我留长头发，她心里有个声音抗议道。他这样说过，什么时候？上星期，上个月……

"当然不对，"南希念叨着，"你为了雅可布的事业，一直牺牲了所有费钱的女人们的小把戏。他现在成功了，你可以放纵一下了，狠狠地放纵……"

爱伦开心地短暂想象自己从一辆劳斯莱斯的车窗里诱人地探出身，穿毛皮衣服，佩戴价值连城的大件珠宝，绿色眼影深得能吓坏埃及艳后，还涂了种新出的浅色唇膏，做了个卖弄风情的卷羽发型，再加上一两缕曲发……但她没有上当——至少没超过几秒。"我不是那种人。"

"噢，胡说！"南希挥了挥手，那只手上戴着亮闪闪的戒指，指甲涂成了红色，爱伦想，那就像只闪着光的捕食用的爪子，"那就是你的问题所在，爱伦，你没自信。"

"这你就错了，南希，"爱伦又有了点精神，"我知道自己几斤几两。"

南希舀了满满一勺糖放进刚倒的一杯茶中。"不该加。"她责备自己说，接着又不看爱伦，喋喋不休地说，"你要是有点儿担心德尼丝我可不奇怪。她是个传奇人物，是那种职业第三者，对付有妇之夫最拿手……"

爱伦觉得胃抽动了一下，似乎坐在一条遇到大风的小船上。"她结婚了吗？"她听到自己说。她不想知道，只想捂住耳朵逃进能给人安慰的有玫瑰花图案的卧室里，找到一个让眼泪流出来的机会，那已在她喉间积成一个硬块。

"结婚？"南希干笑一声，"她戴着戒指，那遮掩了很多事。目前这个——是她找的第三个，我想——有老婆和两个孩子，那个老婆根本不答应离婚。哦，德尼丝是个真正的职业女性——她总能成功找到一个有牵绊的男人，这样她就从来不会落入洗碗或者给小孩擤鼻涕的生活……"南希的高谈阔论开始慢下来，就像一张唱片，进入沉默的深渊。"天哪！"看到爱伦的脸，她惊叫道，"你脸白得像纸！我原意不是想让你烦恼——说真的，爱伦。我只是想你知道将要面对什么。我的意思是，我最后一个知道基思的事。那时候，"南希的苦笑也未能掩饰她声音在颤抖，"我想人人有颗金子般的心，一切都是开诚布公的……"

"噢，南希！"爱伦不由自主地把一只手放在朋友的胳膊上。"我们确实有过好日子，不是吗？"但在她心里，有个新句子响了一遍又一遍：雅可布不像基思，雅可布不像基思……

"'遥远的从前的好日子……'哈！"南希轻轻哼了一声便打住不提过去，开始戴上她那双精致漂亮的深紫色手套。

南希走后，门一关上，爱伦的举动变得不同寻常，完全不是她特有的。她没有围上围裙在厨房里忙碌着做晚饭，而是把吉尔放在围栏里，给了她一块饼干和她喜欢的玩具，然后就钻进卧室在衣柜抽屉里翻拣，嘴里还不住地念叨，很像一个女福尔摩斯察觉了一个关键线索。

我干吗不每天晚上这样做？半小时后的她红着脸，刚刚沐浴过，她穿了件品蓝色日式丝绸上衣，是几年前圣诞节时一个同学

送的——那个同学靠着一笔丰厚的遗产环游世界，过着四海为家
的生活——可她从未穿过这件上衣。它是件漂亮、手感柔顺、闪着
蓝宝石般光芒的华丽衣裳，似乎跟她注重实际的天地完全不搭界。
然后她把盘在头上的辫子解开，把头发拢到头顶盘成一个即兴的
顶髻，并小心用几个发针固定好。她试着跳了几步华尔兹，让自己
习惯穿那双重要场合才会穿的黑色高跟鞋，最后，她用那瓶法国
香水的最后几滴给自己从头到脚喷上。在此仪式中，爱伦坚决不让
自己的眼睛一直去看时钟的圆钟面，时钟的黑色短时针已经一点
点挪过了六点钟。我现在要做的就是等待……

　　她飘然走进客厅，心里突然感到一阵痛苦。我忘了吉尔！宝宝
在她的玩耍围栏里四肢摊开睡着了，食指噙在嘴里。爱伦轻轻抱起
那个温暖的小身子，把她抱进了卧室。

　　洗澡时，他们度过了一段开心时光。吉尔又笑又踢脚，直到
水在房间里溅得到处都是，但爱伦几乎没注意到，她在想宝宝的
黑头发和清澈的灰白眼珠跟雅可布的何其相似。甚至当吉尔把她手
里那杯粥打掉洒到她最好看的黑裙子上时，她也生不起很大的气。
她把焖熟的李子用勺子往吉尔的嘴里送时，前门的钥匙响让她呆
住了。那天的担心和沮丧感刚才暂时被撇到一边，此刻又很快涌
上她的心头。

　　"哈，这就是我辛苦一天后回到家里时想看到的！"雅可布靠

着门框，脸上有种难以了解的光彩，那不知为何，似乎不是因为喝马提尼和跟红发女郎在一起所造成。"妻子和女儿等在壁炉边，欢迎一家之主……"确实，吉尔给了爸爸一个嘴巴从这边耳朵咧到那边的微笑，嘴里塞满了焖李子。爱伦吃吃笑了，当雅可布两步跨进房间抱住她，不理会黏手的盛李子的盘子什么的，实实在在地拥抱她时，她觉得那天上午她绝望中所做的无声祈祷似乎正在实现。

"嗨，心爱的，你真香！"爱伦不作声地听他多少提起了法国香水，"一种家里有的麦片粥和鱼肝油混合起来的味道，好闻得很。还穿了件新衣服！"他伸直胳膊轻轻搭着她。"你头发那样盘起来像刚出浴！"

"噢！"爱伦晃动身子摆脱了他，"男人，哼！"可是她的语气未能掩饰住心情——雅可布显然把她看作贤妻良母那种类型，令她再开心不过。

"说正经的，亲爱的，我要给你一个惊喜。"

"说了一天戏难道还没说够？"爱伦出神地问，一边把头歪靠在雅可布的肩膀上，也奇怪为何自己一点也不想为他和德尼丝吃午饭，或者他没解释整个下午没回来而大闹一场，那个下午，她是在沉闷和不安中度过的……

"我跟地产代理通了电话。"

"地产代理？"

"记得那间好玩的、位置偏僻的小办公室吗？就在吉尔出生前，我们去康沃尔郡度假时开玩笑地去看了一下的那间？"

"记——得。"爱伦不敢让自己一下子得出结论。

"嗯，他手里还有那个地方可以出售……我们租过那间小屋，能俯瞰那个小海。想要吗？"

"想！"爱伦几乎叫了起来。

"想到去年春天你对那个地方赞不绝口，我有点儿希望你想，"雅可布不紧不慢地说，"因为我已经付了定金，用的是德尼丝吃饭时给我的支票……"

有一秒钟工夫，爱伦的心里的不祥预感形成了一个小小的阻碍，"你不是得为那出戏待在伦敦？……"

雅可布笑了起来："绝对不用！那个德尼丝·凯是个有主见的职业女性——比得上一台柴油机，我可得离她远点儿！呵，她马力大得很哪，甚至还给我点了马提尼，我告诉她我除了周末从来不碰那玩意儿……"

电话铃声打断了他的话，奇怪地不刺耳了，几乎是好听的。爱伦把吉尔往他怀里一塞，让他给她唱哄她睡觉时的摇篮曲并把她放上床，她则飘然走进客厅接电话。

"爱伦，亲爱的，"南希·里根的声音在喧闹的爵士乐和欢笑声背景下，听上去轻飘飘的，而且细得像根金属丝，"我一直在绞尽脑汁地琢磨怎样让你振作起来，我已经给你约好星期六上午十一点去找给我做头发的罗德里戈。说来也怪，一个新发型就能提起你的信心……"

"对不起，南希，"爱伦语气柔和地说，"可是我想你最好取消给我的约定。我告诉你一个消息。"

"消息？"

"这一季又时兴留辫子了——是乡下妻子的最新发型！"

编后记

跨越岁月，大师笔下的十九种爱

开始编选这部小说集，是在大约一年半之前。当时我的健康状况出了点问题，本该正常运转的个别零件有些失灵，于是心情也随之一直恹恹的，提不起劲头。一天，高兴主编叫我到他办公室，邀我参与编选《世界文学》创刊六十五周年纪念文集。作为一名为《世界文学》工作多年的编辑，我曾数次亲见编辑部里资深的老师们在选编丛书、文集时是何等的小心谨慎、精益求精，所以深知兹事体大，心中不免惴惴。主编似乎发现了我的不安，微笑看着我，坚定地说："你可以的！"我可以的！于是，我抛开身体的不适，抛开因之而起的种种杂念，一头扎入《世界文学》自创刊起的近四百期杂志，终日沉浸其中，埋首阅读、选稿。不曾料到的是，两个多月之后，选编任务基本完成之际，我的身体状况竟自好转，情志的高昂与前更是不可同日而语。阅读文学作品，尤其是《世界文学》的文字，无疑是充实心灵、疗愈身心的一剂良方。

不言而喻，《世界文学》在六十多年来始终以润物细无声的姿态，持续不断地提供华美的精神食粮，濡养和丰富着阅读者的内心。来自不同国家和区域、分属不同风格和流派的名家创作的小说、散文与诗歌，构成了这份文学盛宴的核心，而其中所占分量最重的自然是小说类作品。我们的这本小说分册，即是从以"爱"为主题、围绕人类这一高尚情感而展开的小说中挑选出十九部。编选过程中，我们确定的原则是：一，作者、作品、译文均要有高水准；二，尽可能地挑选短篇小说，每部作品的篇幅不宜过长；三，以二十世纪作家的作品为主。囿于篇幅和版权等条件，最终的编选范围不得不压缩为二十世纪中期之前的外国作家作品。因此，对一些相对年轻的作家作品只好忍痛割爱，而更多地保留了经典作家的作品，这也便形成了我们现在这本集子的一个突出特点——书中的十九部小说，共同晕染出一幅跨世纪的爱之图景。

本书作者当中，大多是享有世界级声誉的文学家，比如霍桑、纪伯伦、欧·亨利、皮兰德娄、布尔加科夫等都是跨越十九、二十世纪的名家，最为年轻的，是出生于二十世纪三十年代、在六十年代去世的美国女作家西尔维亚·普拉斯。在这些作家笔下，红尘之人如何爱自己、爱他人，以及由爱延伸而出的婚姻、家庭关系及其他情感——诸如爱极而生的恨、失却爱所导致的癫狂、在无私大爱面前对个人情感的牺牲和舍弃等，展示了"爱"作为人类永恒情感的复杂性与多样性。

金重赫的《地下有蛇》是书中唯一以当代作为时代背景的爱情

故事。主人公一直暗恋着家乡好友的妻子，在好友遇难、好友之妻身处危险之际，主人公果断前往陪伴和保护。不能不说他的爱勇敢而富有牺牲精神，只是，那种爱终究包含有些许不为人所知的阴暗，也正因为如此，主人公爱得焦虑惶恐、瞻前顾后，且毫无希望。而在书中其他作家的笔下，"旧日之爱"发生在完全不同的时代背景下，主人公相对单纯，因而他们的情感也愈加纯粹、澄净，具有震撼人心的力度。不论是《天长地久》中追求自由、与丈夫的侄儿陷入"不伦恋"的美丽伯母，还是《理想婚姻》中不在意世俗者的讥笑与嘲讽、共浴爱河的女巨人和男侏儒，抑或《新婚的床》中以死来抗拒陈规陋习、成全爱情的美丽新娘，在真爱面前，他们全都勇气十足，义无反顾。即便是在《国王》《朱迪思》这样带有血腥气的故事中（前者以悍匪的抢劫、纵火作为情节主体，后者则主要讲述了战争中一位弱女子为夫报仇的杀人事件），主人公的爱情只是一笔带过，然而正是透过那看似云淡风轻的只言片语，还是能感受到主人公情感的深沉凝重、刻骨铭心。或许，他们在爱之光环映照下飞蛾扑火般的无所畏惧，恰是我们闪现在心头的那一抹浓重的亮色。

　　相较于两情相悦、心心相印的恋人之爱，作家们书写的另外几种"爱"的情感，同样动人心魄。那是一种倔强而执着的自爱，在《野牛头》中，主人公格外爱惜自己的羽毛，当他深陷一场误会，尊严受到严重挑战时，为维护自尊，他甚至不惜以性命作为代价，而当真相大白之后，他轻蔑地把自己身上那枚几乎引发轩然大波的、价值连城的邮票投入了火中。显然，没有谁比这位几乎经历了一番生死劫的主人公更明白：再没有什么是比珍爱自己的尊严更重要的；那是一种相互之间无法割舍的、十指连心般的手足之爱，在《红色冠冕》中，哥哥找到了即将上战场厮杀的弟弟，二人只来得及打个招呼，一小时后，哥哥等来的弟弟，却已经由那个喜欢缠着哥哥、从来都"用心听"哥哥话的帅小伙，变成一具血肉模糊的尸身，自此，兄弟俩只能日日在哥哥的梦中相见；那是一种极为含蓄庄重、彰显宗教情怀的慈悲之爱，在《教长的黑面纱》《伊莉丝》与《在中途换飞机的时候》几篇小说中，浪漫缠绵的儿女情长黯然失色，耀眼夺目的是那个以特殊方式来点化教众，并宁愿为此孤独终老的教长，是那个执意不肯嫁给心上人，却鼓励其去探索内心隐秘的美丽女子，是那个与女主人公在机场偶然邂逅便情愫顿生，却决意为"建造一个更明智、更幸福的世界"而孤军奋战的教堂音乐家，是他们对"更伟大的爱"的追求和践行。

正如法国作家莫洛亚的名篇《在中途换飞机的时候》中，男主人公所言："一个人只有不再为自己谋求通常所说的幸福，或许才能恰如其分地去爱别人，才能获得另一种方式的幸福。"

孔霞蔚